開拓社叢書 33

言語学から
文学作品を見る

ヘミングウェイの文体に迫る

倉林秀男 [著]

開拓社

は　じ　め　に

> 読者をして作品と情的に一体となり，前に進ませていくものはなに
> か．作品を動かしていくダイナミズム──動的機構はなにか．文体の
> 問題になってくる．
> （四宮（1991: 196））

　文体論研究者の四宮満がトマス・マロリー（Sir Thomas Malory, 1399-
1471）の『アーサー王の死』（*Le Morte d' Arthur*, 1485）の作品構造と文体
について論じる中で提示した文体の概念である．

　本書の主旨である文体的な分析というときの文体とは，四宮の考えと同じ
く，読者を作品に引き込む装置であると考える．そして，その装置・機構を
分解し，分析することによって，ひとつひとつの部品が，どのような順序で
組み立てられ，配置されているのかをつまびらかにすることができる．テク
ストを構成する語や句，文といった要素がどのように配置されているのか，
どのような意図で配置されたのかについて考えることが，「文体を考える」
第一歩である．また，何を作るかによって部品の配列が決定されると見立て
るならば，文学作品では，どのような世界を描き出すかによって，その言語
表現が決まると考えてもよいだろう．

　もちろん，部品の配列は作り手によって異なっており，何を作るかによっ
てその配列を工夫する場合があるだろう．つまり，機構を分析することが，
作り手の意図を推し量り，理解する手がかりとなるのである．このプロセス
は，作品内の言語表現の分析を通して作家の文体とその効果を考えるという
ことのアナロジーとなるだろう．さらに，本来の部品の配列と異なる配列が
なされた場合には，その変更の理由が必ず存在する．いわゆる，本来の形式
からの逸脱は，逸脱するなりの理由が存在し，その意図を明らかにすること
を文体分析が担っている．

私たちは映画や読書経験を通じて，心を動かされたりすることがある．こうした心を動かすものは何かと問われれば，ストーリーと多くの人は答えるだろう．確かに，映画を観たり，小説を読み終えたときに，それらが感動的な物語であったと評価することがある．映画であれば人物の表情，背景，音楽などといった視覚や聴覚からの情報を，総合的に捉えることでストーリーを理解することができるが，小説の場合は別である．挿絵などもあるが，たいていの場合，テクストを構成するのは言語情報が主である．この言語に人は心を動かされたりすることがある．小説の言語が言語遂行的な動作性を担っていると考えれば，四宮の指摘する動的機構の意味も理解しやすい．

もう一度，先ほど提示した「何を作るかによって部品の配列が決定される」という点について戻って考えてみたい．これは文体論を考えるうえで，重要なメタファになるだろう．言語学者のドワイト・ボリンジャー（Dwight Bolinger）が『意味と形式』（*Meaning and Form*, 1977）において，形式が違えば意味も違い，意味も違えば形式も違うという主張をしたこととも通底している（ix–x）．例えば，英語学習において，受動態と能動態の書き換えの問題を練習したことがあるだろう．こうした機械的な構文の変換は，文法構造が異なっているにもかかわらず，伝達される意味内容が同一であるという前提で行われているかのようである．しかしながら，同じ出来事や状況であっても話し手・書き手がそれをどのように見るかによって，すなわち視点や事態把握が異なっているため，表現形式も異なるはずである．つまり，言語で表される行為や現象に対する意味づけが変わってくるため，等価と思われる表現形式も，伝達される意味が異なるのである．この形式の違い（話し手・聞き手が，能動文で描写するのか，受動文で描写するのかを意図的に選択するので）が話し手・書き手の物事の捉え方を的確に表しているのである．そして，このような形式を考えることが，意味内容を理解する大事な手がかりとなるのである．

そこで，形式が異なればこの意味付けが異なることを確認しておくことにしよう．「男が部屋に入っていった」と「男が部屋に入ってきた」では，出来事は同じである．しかし，前者の話し手（書き手）と後者の話し手（書き手）とでは事態を捉えている場所，つまり物事を捉える視座が異なっている．前

者は部屋の外におり，後者は部屋の中から事態を把握し，報告している．また，海岸線を "shore" と呼ぶか "coast" と呼ぶかということも，同じ原理がはたらいている．両者ともに海岸線であることは間違いはないが，前者は海側に視点があり，後者は陸側に視点がある．したがって，船旅は "shore to shore" で表される．

ほかにも "Are you going to the party tonight?" と "Are you coming to the party tonight?" でも伝達の意図が異なっている．前者はパーティ会場へ行くという意味であり，後者は話し手のいる所に来るかどうかを聞くものである．そのため聞き手が "yes" と答えると，それは話し手のいる場所で行われるパーティに参加することを伝えることになる．こうした事柄は，「視点」という概念で説明することができる．

視点の違いを説明するために，しばしば引かれる例ではあるが，川端康成 (1899-1972) の『雪国』の冒頭部分をエドワード・サイデンスティッカー (Edward George Seidensticker, 1921-2007) による翻訳と比較してみたい．「国境の長いトンネルを抜けると雪国であった．」(6) は "The train came out of the long tunnel into the snow country." (13) と翻訳されている．原文は話し手が汽車の中におり，そこからトンネルを抜けた景色を見たという描写である．一方，サイデンスティッカーによる翻訳は汽車もトンネルも，そして雪景色も同時に見ることができる視点からの描写である．この表現形式の違いが，物語を読む際には非常に重要な概念となってくる．

本書の目的は，今日の言語学の成果を援用しながら，文学テクストの分析を行うことで，そのテクストの構成原理，およびテクストの解釈を導き出すことにある．特に，意味論や語用論の領域で論じられてきたことは，日常言語の分析に当てはまることだけではなく，文学言語の分析にも適応可能である．また，近年の認知言語学の発展により，これまで文学研究や物語論研究で論じられてきた事柄についても異なった視点から捉え直すことができるようになってきた．

ここで例に挙げた，「視点」についてはこれまでも様々な立場から論じら

れてきたのである．文学研究や物語論での「視点」[1]は小説内の語り手がどの
ようなパースペクティヴで語るのかというところから研究が始まった．一
方，言語学の「視点」研究はテクストや文の構成を制約する機能を有する，
いわゆる文法的な因子であると考えられている．そこで，ここでは，視点は
テクストを制約する因子であると考え，その記述の仕組みを「文体」と捉え
直し分析を行う．

　本書では，ジョージ・レイコフ（George Lakoff）らが提案した認知言語
学的観点からのメタファ論で詩の分析を行い，その有効性を示す．その後，
久野暲，澤田治美，池上嘉彦による視点や事態把握の研究成果，ハリデイと
ハサン（Halliday and Hasan）のテクストについての考え方，ポール・グラ
イス（Paul Grice）やブラウンとレビンソン（Brown and Levinson）らによ
る語用論の領域における会話分析研究を軸に文体分析を行いたい．

　この考え方に立脚し，本書ではアメリカ人のノーベル賞作家であるアーネ
スト・ヘミングウェイ（Ernest Hemingway, 1899-1961）の複数の作品を
取り上げ，これまでの代表的な先行研究を補う方法で分析を試みる．そし
て，言語学的手法による文学テクスト分析によって，作品解釈だけではな
く，ヘミングウェイの文章構成原理を明らかにしてみたい．

　特に，これまで長らく指摘されてきたヘミングウェイの文体をハードボイ
ルドと称す言説や，作品の曖昧性という問題について，言語学的な観点から
捉えてみる．そうすることで，ヘミングウェイの文章構成原理の一側面を明
らかにすることができると考えている．一般的にヘミングウェイの文体とい
えば，形容詞や副詞などを極力排し，短文で構成されているといわれてい
る．これらの特徴を指してヘミングウェイの文体はハードボイルド・スタイ

---

　[1] 物語論における視点研究について，物語論研究者の佐藤勉は『語りの魔術師たち：英米
文学の物語研究』（彩流社）において，詳細にこれまでの物語論の研究成果を踏まえ議論を
行っている．その議論を行う過程において，「視点」や「語り」について，具体的に先行研
究を整理しながら，その議論を精緻化している．そのため，筆者は佐藤の提示した先行研
究を踏まえ，本書において個別の視点論についてはその原著にあたり，適宜要約をした．
しかしながら，本書で取り上げた物語論に関する先行研究は主要なものだけである．した
がって，そのほかの主な先行研究については，佐藤の研究を参照されたい．

ルなどといわれてきた.

　文学研究において，ヘミングウェイの文体を論じる際には，この点に関する検証があまりなされてこなかった．そして，こうした言説を無批判的に，ヘミングウェイの文体であると考えていることが問題なのである．さらにヘミングウェイの文体について「簡潔」とか「非情」と称することも，評者による主観的な評価であり，実際には文体を評価するための基準ではないということは明らかである．したがって，ヘミングウェイの文体について客観的に検討をする必要性がある．そこで，本書では，文体を論じる際に言語学的な手法が有効なものとなりうることを作品の分析を通じて示していきたい．

　本書の主要な論点はヘミングウェイの文章構成原理について，高校時代の習作から初期の短編，晩年の長編を横断的に，言語学的な知見を援用することでその構成原理を明らかにすることにある．作品解釈では，意味論と語用論の研究成果を援用し，ひとつひとつの作品の分析にも言語学的な知見が有効であることを示していきたい．

　そこで，第1章では，文体論についてこれまで論じられてきたことについて概観する．そして，認知言語学理論に基づくテクスト分析をエドガー・アラン・ポー（Edgar Allan Poe, 1809-49）の詩の分析を通して，その可能性を示す．続く第2章では，ヘミングウェイの文体を再考する．ヘミングウェイがどのように読まれてきたのかについて確認するところからはじめ，今日までのヘミングウェイの文体についての議論をまとめていく．そして，具体的にヘミングウェイのテクストを分析しながら，その特徴を明らかにする．第3章では，ヘミングウェイの作品の曖昧性について，意味論と語用論的観点からの再考を行う．特に本文中に指示対象が明確化されていない it と that の解釈を巡る問題については，語用論的な見地から分析することで解釈につなげたい．第4章では，ヘミングウェイの文体形成の源流を探ることを目的とする．主に，高校時代の作品から文体分析をはじめ，その後の文体にどのような影響を与えたのかについて明らかにしたい．第5章と第6章はテクストの構成原理だけではなく，文体がどのように作品解釈に影響を及ぼしているのかについて，言語学的な手法で分析することで明示していく．

　こうした分析を通じて，言語学的な手法が文学作品の分析に寄与できる可

能性を示し，以下の3つの点を常に考慮に入れながら論じていく．

(1) ヘミングウェイの文体の特徴について再考をする
(2) ヘミングウェイの文章構成原理について作品成立順に明らかにする
(3) 個々の作品における解釈を言語学的に導き出す

　なお，本書は筆者が獨協大学大学院外国語学研究科に提出した博士論文を基にしている．獨協大学大学院では四宮満先生に文体論の手ほどきを，佐藤勉先生からは，物語論を中心とした文学作品の読みの可能性の奥深さを学んだ．また，府川謹也先生とは英語について認知言語学，認知意味論的観点から数多くの議論をさせていただいたことが今の私の研究の基盤となった．博士論文の草稿段階において，原成吉先生からは内容や書式に関する有益なご指摘をいただいたことで，論文の稚拙な面に気がつき，議論を立て直すことができた．論文提出には紆余曲折があった．研究面でも，精神面でも恩師や友人，同僚に支えていただいたことでなんとか仕上げることができた．そして，長崎大学の鈴木章能先生には何よりもの謝意を表したい．博論の審査では研究の方向性を見つめ直す鋭い質問をいただき，今後はその問いに答えるべく研究を進めたい．論文受理後，半年で出版できたのも先生の強力なサポートによるものであった．

　これまで，学会発表を通じ，有益なコメントをくださった先生方に感謝したい．特に日本ヘミングウェイ協会の先生方にはこの場を借りて感謝を伝えたい．

　また，同僚の八木橋宏勇氏，東京大学大学院生の貝森有祐氏からは草稿の段階で，筆者の気がつかなかった点を指摘していただいた．本書がこうして刊行できるのも開拓社の川田賢氏の丁寧なサポートのおかげです．最後に私のわがままを常に受け入れ，見守ってくれた家族に感謝したい．

　2018年8月　ゼミ合宿中の軽井沢にて

目　　次

はじめに　　iii

第1章　文体分析の手法 ························· 1

1.1.　文体論の自己規定の歴史—レトリック論から始まる文体研究 ········· 1
1.2.　メタファ論の展開—文学言語からの解放 ················· 5
  1.2.1.　文学の言語を概念メタファで捉える ················· 7
  1.2.2.　容器で捉えるポーの死の世界 ·················· 8
1.3.　言語学と物語論との融合 ····················· 17
1.4.　視点の分類をめぐって ······················ 19
  1.4.1.　シーモア・チャットマン（Seymour Chatman）の視点の研究 ····· 20
  1.4.2.　ジェラール・ジュネット（Gérard Genette）の視点の研究 ········ 21
1.5.　言語学における視点の研究 ···················· 22
  1.5.1.　久野暲の視点の研究 ····················· 23
  1.5.2.　澤田治美の視点の研究 ···················· 24
  1.5.3.　池上嘉彦の事態把握について ················· 25
1.6.　言語学の視点研究を文学テクスト分析に応用できるのか ·············· 26
1.7.　語りの構造と話法について ···················· 27
1.8.　話法をめぐる代表的な議論 ···················· 28
  1.8.1.　話法（Speech Presentation）について ··············· 28
  1.8.2.　思考描出（Thought Presentation）について ············· 31
1.9.　視点と語りの文体を考察するにあたり ··············· 32
1.10.　文体分析における言語学の必要性 ················ 33
1.11.　文体が与える効果について ···················· 35

第2章　アーネスト・ヘミングウェイの文体再考 ··········· 37

2.1.　ヘミングウェイはどのように読まれてきたのか ············· 37

ix

x

2.2. ヘミングウェイのテクストを巡る言説再考
　　──ハードボイルドから意識の流れに向かって ……………… 41
　　2.2.1. ヘミングウェイの略譜 …………………………………… 41
　　2.2.2. ヘミングウェイの文体再考 …………………………… 43
　　2.2.3. ヘミングウェイの「ハードボイルド」とは ………… 43
2.3. 「インディアン・キャンプ」における文体的特徴 ………… 50
2.4. 「ビッグ・トゥー‐ハーテッド・リバー」における文体的特徴 …… 56
2.5. ヘミングウェイのハードボイルド言説再考 ………………… 66
2.6. ハードボイルドから意識の描出へ …………………………… 74
2.7. 『老人と海』の意識の描写方法 ……………………………… 76
2.8. 『われらの時代に』の中間章における意識の描写方法 …… 80
2.9. ハードボイルドの先にあるヘミングウェイの文体とは ……… 83

第3章　アーネスト・ヘミングウェイの作品の曖昧性について
　　　　──意味論と語用論的観点からの再考 ………………………… 85
3.1. 「海の変容」の曖昧性について ……………………………… 86
3.2. 「白い象のような山並み」における言語的曖昧性 ………… 96
3.3. ヘミングウェイ作品の曖昧性 ………………………………… 105

第4章　ヘミングウェイの文体形成の源流を探る ……………… 107
4.1. 高校時代の創作活動 …………………………………………… 108
4.2. ヘミングウェイの「シンプル」な文体とは？ ……………… 110
4.3. 「マニトゥーの裁き」にみられる文体 ……………………… 112
4.4. 「色の問題」に見られる文体的特徴 ………………………… 117
4.5. 「セピ・ジンガン」に見られる文体的特徴 ………………… 121
4.6. 「ミシガンの北で」の文体的特徴 …………………………… 124
4.7. 「季節はずれ」にみられる文体的特徴 ……………………… 135
4.8. 「ぼくの父さん」の文体とその特徴 ………………………… 144
4.9. 高校時代の習作から最初期の作品へ ………………………… 150

第5章　定冠詞と不定冠詞から作品を解釈する試み・・・・・・・・・・・・・ 155

　5.1.　冠詞の分類とその意味・・・ 155
　　5.1.1.　ポール・クリストファーセンによる冠詞の分類・・・・・・・・・・・・・ 156
　　5.1.2.　ハリデイとハサンによる冠詞の分類・・・・・・・・・・・・・・・・・・・・・・・・ 157
　　5.1.3.　久野暲と高見健一による冠詞への機能主義的・意味論的
　　　　　　アプローチ・・ 158
　5.2.　「医者とその妻」に見られる名詞句表現の分析・・・・・・・・・・・・・・・・・・ 159
　5.3.　定冠詞と不定冠詞から迫る「医者とその妻」・・・・・・・・・・・・・・・・・・・ 167
　5.4.　『誰がために鐘は鳴る』における定冠詞と不定冠詞・・・・・・・・・・・・・ 167

第6章　文体論的読みの可能性
　　　　——「フランシス・マカンバーの短い幸福な生涯」における文体分析・・・ 177

　6.1.　言語学的な分析の意義・・・ 177
　6.2.　これまで「フランシス・マカンバーの短い幸福な生涯」がどのように
　　　　読まれてきたのか？・・・ 179
　6.3.　会話分析の手法・・・ 180
　　6.3.1.　会話の協調原則 (Cooperative Principle)・・・・・・・・・・・・・・・・・・・・ 181
　　6.3.2.　ポライトネス (Politeness)・・・・・・・・・・・・・・・・・・・・・・・・・・・・・・・・ 182
　6.4.　「フランシス・マカンバーの短い幸福な生涯」における会話分析・・・・・ 185
　6.5.　「フランシス・マカンバーの短い幸福な生涯」の作品解釈を巡って・・ 200

おわりに——ヘミングウェイの文体と解釈，そして言語学・・・・・・・・・・・・ 213

参考文献・・ 219

引用作品・・ 228

索　　引・・ 229

第 1 章

文体分析の手法

　人文系の学問領域において，今日まで「文体論」ほど，一つの定式化された方法論を持ち得ていない学問領域が他にあるだろうか．1970 年代に入って文学と言語学を融合する知として提示された文体論も，近年の文学研究の細分化，高度化，そして言語学研究の個別化，精緻化により，その接点を探ることが難しくなってきている．そこで文体研究の歴史を概観することで，文体論という学問そのものがどのように自己規定をしようとしてきたのかを理解してみることにしよう．

1.1.　文体論の自己規定の歴史—レトリック論から始まる文体研究

　「文体」という概念は古くアリストテレスの時代から論じられ，以後修辞学を中心とした研究で発展してきた．アリストテレスは，『詩学』において，次のように論じている．

> 文体（語法）の優秀さは，明瞭であってしかも平板でないという点にある．日常語からなる文体は確かにきわめて明瞭ではあるが，しかし平板である．（中略）他方，重々しさがあり，凡庸を避ける文体は，聞き慣れない語を使うことによって生まれる．聞き慣れない語とわた

1

しがいうのは，稀語，比喩，延長語，そのほか日常語とは異なった語
のすべてである．   (83)

アリストテレスは，詩に用いられる言語は日常語と異なる言語であると捉え
ていた．そのうえで，詩の文体的な特徴を「凡庸を避ける文体」で「稀語，比
喩，延長語」が用いられるものであるとしている．つまり，文彩や比喩は詩
の言語にみられるひとつの特徴であると考えられていたのである．

　さらに，アリストテレスは詩作において，比喩を創り出すには才能が必要
であるとし，以下のように述べている．

とりわけもっとも重要なのは，比喩を作る才能をもつことである．こ
れだけは，他人から学ぶことができないものであり，生来の能力を示
すしるしにほかならない   (87)

　レトリックは，その後，手紙の書き方や裁判弁論など，西洋文化や教育の
中へと入り込んでいった．たとえば 16 世紀の英国のグラマースクールでは，
レトリックは学術の中心的な基盤であった．しかしながら，レトリックに対
する研究は言語学や心理学の台頭によってその地位を追われることになる．

　西洋を中心とする言語学研究において，アリストテレスに始まる古典的な
レトリック研究の流れは，19 世紀以降，フェルディナン・ド・ソシュール
(Ferdinand de Saussure) の言語学を経て，ノーム・チョムスキー (Noam
Chomsky) の言語理論研究へ至る過程で，言語研究の中心的な地位から退
き，周縁的な研究領域となっていった．このことについて，言語哲学者の佐
藤信夫はレトリックについて次のように指摘している．[1]

古代から，現代でもなお，隠喩はつねにレトリックの中心的な関心の
まとである．十九世紀後半に古典レトリックがすっかり見捨てられた
のちも，隠喩だけはいつも哲学者，詩人たちの興味をひきつづけてい

---

[1] 比較言語学を経てソシュール以降共時的言語学の展開において，言語研究は，統語論
へと主たる研究領域を移し，さらに意味論，語用論の領域においてもメタファは周辺的な
概念として扱われてきた．

る. (113)

　しかし，古典レトリック研究が影を潜めていく頃，言語学の領域でのレトリックとしてのメタファは「すっかり見捨てられ」てはいなかった．ローマン・ヤーコブソン（Roman Jakobson）に代表される，1910年代後半から30年代にかけてのいわゆる，ロシアフォルマリズムと呼ばれる言語研究では，古典的なレトリックを基盤としながらも，文学作品におけるメタファが論じられることもあったからである．彼らは，日常使用している言語と比較し，文学作品内の言語が，音韻，意味，技巧などの面で異なっていることを前提とし，技巧としてのメタファを論じたのである．

　特に，ヤーコブソンはエドガー・アラン・ポーやシャルル・ボードレール（Charles Baudelaire, 1821–67）の詩を分析[2]する中で，言葉の意味を正確に伝えるため意味内容を重視している日常言語に対し，詩的言語は，意味内容よりもむしろ言葉の形式を重視していると論じた．そして，前者を言語の「指示機能」と呼び，後者を言語の「詩的機能」[3]と呼んだ．この言語の「詩的機能」すなわち，言語の形式を重視し，ポーの詩である「大鴉」（"The Raven", 1845）を音の類似性という点から論じ，[4]そこから作品解釈への方法を提示した．松尾（2007）は，ロシアフォルマリズムが「形式によって文学を規定し」さらに，この形式には，「多少なりとも普通と違う言語表現で，しかも普通の表現よりも優れた価値を持つもの」に「詩的機能」が備わっており，それが文学の本質であると論じている（25-26）．このようなメタファに対する捉え方は，言語の形式に焦点を当てた修辞学の一部分をなしている

---

　[2] 1958年のインディアナ大学での講演（Weber（1996: 10-35））で Poe の詩について，音韻に焦点を当てて言語の詩的機能について論じた．さらにヤーコブソンは，ゲーテの詩やシェークスピアのソネットなども日常言語と異なる言語形態と位置づけて論じている．（川本茂雄（編）『ローマン・ヤーコブソン選集3』に様々な詩の分析が所収されている．）
　[3] この言語の「詩的機能」とは，類似した音の連鎖を使用することや，類似した意味内容を持つ語で表現をしたりするという言語機能の一つである．ヤーコブソンは音と意味の関連性について詩的言語の側面から論じるとき，ポーの作品が適していると述べている．（ヤーコブソン：84）
　[4] ヤーコブソン「言語の作動相」（『ローマン・ヤーコブソン選集3』に所収）．

ものだと考えてもよいだろう.

　ロシアフォルマリズム以降，文学作品に現れるメタファについて言語学的に論じたものは少なくなった．チョムスキーの言語理論が広く研究されるようになってからは，言語研究は統語理論の研究へとシフトしていった．そのため，いわゆる記号論的な研究や文彩というようなメタファに関する議論は言語学の領域では周辺的なものとなっていったのである.

　さらに，語用論の分野に目を転じてみると，メタファが扱われることもあった．ポール・グライス（Paul Grice）は会話が成り立つ原理として「会話の協調原則（Cooperative Principle）」を提示し，その原理を支える四つの公理を示した．グライスの提示した四つの公理（質，量，関係性，様態）の中の一つである「質」の基準の違反から生じる「含意」はメタファとして解釈できると指摘している.[5] しかしながら，グライスが言及したメタファは語用論研究の本質とはならなかった.

　その後，認知言語学が生成主義に対するアンチテーゼとして議論を展開していく中で，ジョージ・レイコフ（George Lakoff）とマーク・ジョンソン（Mark Johnson）は，日常言語こそがメタファ研究の射程であると考えた．そして，メタファを通して，わたしたちは物事を考えたり，捉えていると論じた.[6] この認知言語学のメタファ研究は文学研究と親和性が高いと筆者は考えているため，次節以降は，レイコフとジョンソンの提示しているメタファ論を，具体的にポーの詩を分析しながら，詩の言語を認知言語学の観点から分析することが可能であることを示してみたい.

---

　[5] Grice, Paul (1975) "Logic and Conversation" 参照.

　[6] Lakoff and Johnson (1980: 3) では，メタファは "poetic imagination" が作り出す言語表現であるとこれまで考えられてきたことに対して，次のように説明している.

　　"We have found, on the contrary, that metaphor is pervasive in everyday life, not just in language but in thought and action. Our ordinary conceptual system, in terms of which we both think and act, is fundamentally metaphorical in nature."

1.2.　メタファ論の展開 ── 文学言語からの解放

　Lakoff and Johnson (1980) は，これまで修辞学や文学研究の中に置かれ
ていたメタファが，日常言語にも遍在して見られるものであると主張した．
そしてメタファが生み出される原理を解明し，その仕組みを概念メタファ
(Conceptual Metaphor) という観点から捉えた．レイコフらによれば，概
念メタファとは「ある種類の概念を他の種類の概念を通して認識する仕組み
のことである」(5)．概念メタファについて，レイコフとジョンソンの挙げ
た例に従って概観していくことにする．

(1)　Your claims are *indefensible*.

(2)　He *attacked every weak point* in my argument.

(3)　His criticisms were *right on target*.

(4)　I *demolished* his argument.　　　　　　　　　　　　　　　　　(4)

　(1) から (4) のそれぞれの表現は，「議論」についての描写の際に「戦争」
に関わる語句（相手を攻撃すること）が用いられている．(1) は弁護の
余地がないことについて，「防御することができない (indefensible)」と表
現している．また，(2) では弱みにつけ込んだことを，「あらゆる弱点を攻撃
した (attacked every weak point)」と表し，(3) はまさにその通りであると
いうことを，「的を射る (right on target)」と表現している．そして (4) で
は，議論で優位に立っていることを，「粉砕した (demolished)」と表現して
いる．ここで私たちが (2) の表現を理解するときに，「あらゆる弱点を攻撃
した」という言葉は，文字通りに「武力で攻撃する」という意味と，比喩的
な用法としての「議論」の意味を持っていると考えるのではなく，「議論と
はある側面において戦争と類似している」という概念レベルでの認識がもと
になっていると考えるのである．

　このように考えると，上述の四つの例はすべて，「議論は戦争である」と
いう捉え方が基底にあるといえる．つまり，概念レベルで成立していて，言
語表現を動機付けている生産性の高いメタファを「概念メタファ」としたの
である．レイコフとジョンソンは，メタファの理解を我々の思考や概念レベ

ルの問題とし，メタファは概念体系の中に存在するものであるとした.[7]

　ここで，以後の議論が用語の問題にならないために，「議論は戦争である」といったように，メタファが概念レベルで機能する場合と，「君の主張を守ることができない」といった言語表現としてのメタファを区別しておかねばならないだろう．高尾（2003）の二分法に従いこの違いを明確にしておく．高尾は，レイコフとジョンソンが提示した，「ある種類の概念を他の種類の概念を通して認識する仕組み」としてのメタファの「概念メタファ」に加え，「ある種類の概念を他の種類の概念にたとえて表している言語表現」を「メタファ表現」（198）と呼び区別した.

　従来のメタファ表現の研究では，例えば，「君の瞳は宝石だ」といった場合，「瞳」をきらきら輝くという点で類似する「宝石」として喩えていると指摘する．つまり具体的な類似性がもとになって，表現されていると考えるものであった．一方，概念レベルでの類似性をもとにする概念メタファとは，例えば，「人生は旅である（LIFE IS A JOURNY）」というものである．「人生」と「旅」が結びつくには，両者には抽象的なレベルでの類似性が見られるからである．「旅」は我々の直接的な経験から知ることのできる具体的なものであるが，一方，「人生」は漠然とした抽象的なものである．この抽象的な概念の「人生」を理解するために，具体的な「旅」を用いているのである．そして，「人生」と「旅」が概念レベルで類似しているのは，「旅」には「始まり（起点）」と「終わり（終点）」があり，その間を戻ることなく「移動する道（経路）」があるという側面と，「人生」にも誕生を「始まり（起点）」とし，年を重ねて（経路）死に至る（終点）という点において類似性が認められるからである．つまり，「人生」という概念領域を「旅」という別の概念領域に置き換えて理解することになる.

---

[7] Lee, David（2001）はこのレイコフとジョンソンによる新たな知見について以下のように論じている.

　　Metaphor used to be thought of as a rather unusual form of discourse, characteristic of the literary language.　However, important pioneering work by Lakoff and Johnson (1980) showed that metaphor is in fact a fundamental property of the everyday use of language.
　　　　　　　　　　　　　　　　　　　　　　　　　　　　　　　　　　　　　　（Lee (2001: 6)）

第1章 文体分析の手法　　　7

　「旅」が「人生」に置き換えられるということは，「旅」の持つ動的な「起点」，「経路」，「終点」というプロセスが，「人生」に「起点」，「経路」，「終点」があると見なすということである．ある領域から目標とする領域に置き換えられる「起点」，「経路」や「終点」は「イメージ・スキーマ」として概念に構造を与えているといえる．

　このように，概念領域を置き換えることにより，「人生」と「旅」という異なった事柄が，類似したものとして関係づけられる．さらに，概念メタファは類似性だけではなく，様々な概念間の関係をも結びつけるのである．[8]

1.2.1.　文学の言語を概念メタファで捉える

　Lakoff and Johnson（1980）による概念メタファは，これまで修辞学などの分野で議論されてきたメタファ研究とは異なり，日常の言語使用に着目して，普段から我々がメタファで物事を捉えているとしたことに，大きな意義があるといえる．しかしながら，レイコフとジョンソンは，文学作品を例にひいて議論をしている箇所がほとんどない．つまり，彼らの分析は日常言語に見られるメタファ表現を概念レベルでの捉え方という観点から行っているのである．そこで，この日常言語のメタファ理論を文学作品の分析に当てはめて考えてみたい．

　文学作品の言語は語彙レベルにおいて，日常使用する言語と相違ないのかもしれないが，その語彙の連結方法や，統語構造は大きく異なっている場合もある．しかし，文学の言語を概念メタファで理解し，説明できれば，日常言語を中心に論じたレイコフとジョンソンのメタファ研究が文学研究にも有効であることを示せる．そして，このような観点から，レイコフとマーク・

---

　[8] Lakoff and Jonson（1980）では，「方向性」という空間認識に基づいた「概念メタファ」についても論じている．例えば，「楽しいことは上，悲しいことは下」という「概念メタファ」の場合，「人生」と「旅」の間に存在する類似性は「楽しいこと」と「上」には見られない．しかしながら，我々の身体的経験「悲しいことがあったり，気持ちが沈んだときにはうなだれ，積極的な気分の時には背筋を伸ばす」(5) から感情という抽象的な概念と，上下という身体的な経験をもとにした概念に置き換えられて理解することができるのである．

8

ターナー（Mark Turner）はその著書, *More than Cool Reason: A Field Guide to Poetic Metaphor* において詩の分析を行ったのである.

Lakoff and Turner (1989) は "poetic metaphor, far from being ornamentation, deals with central and indispensable aspects of our conceptual systems" (215) という観点から, 詩におけるメタファ分析を行い, その有効性を論じている. そこで, 認知言語学的なメタファ分析が, 詩の理解や意味記述に有用かどうかについて, やや長くはなるが, ポーのいくつかの詩を取り上げて検証してみたい.

1.2.2. 容器で捉えるポーの死の世界

ポーが描き出す世界を「非現実の世界」と称す[9]ことがあるように, 独特の視点から, 描き出される世界が作品の中にみられる. そして, ポーがどのようにして, 「非現実の世界」を把握して, 描き出していたのかについて具体的に作品を見ながら, メタファを中心に分析をしていくことにしよう. ポーの詩を見ていくと, 「容器」とそれが関与する概念メタファで構成されていることがあり, また「経路」に関連する概念メタファが特徴的に使用されているといえる. そのことについて, いくつかの例を見ながら確認をしていくことにする.

それでは, 実際にポーの詩を,「容器」(CONTAINER) と「経路」(PATH) という観点から分析を行ってみよう.

(5)　I dwelt alone
　　In a world of moan,
　　And my soul was a stagnant tide
　　Till the fair and gentle Eulalie became my blushing bride —
　　Till the yellow-haired young Eulalie became my smiling bride.
　　"Eulalie — A Song"
　　　　　　　　　　　　　　　　　　　　　　　　　　　　　　　(80)

---

[9] 新倉俊一 (1981) は『アメリカ詩の世界』で次のように論じている.
　　わたしたちがポーの詩を読む場合に, いちばんはじめに気づくことは, 一体これはいつ, どこで書かれた詩なのだろうか, という非現実感です. (113)

第1章　文体分析の手法　　9

（5）の「ユーラリー」（"Eulalie — A Song", 1845）に表象されているメタファについて見ていこう．「私」は嘆きの国に住み，私の心の潮の流れは澱んでいた．しかし，麗しきユーラリーが「私」の花嫁になってくれたことで，その心に流れる澱んだ水が変化する．ここでは，"And my soul was a stagnant tide"（そして私の心は澱んだ潮の流れだった）というメタファ表現に注目してみよう．麗しく優しいユーラリーと結婚したことで，「私」の曇っていた心が晴れやかになったということが表現されている．その曇っている様子が "stagnant" と形容され，ユーラリーの "yellow-haired" と色彩的に対比されている．

　ここでは，人間の身体をひとつの容器とみなし，その容器と内容物という関係で捉えていることがわかる．「生命は液体である」という概念メタファをもとに考えてみると，生命の活力の源としての液体が澱んでいることは，活力が失われていることを表しているのである．そして，（6）の「レノーア」（"Lenore", 1831）でも，「生命は液体である」という概念メタファが基底にあることがメタファ表現からうかがい知れる．

（6）　Ah, broken is the golden bowl! — the sprit flown forever!

　　　Let the bell toll! — a saintly soul floats onth Stygian river;

　　　"Lenore"　　　　　　　　　　　　　　　　　　　　　　　　　　（68）

　ここでの，「金の器が割れてしまい魂が流れ出してしまう」という表現は，生命が尽きることを暗示している．魂が液体となり，流れ出た先は三途の川へとつながっており，死後の世界へと導かれていくのである．ポーは「生命は液体である」という概念メタファから，死を描き出す言葉を創造していくのである．同様に，手から砂がこぼれ落ちるときはどうであろうか．砂そのものは液体ではないが，容器からこぼれ落ちることを考えると，描き出される世界は想像に難くない．

（7）　I stand amid the roar

　　　Of a surf-tormented shore,

　　　And I hold within my hand

Grains of the golden sand —

How few! Yet how they creep

Through my fingers to the deep,

While I weep — while I weep!

Oh, God! can I not grasp

Them with a tighter clasp?

"A Dream within a Dream" (97)

　上記の引用，「夢の中の夢」("A Dream within a Dream", 1849) では，手（容器）の中からこぼれ落ちてゆく砂（流体）がすべて流れ出てしまうことで，生命が流れ出て行き，死へとつながっていくことを表している．そして無情にも，手の中からこぼれ出た砂が波にさらわれ，二度と自分のところには戻らないことに悲観する．また，波打ち際に立っている「私」の世界と，それに対比される波の向こう側の世界が，生と死の世界を表しているとも解することができる．

　さらに「起点—経路—着点」という観点から「アナベルリー」("Annabel Lee", 1849) と「F へ—」("To F —", 1835) について見ていくことにしよう．

(8) A wind blew out of a cloud by night

　　　Chilling my Annabel Lee;

　　　So that her highborn kinsmen came

　　　And bore her away from me,

　　　To shut her up, in a sepulcher

　　　In this kingdom by the sea.

　　　　　"Annabel Lee" (102)

(9) Beloved! Amid the earnest woes

　　　That crowd around my earthly path —

　　　(Drear path, allas! Where grows

　　　Not even one lonely rose) —

第 1 章　文体分析の手法　　　11

My soul at last a solace hath

In dreams of thee, and therein knows

An Eden of bland repose.

　　　"To F —"　　　　　　　　　　　　　　　　　　　　(74)

　(8) および (9) では,「人生は旅である」,「死は終着点へ向かうことである」など移動を伴うものが存在する. (8) の引用には,「親戚が彼女を迎えにくる」というメタファ表現がある. そこでは「人生」が「旅」に見立てられ,「旅」における「迎えがやってきておなじ経路を通り一緒に旅に出る」という事柄が「人生」にも当てはめられている. つまり, 今いる場所から離れていくことが, 死という意味として解釈されうる.

　さらに引用 (9) を見ていくことにしよう. 自分が歩んでいく道に苦難が押し寄せてくる, その道の途中にいるという表現内容は,「人生は旅である」という概念メタファがあり, さらに,「人生」が「旅」に見立てられることで,「旅」における「経路には困難が伴う」という事柄が「人生」にも当てはめられているのである.

　ここまで見たように, ポーの詩の言語には「人の身体は容器である」や「感情・気質は内容物である」といった捉え方をしているものが多くある. こうした概念メタファをポーが意識的または無意識的に理解して詩の創作をしていたといえるだろう. このように考えると, ポーの文体の基盤を形成する概念メタファを同定できるのである. また「移動性」を伴う概念メタファが多用されている. つまり, ポーはその詩において移動と終着点を表現することで, 生と死を表そうとしていたといえるだろう.[10]

---

[10] Hoffman, Dneiel (1972: 61) では "To Helen" を取り上げて, "it's the poet who is then left with the quest still to make" と論じ, Poe の詩は「移動, 探求」という動きを持ったものであると解釈している. そのため, この「移動」を「旅」の概念として解釈することは, 認知言語学的な見地から詩を論じることの妥当性を与えてくれるものである. また, Hoffman (1972: 135-177) において, Poe の移動性を "Voyage" とし, それらを "Going Down," "Sent Up," "Counterclockwise" という観点から, 詩の解釈を行っているということも,「旅」の概念メタファから Poe の詩を論じることの可能性を提示していると考えられる.

12

　ここまで，概念メタファが豊かな言語表現を生成する装置として機能するということを考察してきた．しかしながら，一つの詩が，一つの概念メタファによって成立しているとは考えにくい．つまり，詩が複数の文の集合体として一つの意味内容を伝達するには，複数の概念メタファが幾重にも重なり合ってできあがっていると考えることも可能であろう．そこで，概念メタファの重層性を考察していくことにする．

　ポーの詩の中で「死」がどのように表されているのかについてさらに論じてみたい．"For Poe the imaginary was dominated by the gigantic presence of death; but the death held contradictory meanings, and its tangible image changed through the course of his engagement with writing." (Kennedy (1987: 4)) と指摘されているほど，「死」が Poe の詩と不可分であるということは言うまでもないだろう．[11]

　ここでは，これまでポーのいわゆる「死のメタファ」として論じられてきたような，死生観について論じるのではない．つまり，我々が慣習的に捉えている「死」について表現する場合と，詩人ポーが表現する場合は，その表現や文体には違いが生じるが，それらの表現の発想の源は共に同じであるということを示していくことにする．そうすることで，認知言語学のメタファ分析が詩の分析に有用であるということも提示することができる．

　そこで，「海の中の都市」("The City in the Sea", 1845) を見てみよう．

(10)　Lo! Death has reared himself a throne

　　　In a strange city lying alone

　　　Far down within the dim West,

　　　Where the good and the bad and the worst and the best

　　　Have gone to their eternal rest.

　　　There shrines and palaces and towers

---

[11] 野口啓子 (1999) は『E. A. ポーの短編を読む―多面性の文学』において，美女の死と死の恐怖についてどのように Poe が言語化するかについて論じている．また，Kennedy (1987: 177-214) では "metaphors of shadow" には死が背後に潜んでいると論じている．

第 1 章 文体分析の手法　　　　　　13

(Time-eaten towers that tremble not!)
Resemble nothing that is ours.
Around, by lifting winds forgot,
Resignedly beneath the sky
The melancholy waters lie.

No rays from the holy heaven come down
On the long night-time of that town;
But light from out the lurid sea
Streams up the turrets silently—
Gleams up the pinnacles far and free—
Up domes—up spires—up kingly halls—
Up fanes—up Babylon-like walls—
Up shadowy long-forgotten bowers
Of sculptured ivy and stone flowers—
Up many and many a marvellous shrine
Whose wreathed friezes intertwine
The viol, the violet, and the vine.

Resignedly beneath the sky
The melancholy waters lie.
So blend the turrets and shadows there
That all seem pendulous in air,
While from a proud tower in the town
Death looks gigantically down.

There open fanes and gaping graves
Yawn level with the luminous waves;
But not the riches there that lie
In each idol's diamond eye—
Not the gaily-jewelled dead

Tempt the waters from their bed;
For no ripples curl, alas!
Along that wilderness of glass—
No swellings tell that winds may be
Upon some far-off happier sea—
No heavings hint that winds have been
On seas less hideously serene.

But lo, a stir is in the air!
The wave- there is a movement there!
As if the towers had thrust aside,
In slightly sinking, the dull tide—
As if their tops had feebly given
A void within the filmy Heaven.
The waves have now a redder glow—
The hours are breathing faint and low—
And when, amid no earthly moans,
Down, down that town shall settle hence,
Hell, rising from a thousand thrones,
Shall do it reverence.

(67-68)

　はじめのスタンザは「人生」を「旅」に見立てている．死が自らの王座を，遠く離れた西方の海深い所にある不思議な都市を作り上げているという表現から，ここでは，死が擬人化されて捉えられていると論じることも可能であろうが，もう少しそのメタファについて考えてみたい．

　ここで描写されている都市は，我々の住む世界とは異なった，遠く西方の海底にある都である．そして，海底は，それ以上の深い地点は存在しないことからも終着点として考えることができる．ここでは，ある経路をたどり，目的地に到達するという，「起点—経路—着点」のイメージ・スキーマが関わっており，人生における「死」が，旅の到達点にある建物に見立てられている．そして，「西のかなた」は，視点のある場所から，その先にある目標

地点を表しているため，「経路」の終点だとわかる．また，生の世界から死
の世界への旅立ちは，「状態の変化は場所の変化である」が基底にある．一
連の死の世界を明示するために，「死は安息である」という概念メタファが
ある．したがって，この都にやってきたもの達はみな「永遠の安息」につく
のである．このようにして，はじめのスタンザにおいて，「人生は旅である」，
「状態の変化は場所の変化である」，「死は安息である」という概念メタファ
が有効となるのである．

　第二スタンザを見ていくことにしよう．ここでは，「一生は一日である」
という概念メタファを手がかりにその意味を理解することができる．死は夜
であり，天からの光の届かない世界なのである．夜の訪れが死を示唆してい
るものと解釈できるだろう．天からの光が「生」を与えるものであるならば，
その光を遮断する「海」が生と死との境界線となり，第一スタンザと同様，
終点としての海底が死の世界を表していると考えられる．この生と死の境界
線上に，いくつもの塔がそびえ立ち，そこには光が差し込んでいる．さら
に，尖塔は宗教的なメタファとしての，「聖なるものは上向きである」と「死
すべきものは下向きである」という概念メタファが基底にあると考えること
ができる．そして，この概念メタファが第三スタンザでも敷衍されていくこ
とになる．

　第三スタンザの「天空のもとに広がる海」は，第二スタンザの「聖なるも
のは上向きである」と「死すべきものは下向きである」という概念メタファ
が基底となった描写となっている．「天空」は塔の先端の指し示す方角であ
り，その反対側には「海」が広がっている．水面を突き抜けている尖塔の影
が水面に映り，ゆらゆらと波打つ水面に視線を落とすと，塔とその影が入り
交じって，あたかも空中にあるかのように見える．生と死の境界線である水
面に，本来であれば上向きになっている聖なる尖塔が映り込み，それが揺ら
ぐということは，人工的に作り上げられた塔という静的なものが自然の曲線
になっていく様子を表しているのである．つまり，尖塔の直線的なイメージ
が，上に伸びる直線的な運動と解釈されるが，その直線運動がゆがめられ，
影となり広がる海に吸収される．生から死へと徐々に向かう様子がここで描
き出されているのである．

次のスタンザでは,「一生は一日である」という概念メタファの存在が認められる.“Yawn”,すなわち,眠気からくる「欠伸」は一日が終わろうとしていることを表しており,さらに,眠りへとつながっていくのである.ここで口をあけて欠伸をしているものは,「神殿」であり「墓」である.「尖塔」,「神殿」,「墓」のどれもが聖なるものに関係し,聖なるものが眠りにつくというメタファ表現でもって死期が近づいてきていることを示しているのである.

そして,最後のスタンザにおいて,死の訪れが描出される.この詩を構成している概念メタファの多くがここに収束されていく.つまり,「人生は旅である」,「状態の変化は場所の変化である」,「死は安息である」,「一生は一日である」,「聖なるものは上向きである」,「死すべきものは下向きである」という概念メタファが,海底に沈みゆく建物というメタファ表現として言語化されているのである.「空中を揺らめくものを見よ!」とゆらめきながら魂が天国に昇っていくが,肉体は口を開けた墓に降りてゆく.そして,波が揺らめき生と死の境界線が運動し始めたそのときに,天に向けてそびえている塔が海中に沈み始める.都会が沈んでいくとき,地獄が王座から立ち上がる.

以上のように,ポーは我々の日常の言語使用と同じく,概念メタファから詩を作り上げているということを,ここで示すことができたはずである.もちろん,私たちがポーのようなメタファ表現を創造できるかどうかは別であるが,そのメカニズムは同じなのである.

また,そこで用いられている概念メタファは,本文中で繰り返され,新たなメタファ表現として提示され,一つの詩に複数の概念メタファが内包される.これらの概念メタファがゲシュタルト的に共通性を緩やかに帯びることで,詩全体のイメージが完成していく.そして,これらを基底とし,描き出されるものが死の世界なのである.

認知言語学は,特に日常言語使用の側面からのメタファ研究を行っていたものであったが,ここでは日常言語とは異なった文体である詩を取り上げ,分析することで,認知言語学は非日常言語をも射程に入れることが可能であるということを示すことができた.さらに,個別の作家の「メタファ表現」の根底にあるものを論じることにより,その作家がどのようにして言葉を紡

ぎ出しているのかについて理解することもできる.

これまで文学研究の領域で論じられてきたメタファは,「メタファ表現」のレベルでの分析であり,なぜ,そのような表現が創り出されるのかについて論じることはほとんど行われてこなかった.一方,認知言語学の領域で論じられているメタファは,我々が使っている言語を原則的に分析の対象としていた.このふたつの領域を関連させ論じることで,文学という領域を,言語学という領域から理解するということが可能となっていくであろう.

ここまで,アリストテレス以降,メタファについて様々な立場から論じられ,今日の認知言語学で考えられているメタファ論への展開について見てきた.また,文学作品のメタファ研究は古くて新しい学問領域でもあるといえるだろう.もちろん,文体について考える際にはメタファ分析は非常に有効な手段となり得る可能性もあるが,文を構成するそのほかの要素である,語の意味や,文の構成原理,文と文とのつながり方の規則などについても文体の要素であると考えると,これらについてどのような観点から論じられてきたのかについても概観しておく必要があるだろう.

1.3. 言語学と物語論との融合

今日に至るまでの言語学の発展は,ソシュールを抜きに語ることはできない.ソシュール以前の言語学は文献学といった,いわゆるフィロロジーに代表される通時的な研究が主であった.しかし,ソシュールによってその研究の射程が,共時的な研究にも向けられたのである.こうした流れの中で,文体を含む表現研究は,古典的修辞学から,記号論の知見を応用した物語論や言語学的な文体論へと発展していった.そこで,代表的な物語論の研究から得られた成果について本節以降,文体論に関係する事柄について見ていくことにする.

文学作品の解釈が一様ではなく曖昧であるという点に着目し,その曖昧性について,ウィリアム・エンプソン (William Empson) が『曖昧の七つの型』(*Seven Types of Ambiguity*, 1930) に著した.エンプソンは,I. A. リチャーズ (I. A. Richards) とともに文学研究を印象批評から解放し,テクス

トそのものを分析対象としたニュークリティシズムの源流を作っていくことになる.

『曖昧の七つの型』で,エンプソンはウィリアム・シェークスピア (William Shakespeare, 1564-1616) のソネットなどを分析しながら,その曖昧性を七つに分類した.ここでは詳細にエンプソンの七つの形について論じることはしないが,エンプソンは比喩や共感覚として解されるものを,その解釈のプロセスによって分類している.

エンプソンは,曖昧性について「一つの表現にいくつかの反応を許容する…言語のニュアンス」(3) とし,焦点となる語(や表現)を文脈の中でどのように解釈すればよいのかについて論じている.そして,日常的に使用されている語が,詩や散文内で用いられることにより,本来の意味から離れていくことが作品の効果であると考え,どのような意味を持ち得たのかについて忠実に分析した.

しかしながら,エンプソンが注目したのは作品内に置かれた語,特に文法的に言えば,内容語であり,そこに多くの分析を費やしている.一般的にはこうした曖昧性について,「語彙的曖昧性 (lexical ambiguity)」として処理される場合がある.例えば,"Stay away from the bank." と言った場合,投資家に向けて話をしている場合と,川のそばにいる子供に向けて発話する場合では意味が異なってくる.しかし,この語彙的な曖昧性はコンテクストによって排除されることが多い.

一般的に言語学では,さらに曖昧性を細分化して考えることが多い.例えば,"They are flying planes." という文において,"are flying" を動詞句として解釈する場合と,"are" を動詞とし "flying planes" を名詞句として解釈する場合がある.こうした曖昧性は,「構造的曖昧性 (structural ambiguity)」と呼ばれている.また,"John wants to marry a Norwegian." は特定のノルウェー人の女性と結婚したいと思っている場合と,ノルウェー人の女性としてカテゴライズされる人と結婚したいと思っている場合の解釈が起こる.これは不定冠詞の "a" によるもので,「機能語的曖昧性 (functional ambiguity)」と分類される.さらに,"At Christmas Ken gave me a book and Jim a pen." という文は Jim が私にペンをくれたという解釈の他に Ken

が Jim にペンをあげたという解釈も成り立つ．つまり，"and" 以下に省略が起きているからである．こうした「省略による曖昧性 (elliptical ambiguity)」や前方照応に複数の可能性がある「照応的曖昧性 (anaphoric ambiguity)」などと区別されることがある．そのため，曖昧性を論じる際には，意味論や語用論の観点からの考察も必要となるだろう．

　次にテクストの叙述について解明しようとする研究のうち，特に視点や語りという重要な概念が物語論の範疇でどのように論じられてきたのかについて，概観していくことにする．

1.4.　視点の分類をめぐって

　　　物語がどんな風に語られるかが問題となる．これはプロットの構成でたびたび触れてきている「視点の操作」という古くから問題視されてきた語りの技巧のことである．　　　　　　　　　　　　　　　（佐藤 74）

佐藤 (2009) は，物語論だけではなく記号論やレトリック論などの観点から，様々な作家の技巧を詳細に論じている．その中でも重要な技巧として「視点の操作」を取り上げ，これまでの物語論で論じられてきた先行研究を網羅したうえで，「語り手にどのような視点を与えるかは視点それ自体の良し悪しではなく，事象や言語の選択，物語の発展に一貫性を与え，より信用できるものにするかどうかで決まる．それは物語の始まりにおける最も重要な語りの技巧である」(79-80) と指摘している．つまり，物語を論じる際には視点の技巧について明らかにすることが必要なのである．本書でも，視点と語りは密接に結びついているものであるという前提に立ち議論を進めていく．

　そこで，これまで物語論における視点研究の中でも代表的[12]なものを取り上げてみる．その後，言語学研究における視点の考え方について同じく代表的なものを取り上げることで，小説のテクスト分析に活用できる可能性につ

---

　[12] 本書ではそのすべての研究成果を概観することはできないが，これまでの物語論における研究は佐藤 (2009) に詳細に提示され，具体的な文学作品に当てはめ論じられているので参照されたい．

20

いて考えてみたい.

1.4.1. シーモア・チャットマン (Seymour Chatman) の視点の研究

Chatman (1978) は映画のカメラによって切り取られる世界について，文学研究の視点という用語を援用して論じた (151-152)．さらに，チャットマンは物語と時間の関係について，出来事が起こる順番，筋書き内の時間の進行という「話の時間」と，物語内で提示される順番という「叙述の時間」に分けて考えると，物語には二つの異なった時間軸があることによって物語内容が重層化すると考えた．そして，語られるテクストや映像化される世界は，実際の作者の手から離れ，内包された作者が語り手を通して，語られる対象を内包された読者へと語り，それを実際の読者が読むという図式を示した．この発想はヴォルフガング・イーザー (Wolfgang Iser) の「内包された読者」(implied reader) と近いものがある．[13] チャットマンはこの内包された語り手がどのような視点で対象を語るのかについて，以下の3通りに分類した.

(a) literal: through someone's eyes (perception);

(b) figurative: through someone's world view (ideology, conceptual system, *Weltanschauung*, etc);

(c) transferred: from someone's interest-vantage (characterizing his general interest, profit, welfare, well being, etc)　　　(151-152)

さらに上で分類した三つの用法に対応する例文を以下のように挙げている.

(a) From John's point of view, at the top of Coit Tower, the panorama of the San Francisco Bay was breath-taking.

(b) John said that from his point of view, Nixon's position, though praised by his supporters, was somewhat less than noble.

(c) Though he didn't realize it at the time, the divorce was a disas-

---

[13] Wolfgang Iser, *The Act of Reading: A Theory of Aesthetic Response.* (Baltimore: The Johns Hopkins University Press, 1978), 34.

ter from John's point of view.　　　　　　　　　　　　　　　　　　　(152)

　(a) は John が自分の目を通して自分の周りにあるものを見たということ
を意味しており，それはすなわち文字通り誰か人間の目を通して実際の世界
にあるものを見るということであるので，"perceptual point of view" と呼
ばれる．また，(b) は John が直接自分の目でもって実際の世界にある何
かを捉えるのではなく，語られている事柄に対する John の態度や，考え方
を表しているのである．これを "conceptual point of view" と呼んだ．(c)
は，実際に見たり，自分の立場を表明するのではなく "as far as John's
concerned" という意味を持ち，"interest point of view" とした．このよう
にしてチャットマンは三つの視点の形式を提示した．この三つの視点の形式
をまとめなおすと以下のようなものになる．

　(a)　perceptual point of view
　(b)　conceptual point of view
　(c)　interest point of view

　つまり，物語世界のどの部分を誰がどのように切り取るかによって語りの
技法が異なり，語る際の視点も異なっていることを示したのである．

1.4.2. ジェラール・ジュネット (Gérard Genette) の視点の研究

　Genette (1980) はテクストを動詞の研究に関連させて捉えるという観点
から，テクストを「時間」，「叙法」，「態」の三つの領域に分類した．そして，
視点は「叙法」の範疇に属するものとして扱った．そして，ジュネットは視
点という語のもつ視覚性を払拭するために，「焦点化」(focalization) という
術語を導入し以下に挙げるように三つの形式に分類した．

　(a)　zero focalization：いわゆる全知の語り手のタイプである．この場
　　　　合，語り手はどの作中人物が知っているよりも多くのことを語る．
　(b)　internal focalization：いわゆる視野を制限された語り手のタイプ
　　　　である．この場合，語り手はある作中人物が知っていることしか
　　　　語らない．そして，このタイプはさらに三つに下位区分される．

1. fixed：一人の作中人物の視点を通して物語が語られるタイプ
2. variable：視点を担う作中人物が複数いて，交替するタイプ
3. multiple：何人かの作中人物が，それぞれの視点を通して，同一の出来事を何度も語るタイプ

(c) external focalization：いわゆる客観的，もしくは行動主義的な語りのタイプ．この場合，語り手は作中人物が知っているよりも少なくしか語らない．

（ジュネットの理論を基に筆者が要約）

ジュネットはひとつの焦点化が，ひとつの物語作品に一貫して使用されているのではないということを，次のように主張している．

> Any single formula of focalization does not, therefore, always bear on an entire work, but rather on a definite narrative section, which can be very short. (191)

さらに，物語の進行中に生じた視点の一時的な変化を「変調」(alteration)と呼び，全体を支配する焦点化のコードにおいて，原理的に要求されるよりも少ない情報しか与えないタイプを「黙説法」(paralipsis)，原理的に許されているよりも多くの情報を与えるタイプを「冗説法」(paralepsis)と呼んだ．

このジュネットの研究は視点を分類するということが最大の目的であるため，視点のもつさまざまな効果や文体的特性といった面に関する指摘は主要な関心事ではなかった．

このように，物語論研究においては当時の構造主義の潮流の影響を受けていることもあり，視点の機能を「分類する」ということが話題の中心であった．そこで，次節では言語学的な観点からの視点について概観してみたい．

1.5. 言語学における視点の研究

前節では物語論の枠組みからの，視点の研究を概観してきた．一方，同じ「視点」という用語は言語学の領域ではそれとは異なった意味で用いられて

いる．そこで，言語学の立場から視点について考えられてきたことを簡単に
まとめていくことにする．

1.5.1. 久野暲の視点の研究

まずは，久野（1978）による視点の研究を概観していくことにする．久野
による研究は，一つの事象について，どのような言語表現を用いるのか，す
なわち構文の選択について詳細に論じたものであり，いまなおその考え方は
有用であろう．久野は視点について以下のように述べるところから議論を始
めている．

> 物語の中で，登場人物が，したり，見たり，感じたりしたことを，
> 作者が第三者として客観的に記述するのではなく，その人物の目を通
> して，その登場人物に成り切って，記述することがあることは，よく
> 知られた事実である．この現象は，作者の登場人物との「自己同一視
> 化」現象，或いは，作者の登場人物に対する「感情移入」現象と呼ば
> れ，文学作品の研究上，一つの重要な研究分野を構成している．
>
> (127)

久野は「作者と登場人物」，「作者の登場人物に対する」という観点から視
点を包括的に捉えている．さらに，「従来，話者の視点の問題は，文学作品
の研究には関係があっても，言語学，特に文法の研究には関係がないものと
考えられてきた」(128) という指摘は，以後の言語学の領域における視点研
究の幕開けとなるほど重要なものである．

久野は視点について，どのようなカメラアングルで出来事を描写するかに
よって，構文に現れる主語が異なってくると指摘している．さらに，「主観
表現」として，以下の a と b の文では b の文が主語寄りの視点をとってい
る以外には解釈できないとした．

a. 太郎ハ花子ニ手紙ヲ書イタ．
b. 太郎ハイトシイ花子ニ手紙ヲ書イタ． (188)

ここでは，「いとしい」という主観的判断を伴った表現が，主語の「内部感

情」(189) を表すことができるとしている．つまり，文の中において主観的
な語が，どのような制約を受けて解釈されるか，ということを示しているの
である．ある特定の語が文を構成する上で，どのような影響，制約を与える
のかということが，久野の視点研究に通底している考え方である．このよう
な立場から視点を捉えることは，物語論の研究とは様相を異にしている．

　久野の視点論については，文構造を規定するための概念であり，小説の語
りを考える上では不十分であるかもしれない．だからといって，言語学的な
視点研究が無意味なものであるかと言えば，そうではない．特に主観的判断
を伴った表現が用いられて表出される文は，小説内の登場人物の心的態度を
表明する語りの分析には，十分有効な概念なのである．そして，以下に見る
ように澤田 (1993) による視点研究は文学作品の分析に対してさらに有益な
議論を提供してくれる．

1.5.2. 澤田治美の視点の研究

　澤田 (1993) は，文学作品を取り上げ，視点を「話し手がある文を発する
時の心理的・空間的・時間的な位置」(281-282) とし，話し手の認知活動と
して捉えた．澤田によれば，視点の移動は「空間的視点移動」と「時間的視
点移動」に分けることができる．物語の場面設定がなされる描写は，語り手
（話し手）の視点から，特定の登場人物の視点に切り替わって語られるもの
を，「空間的視点移動」とした．一方，「時間的視点移動」は語り手が自由に
現在と過去を行き来しながら語る場合に見られる視点移動であるとしている．

　そして，小説の言語分析において，「～したい」という表現に着目し，主
語が三人称になったときの表現は，視点移動を起こすことを明らかにした．
澤田の例を以下に引用しておこう．

> a．ジムはビートルズを聴きたい（たかった）．
> b．ジムはビートルズを聴きたがっている（たがっていた）．　　(283)

澤田はｂの文と比較して，ａの文のような断定的な表現は，「通例，『文学
の世界』でのみ許されるものである」(283) と指摘する．そして，ａの文の
発話者である「私」が，文の主語である「ジム」に「心理的に移動・没入し」

第 1 章　文体分析の手法　　25

(283) 視点の移動が行われているというものである.

　つまり,「小説の作者は, 作中人物の心を自由自在に読み通す創造主であり, いかなる作中人物の立場にも立てる位置にある」(283) ため, 視点移動が起こるという指摘である. 澤田は主に日本語による小説の視点分析を行っているが, この考え方を敷衍すれば, 英語の小説にも当てはめることができるはずである. つまり, 描出話法などに見られる, 語り手が登場人物の視点から語ろうとする場合は,「視点移動」として説明することが可能であろう. それは特に「心理的視点移動」と考えることもできるからである. このように視点を心理的, 空間的, 時間的な位置と捉えて考えると, 英語の小説内に見られるモダリティなどの法性や, どのような時制や相が選択されるかも併せて考えることができるようになる. そこで, 本書では澤田の主張するところの「視点の心理的移動」は英語の小説には顕著に見られ, 文構造に大きく影響していることも同時に立証できるものであると考えている.

1.5.3.　池上嘉彦の事態把握について

　さらに, 語り手と視点の関連において, 池上 (2006, 2011) の事態把握という概念も, 非常に有益な議論を提供してくれるため, 以下に概観しておくことにする. 池上 (2011) は事態把握を〈主観的把握〉と〈客観的把握〉の二つに分けて論じている.

　　〈主観的把握〉　話者が言語化しようとする事態の中に身を置き, 当事者として体験的に事態把握をする場合, 実際には問題の事態の中に身を置いていない場合であっても, 話者はあたかもそこに臨場する当事者であるかのように, 体験的に事態把握をする.

　　〈客観的把握〉　話者が言語化しようとする事態の外に身を置き, 傍観者, ないし観察者として客観的に事態把握をする場合, 実際には問題の事態の中に身を置いている場合であっても, 話者はあたかもその事態の外に身を置いている傍観者, ないし観察者であるかのように, 客観的に事態把握をする.

(318)

　この事態把握については, 本書の「はじめに」でも取り上げた箇所につい

て，池上（2011）は川端康成（1899-1972）の『雪国』の冒頭と，サイデン
スティッカーによる英語訳とを比較しながら議論を展開している．池上は，
日本語では汽車に乗っている主人公は言語化されていないが，主人公がその
場の中にいて，その景色を眺めているという体験が言語化されているという
ことを指摘している．一方，英語訳の汽車がトンネルを出たという描写は，
トンネルを抜け出る汽車を外側から言語化しているのである．そこで池上
は，前者を〈主観的把握〉によって言語化された文章とし，後者を〈客観的
把握〉によって言語化された文章であるとまとめたのである．

　池上によると，日本語話者は〈客観的把握〉よりも〈主観的把握〉を好み，
時には客体の中に主体をおく〈主客合一〉が日本語ではしばしば見受けられ
るとも指摘している．

　もちろん池上の指摘はこれまでの日本語と英語の相違について，談話形成
レベルにおいて明確なまでにその構造を単純化し，その仕組みを俳句や散文
といった文学作品の分析から導き出していることは非常に興味深い点であ
る．

1.6.　言語学の視点研究を文学テクスト分析に応用できるのか

　本書では，澤田の視点論と池上の事態把握，すなわち〈主観性〉と〈客観
性〉の区別は物語の語りと視点を区別するには非常に有効な手段であると考
える．そして，これらの考えに依拠し，以後，本書において，視点という用
語は，澤田の「話し手がある文を発する時の心理的・空間的・時間的な位置」
(281-282) を前提とし，それが主観的な語りである，または客観的な語りで
あるとした場合には，池上の事態把握の〈主観性〉と〈客観性〉を議論の下
敷きにしている．また，久野の主観的判断を伴った語句が用いられたときの
表現形態についても議論の前提としたい．

　しかしながら，先に示したように，小説を読んでいると，必ずしも主観と
客観の語りを明確に分類することができない場合もあり，グラデーションの
ように主観から客観へ，その逆の語りも展開することがある．そこで，語り
の形態を考えていくために，語りの構造について以下に概観し，さらに主観

と客観の間にある特徴的な表現形態について，どのように捉えるのかについて提示していくことにしたい.

1.7. 語りの構造と話法について

　ここでは，文学テクストを考察していく上で，もう一つの重要な概念である「語り」についてまとめていくことにする. まず，「語り」・「ナレーション」(narration) と「話」・「ナラティブ」(narrative) についての区別を明確にしておく.「語り」・「ナレーション」は，どのような語り手が，どのような聞き手に向かって，どのように物語を伝えるかということについての概念であって，技法面に重点を置いている. 一方「話」・「ナラティブ」は始まりと終わりがある物語の内容そのものにかかわる問題である. 文体論で特に注目して分析の対象とするのは「語り」・「ナレーション」であり，その技法すなわち言語的な特徴をさまざまな観点から明らかにしていくのである.

　そして，物語を語る人物を同定することが，語りの構造を明らかにする第一歩であると考えてみよう. 例えば，物語の中の語り手は物語に登場する人物である場合や動物の可能性もある. また，これらの語り手は，物語の中のすべての登場人物，または限られた登場人物の意識の内奥まですべて見通すことができる語り手であったり，さらには登場人物自身が語り手であることもある. そして，書き手は様々な形式の語り手の中から作品にふさわしい語り手の形式を選択し物語を展開させていくのである. つまり，この語り手を判断する際には人称や時制に着目する必要があるため，こうした言語的要素が極めて重要な位置を占める. 読者は誰が語り手であるかを判断するときに，意識的か無意識的かの議論は別として，テクスト上の語句や表現，文構造から語り手を同定する. そして，語りの構造を認識しながら読み進めるのである.

　上述したように，視点や語りに関する研究は多岐にわたり，視点の判定の基準や分類もそれぞれ独自のものであった. しかし，これらの分析に共通している考えは，語られる世界を基準に，その世界が外側の視点から語られる場合と，内側からの視点から語られる場合の二つに分けることであった. こ

れは池上が指摘するところの〈客観的把握〉と〈主観的把握〉と一致する考えと言ってもよいだろう.

　しかし，ここで問題となるのは，すべての視点の形式が外側・内側といった二項対立の概念で捉えることができるのであろうかということである．ある場面が，外側からの視点で語られて，次に内側の視点での語りに移行するようなものを，私たちは経験的に知っている．そして，この二分法では処理することができないような中間的な位置にある視点も存在している．そこで，こうした様々な視点について考えるにはこれまでの直接話法や間接話法という二分法によるものではなく，さらに話法の表現形式を細分化したジェフリー・リーチ（Geoffrey Leech）とミック・ショート（Mick Short）による文体の研究によって提示された概念が有効であると思われるため，ここで概略を以下に提示しておきたい.

1.8.　話法をめぐる代表的な議論

　話法（Speech Presentation）はオットー・イェスペルセン（Otto Jespersen）が詳細に論じたところから始まった研究であると言ってもよいだろう．Jespersen（1924）では話法を "to report what someone else says or has said (thinks or has thought) — or what one has said or thought oneself on some previous occasion" (290) と定義した．しかし，イェスペルセンの定義では，物語における登場人物の思考内容の描出と発言内容の描出が，地の文と区別できることはわかる．しかしながら，以下に論じていくように，話法や描出話法は多くの変種を持ち，イェスペルセンの指摘している以上に細かい分類が必要となってくる．そこで Leech and Short（1981）が話法の文体的変種としてさらに深めていった話法の形式について概観しておくことにする.

1.8.1.　話法 (Speech Presentation) について

　人の言葉を伝える方法には，いくつかの伝達方法がある．これらの伝達方法が話法という形式で言語化される．その表現形式についてまとめておくこ

第1章　文体分析の手法　　29

とにしよう．そこで，Leech and Short（1981）の議論をもとに次の例を考えてみたい．ある女性が東京にいることが好きだという内容の発言は，以下のような表現が考えられる．[14]

(1)　She said that she liked it there in Tokyo. (IS)

(2)　She said, "I like it here in Tokyo!" (DS)

(3)　I like it here in Tokyo! (FDS)

(4)　She liked it there in Tokyo! (FIS)

(5)　She expressed her pleasure at being in Tokyo. (NRSA)

(6)　She liked Tokyo. (NR)

　上に挙げた6つの発話の形式はそれぞれ異なった視点から語られている．まずは，(1) の間接話法（Indirect Speech: IS）であるが，(2) の直接話法（Direct Speech: DS）と比べ，登場人物の女性が実際口に出して言った言葉をそのまま伝えてはおらず，語り手の視点からその女性の言葉・発話内容を捉えて伝える形式となっている．この形式の文は，主節と従属節内の動詞の時制が過去形で統一され，"she" という代名詞，すなわち実際に発話した女性を三人称で記述しているところから，読み手に語り手の声を強く感じさせる．加えて，ダイクシスの "there" もこの女性寄りの視点からではなく，語り手寄りの視点であるということを示している．

　(2) の直接話法には，引用符が用いられていることが特徴である．被伝達部では，女性が発話したと考えられる内容が，再現されて伝達されている．主節は，語り手の時制である過去時制が用いられるが，被伝達部は，女性が語ったそのままの時制である現在形が用いられている．そして，ダイクシスでも，女性の視点であるということを意味する "here" が用いられている．この形式は，語り手よりも彼女自身の声を強く感じさせる表現になっているのである．

　しかし，この直接話法による文が，完全に女性からの視点からの語りに

----

[14] ここで提示した例文は Leech and Short（1981）の議論を基に筆者が作成したものである．

なっているのではない．（3）の自由直接話法（Free Direct Speech: FDS）が，完全に女性の視点から事実を報告している形式になっている．（3）の文では時制は現在形になっており，ダイクシスも"here"とすべて女性の視点を表す形式が用いられている．さらに，そこには語り手の存在を示す伝達節が存在せず，女性の発言内容がそのまま提示され，ただ被伝達部のみが置かれていることからも，女性の視点からの語りを裏付けることになる．

　（4）の文は，（3）の文によく似た形式である．しかし，時制とダイクシスの面で，（3）の文とは異なっている．この形式の文は，自由間接話法（Free Indirect Speech: FIS）と呼ばれるものである．間接話法では，語り手の言葉と登場人物による言葉が，一つの文の中に存在しているが，一方，自由間接話法には伝達節がないため，語り手よりも登場人物の言葉が前景化する．しかし，完全に女性の視点から語られているのではなく，過去時制や三人称のダイクシスによって示されているように，語り手寄りの視点を表している．そして，自由間接話法は，直接話法と間接話法の中間に存在し，登場人物の主観的，心理的な描写へと移ってゆくための架け橋のような形式の文体になっているのである．

　そして，（5）の文は語り手による言語行為の伝達（Narrator's Report of Speech Act: NRSA または Narrative Report of Speech Act とも言う）と呼ばれるものである．彼女の言葉が語り手自身の言葉に置き換えられて報告されるのである．そのため，彼女が言った言葉そのものについての詳細な点は述べられずに，発話内容を語り手の視点から要約して報告する形式となっているのである．

　彼女が発話したということを報告せずに，語り手が自分自身の言葉として伝達する形式が（6）の語り手による報告（Narrative Report: NR, Narrator's Report とも言う）である．これら（5），（6）のような文は，語り手の視点からの報告となっている．

　次に，話法の類推によって論じられている思考描出について見ていくことにする．

1.8.2. 思考描出 (Thought Presentation) について

　話法と同様に，ある女性が東京にいるのが好きだという内容を頭の中で考え，思ったとすると，話法の (1) から (6) に対応するものとして次のような文 (7) から (12) の文を挙げることができる．

(7)　She thought that she liked it there in Tokyo. (IT)

(8)　She thought, "I like it here in Tokyo!" (DT)

(9)　I like it here in Tokyo! (FDT)

(10)　She liked it there in Tokyo! (FIT)

(11)　She thought of her pleasure at being in Tokyo. (NRTA)

(12)　She liked Tokyo. (NR)

　(7) の間接思考 (Indirect Thought: IT) は，間接話法の類推により登場人物の思考を表現する文体として作られた用語である．間接話法とは異なり，間接思考は文学作品中に特に多く見られる形式である．そこでは，全知の語り手が，登場人物の思考を特権的に知ることができるのである．したがって，この形式の文は完全に語り手の視点からの語りになる．間接思考表現の形式の統語上の特徴は，間接話法とほぼ同じであるが，伝達節内思考や認識，さらには，内省を表す動詞が用いられる．

　(8) の直接思考 (Direct Thought: DT) は，直接話法からの類推によって提示された概念である．統語，形式上は直接話法と全く変わらない構造ではあるが，伝達節の動詞部分には間接思考と同様，思考内容を表現する動詞，例えば "think"，"ponder"，"wonder" などが用いられる．この形式は語り手の視点から語られるものである．

　(9) の自由直接思考 (Free Direct Thought: FDT) は，自由直接話法からの類推によって提示された概念である．この形式の文では，登場人物が実際に心の中で思ったことが直接的に提示される．そこでは，伝達節や語り手の時制である過去時制の使用が見られず，語り手の介入を感じさせるものがない．また，通常であれば "she" であったダイクシスも "I" となり，現在時制で語られる．したがって，この形式は完全に登場人物からの視点からの語りとなる．

(10) の自由間接思考（Free Indirect Thought: FIT）は，自由間接話法からの類推によって提示された概念である．ほとんど自由直接話法の形式と変わらないが，ダイクシスと時制の点から語り手の介入が見られる形式である．(11) および (12) の語り手による思考の報告（Narrative Reporting Thought Act: NRTA, Narrative Reporting Thought Act と呼ばれることもある）はそれぞれ，語り手による発話行為の報告，語り手による報告からの類推である．語り手による報告は話法と思考描写の両者に見られる現象であるが，どちらのカテゴリーに属するかは文脈で決定される．

そして，こうした思考描出の文体の差異において，Short (1982) は登場人物と語り手のどちらの声がどの程度強く出ているかということについて，以下のような図に表した．

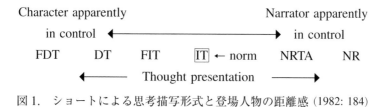

図1．ショートによる思考描写形式と登場人物の距離感 (1982: 184)

1.9. 視点と語りの文体を考察するにあたり

物語テクストの中で，視点は頻繁に移動する．その移動において表現方法を考察することで，そのテクストにおける文体の効果[15]を論じることが可能であろう．つまり，視点や語りについて言及する際は言語学的な観点から指摘も必要となってくる．視点の移動は物語において登場人物の心的態度を描出する上では重要な役割を担っている．澤田 (1993) の指摘するように視点が「話し手がある文を発する時の心理的・空間的・時間的な位置」(281-282) ということを前提とすると，ここで挙げた話法の変種は「心理的視点移動」の要素を持ちえていると考えられる．

---

[15] 本書において「効果」という語がたびたび用いられるが，この「効果」とは特に断りのない限り，文体，表現が読み手の反応を引き起こす効果のことを指している．

1.10. 文体分析における言語学の必要性

　かつて，ローマン・ヤーコブソンは構造主義言語学の知見を利用し，詩の分析を行い，「異化」という概念を用い，詩の特徴を音韻面から明らかにした（Jakobson and Rudy (1981: 18-62)）．詩の言語も一般的な言語理論で論じることができることを示したのである．そして，モスクワ言語学派，プラハ言語学派の中心であったヤーコブソンは，言語の詩的機能は言語芸術の唯一の機能ではなく，いかなる言語コミュニケーションにも現れてくるものであるという考えを提示した．これは，先に見たように今日の認知言語学がメタファを詩のような非日常の言語使用に見られる特有の特徴ではなく，日常の言語活動にも常に見られる現象であるとした考えと非常に近いものがある．

　言語学者で小説の分析を行ったロジャー・ファウラー（Roger Fowler）と文学者のフレデリック・ベイトソン（Frederick Bateson）との論争は有名な逸話となっている．その論争において，ベイトソンは「私は妹が言語学者と結婚するのは許さない．言語学者一族には入れたくない」[16]とまで言語学者による文学作品分析を拒んだのである．ファウラーは文学と言語学は様々な面において（音韻，語彙など）研究領域を共有し，融和する可能性があると主張していたが，ベイトソンは文学の読み手は文法を意識しないため，言語学は不要であるという主張であった．しかしながら，そのベイトソンの主張は，最終的にはファウラーへの個人攻撃のような形で論争の幕が下りることになった．

　この論争の元になったものがファウラーの編纂した *Essays on Style and Language*（1966）である．その中に収録されているリーチの論文では，文彩やレトリックをアリストテレス的な分析ではなく，規則を逸脱することから意味が生み出されるという観点から分析がなされている．このときにリーチはグライスの会話の協調の原則を用いて，文彩を語用論の枠組みで分析を

---

[16] この両者の論争は，Fowler (1971) にまとめられているが，*Essay in Criticism*, Vol. 16, No. 4, 1966 にはじまり，Vol. 17, No. 3, 1967, pp. 322-347，さらには Vol. 18, No. 2, 1968, pp. 164-182 にと議論が続いた．

行った.

　文学テクストを研究するにあたり，どのような手法かによって，当然のこととながら研究の方向が左右される．ここでは，言語学を基礎としたテクストの研究を行うということを前提として，重要な概念をまとめておくことにする．まず，これまで幾度となく用いたテクストという概念であるが，Wales (2001) は "Text is commonly used in many branches of linguistics and stylistics and literary criticism, but is not easily defined, or distinguished from discourse." (390) と言うように，それ自体を定義することが困難である．文学研究においてテクストと作品という言葉は一見すると同義のように思えるかもしれないが，これに関してはロラン・バルト (Roland Barthes) が作品とテクストを対立させて捉え，作品は作者のものであり，テクストは読者のものであると論じた (Barthes, 1966, 花輪訳 (1979: 91-105))．さらに，バルトはテクストについて次のように論じている.

　　　作品は物質の断片であって（たとえば図書館の）書物の空間の一部を
　　　占める．「テクスト」はといえば，方法論的な場である．　　　　　(93)

さらに,

　　　作品は（本屋に，カード箱の中に，試験科目のうちに）姿を見せるが，
　　　テクストはある種の規則にしたがって（またはある種の規則に反して）
　　　論証され，語られる．作品は手の中にあるが，テクストは言語活動の
　　　うちにある．　　　　　　　　　　　　　　　　　　　　　　　　　(94)

と論じている.

　バルトのテクストに関する考察は文芸批評の分野にとどまらず，記号論，言語学の領域にも大きく関与しているといえる．また，Halliday and Hasan (1976) は，テクストがどのように構成されるのかということに注目し，テクストをテクストたらしめる「テクスト性」という概念を導入して，言語学的に論証した．ハリデイとハサンによるテクストへのアプローチの仕方は，バルトが言うようにテクストは「ある種の規則にしたがって論証され，語られる」ものだと考えることができる．ハリデイとハサンはテクストの言語学

的分析の役割として次のように述べている.

> The linguistic analysis of a text is not an interpretation of that text; it is an explanation. This point emerges clearly, though it is often misunderstood, in the context of stylistics, the linguistic analysis of literary texts. The linguistic analysis of literature is not an interpretation of what the text means; it is an explanation of why and how it means what it does.
> (327–328)

　ハリデイとハサンによると，文体論とは文学の言語学的分析のことである．そして，その研究の目標はテクストの持つ意味がどのように，なぜ生じているのかを説明することであると述べている.

1.11.　文体が与える効果について

　文体とその効果について考えてみたい．文体や創作方法・技法を明らかにしていくということは，テクストの中で用いられている言語表現がどのような意図で，さらにはどのような効果をもたらすために使用されているのかを問題にすることである.

　文体が聞き手や読み手にもたらす効果との関係は非常に密接である．そこで古典的な例ではあるが，Warner（1961）による例を挙げてみることにする．"John Smith has just died. His son, writing a few days later to one of his friends, might say." という状況で，次の（1）から（4）のうちのどれかひとつが書かれていた手紙を受け取った場合，受け取った側がそこからどのようなメッセージを読み取るのかについて表現が内包している意味を中心にワーナーは論じたのである.

(1)　My beloved parent has joined the heavenly choir.
(2)　My dear father has passed away.
(3)　My father has died.
(4)　My old man has kicked the bucket.　　　　　　　　　　(1)

これら (1) から (4) のすべての文はすべて同一の事実に対しての陳述である．しかし，それぞれに用いられている単語，表現法が異なっている．すなわち同じ命題を表しているが，各文は異なった文体である．この手紙を受け取った人物は (1) と (4) とでは異なった印象を受けるであろう．その異なった印象はそれぞれの文に用いられている表現が大きく異なっているからである．(1) の文が書かれた手紙を受け取った人は，そこに尊大で金言的な響きを感じるであろう．ここでの表現は非常に大げさであり，仰々しい文体になっている．また，(2) の文は単純な形ではあるが，"die" という直接的な表現は避けて "passed away" が用いられていることから，感傷的な響きを読み手に与えることになる．(3) は非常に簡潔に述べられており，書き手の感情が直接的には伝わってこない文である．そして，(4) の文は "kicked the bucket" というスラングを用いていることから，この書き手は父親に対して尊敬の念を抱いていないと読み手が推論するのはたやすいことであろう．

ある一つの出来事を伝える際に，異なった文体を用いることで，受け取り手側の印象が異なるということを，上の例は示している．伝達者は，自分の伝えたいメッセージに見合った表現形式を採用し，相手に伝えようと心がける．特定のメッセージを伝えるために，特定の表現を用いる，その表現が文体なのである．そして，文体によって伝わるメッセージが異なることが，文体の持つ効果なのである．つまり，それらの文の持つ内包（コノテーション）が大きく異なってくる．ある事柄を伝達するために様々な文体を用いて表現することが可能であるため，受け取り手は，その表現からそれぞれの文の発話者ないしは書き手の意図をうかがい知ることができる．そして，通常の表現ではなく逸脱したような表現や，心的態度を表す語句が用いられた場合，そこには語り手や別の人物の何らかの態度が表明されていと考えることもできる．

第 2 章

アーネスト・ヘミングウェイの文体再考

2.1. ヘミングウェイはどのように読まれてきたのか

　文学作品は作家の紡ぎだす一語一語の集合体であり，その言語の理解なしには，解釈が成立し得ないことは自明の理である．Widdowson (1975) は，文体論が言語研究と文学研究の媒介となりうるということを以下の図のように示した．そして，文学を教える際に言語学が応用できると指摘している．

図 1（Widdowson（1975: 4）参照）

　ウィドウソンの指摘以降，文学作品に対する直感的な読みを言語学が担保するような流れが生まれた．例えば，ロナルド・カーター（Ronald Carter）をはじめとして，文体論研究者たちは，しばしばヘミングウェイの作品を俎上に載せ，その分析手法が妥当であるということを証明してきた．
　Carter (1982) はヘミングウェイ「雨の中の猫」（"Cat in the Rain",

1927) について，分析の前提として，最初に三つの直感的な読みを提示した．(1) スタイルは単純であるが，複雑な効果がある．(2) ふたりのアメリカ人の関係に亀裂のようなものが描かれ，直接的な言及はないにしても，婦人の不満が描写されている．(3) 作品名の「猫」は何か別のものを指しているような感じがする (67)．そして，この直感によって得られた事柄について，(I) 名詞句の構造，(II) 動詞句の構造及び話法，(III) 結束性，反復と意味的曖昧性という三つの言語学的観点から「雨の中の猫」の検証を行った．その結果，ヘミングウェイの「単純」と評される文体は，解釈は単純でなく，そこに潜む複雑な意味は言語学の観点から説明が可能であるとしている (75-76)．こうして，カーターの導いた結論は，文学研究の立場から，今村 (1992) が『ヘミングウェイと猫と女たち』で名詞句に着目して行った猫の解釈とほぼ同一のものとなる (97-141)．[1]

　さらに，ポール・ワース (Paul Werth) は，その著書において，「フランシス・マカンバーの短い幸福な生涯」("The Short Happy Life of Francis Macomber", 1936) や「医師とその妻」("The Doctor and the Doctor's

---

　[1] 今村 (1992) は次のように述べている．

　　メイドが連れてきた猫は，このアメリカ人の妻がテーブルの下に見た猫と同一の猫か異なるのか，批評家の間で意見がわかれるところである．しかし，これは同一の猫ではない．もし，同じ猫であるなら，ハッピー・エンドとしてこの作品は完結し，めでたしめでたしということになるのだが，物語としてそれ以上の発展はないし，それまでヘミングウェイが細部にわたって描写してきたことのほとんどが無に帰してしまう．…しかし，作者は，この猫が雨の中のテーブルの下にうずくまっていた猫とは，まったく異なる猫であることを読者に知らしめようとして，注意深く，克明に描写しているのである．…作者はメイドが部屋にやってきたときに，そのメイドと猫を眺める視点人物を，夫のジョージに任せている．…夫は外のテーブルの下の猫を見ておらず，メイドの猫と妻の見た猫の違いを区別することはできない．いわば無知の眼差しで差し出された猫を眺めているに過ぎない．…もちろん，ヘミングウェイは夫とメイドのやりとりから妻を部外者に置くことで，妻の反応を描くことをしない．妻の反応を描けば，ヘミングウェイがめざす―曖昧性をとどめることにより，意味に重層性を与える手法による効果―《アンビギュイティ》が失われ，この短編の面白さは損なわれてしまう．すなわち題名の "Cat in the Rain" という，不定冠詞も定冠詞も付かない曖昧さが意味を失ってしまう．もし，妻がこの猫を見て，同一の猫と判断すれば，この猫は "the cat" と表現せざるをえないし，異なる猫なら "a cat" となり，いずれにしても《アンビギュイティ》の効果は失われる．(117-118)

Wife", 1927）を分析の対象に取り上げた．ワースによる分析は，認知言語学の観点からテクストを理解するための方法論を提示しながら，検証，記述することにあった．ワースは，「医師とその妻」の分析において，空間的なイメージを形成する前置詞や副詞句が，物語を理解する上で重要な要素であると，認知言語学の観点から位置づけた．そして，空間描写が作品に描き出される白人とインディアンの対立を決定づけていると指摘した（60）．この指摘は，ワース独自の解釈の過程で明らかにされたものであるが，文学研究において，ジョセフ・デファルコ（Joseph DeFalco）が白人の世界とインディアンの世界を二項対立で読み解いたことを別の観点から論じたものと考えることもできるであろう．すなわち，ヘミングウェイ研究での解釈と文体論研究におけるそれとが，重なり合うこともあるのだ．

　また，ワースと同様，Black（2006）も語用論の観点から，ヘミングウェイのテクストに言及をしながら，その分析方法が文学作品の解釈には有効であるとした．ブラックは「キリマンジャロの雪」（"The Snows of Kilimanjaro", 1936）は，ヘミングウェイの文体には余分な要素が描き込まれていないため，読者に対してハリーの感情的側面を自由に連想させるとし，その連想の過程を論じた．その連想の過程において，語用論の観点から象徴的に描き出されているものを見いだし，それらが解釈へ結びつくとした．ブラックは象徴的に描き出されているものとして，ハリーとその妻，そして豹とハイエナの対立構図を指摘した．そして，ハリーが絶命するという構図と，ハリーの死を知らせるハイエナという構図が物語の全体像であると論じたのである．ただし，こうした象徴から論じるような解釈も，古くからヘミングウェイ作品を文学研究の立場から論じた Walcutt（1949）が，豹をハリーの精神的な理想主義の象徴としていることに等しいものであろう．

　このように，言語学的な観点からヘミングウェイのテクストがしばしば分析されることがあった．それらの多くは，ヘミングウェイのスタイルが単純だと指摘し，その単純さの裏側にある意味を言語学的に読み解くということを行ってきた．これまで，カーターやワースらが行ってきた分析は，テクストを微視的に捉えたうえで，言語表現に着目し，分析することを通じて，テクストの解釈へと結びつけていく作業であった．そこで彼らが提示した解釈

は，これまでのヘミングウェイ研究と重ね合わせると，新たな解釈がなされるものではなく，類似した結論に辿り着くこともあった．

　残念なことに，これまでヘミングウェイテクストを対象とした文体論研究の多くは，それを言語分析の対象としてのみ捉え，先行研究としてのヘミングウェイ研究の成果を軽視してきた感もある．そのため，文体論が難解な言語理論を振りかざすこともあり，結果として文学研究と同じ結論に辿り着いたとしても，文学研究の領域において，ヘミングウェイを研究する立場からは注目されることはなかったのである．しかしながら，文体論の微視的視点によるテクスト分析を一蹴するのではなく，ウィドウソンが示すように，文学研究と言語学の両者を互いに結びつけ，相互補完的な役割を文体論が担えるという考え方を持つこともできる．つまりテクスト解釈の原点に言語学的な分析も必要である，という立場で議論を進めていきたい．

　ウィドウソンの中立的な発想は，次のような時代の流れの中で誕生した．言語学は 1970 年代まで，文学研究で行われてきた文学作品の分析は，主観的な研究であると批判し，言語学的な分析こそがそれに代わる科学的なものである，といういうという主張をするようになった．そして，言語学者による文学研究を批判する立場から，文学テクスト研究が行われた結果，文学と言語学の間に大きな乖離が生じ，前述したファウラーらの論争を引き起こすまでとなった．これ以降，文学テクストを言語学の知見を援用して分析することが，下火になっていくのである．[2] そこで，この乖離を埋めるべく，ウィドウソンが教育的文体論を提唱したのである．1980 年代にイギリスの大学教育の現場において，文学教育が低迷し，同時に言語学の研究が盛んになると，文学研究は様々な理論的枠組みの手助けが必要となった．そのうちの一つが言語学であり，ウィドウソンはこの両者を再び結びつけようとしたのである．こうした経緯もあり，ウィドウソンは中立的な立場に文体論という領域を設定し，文学と言語学を結びつけたのである．その結果として，文学テ

---

　[2] 特に Fish (1973, 1979) の "What Is Stylistics and Why Are They Saying Such Terrible Things About It?" にあるように，言語学的文体論批判が文学研究者によってなされ，言語学で文学テクストを分析したものを研究としてみなさないような時期があった．

クストを言語学的観点から読み解くことについて，再び行われるようになった．しかしながら，言語学による分析に対する否定的な考えも存在している．さらに，文学と言語学という二つの学問領域を融合するものが，文体論であると規定したため，文体論が特別な理論を持たず，言語学と文学の緩衝材のような存在になってしまった．それゆえ今日でも文体論という学問が理念こそ存在するが，特定の研究手法を有さないということも看過できない問題として残っている．

　しかしながら，文学テクストを形成するものが言語であるという事実は変えることができない事実であり，言語学の知見を活用しない理由はどこにも存在しないように思われる．そのため，「文体論とは文学テクストを徹底的に言語学的に分析し，作品内での表現の効果や作家個人の文章構成原理を解明する学問である」と考え，議論を行っていく．そうすることにより，今日の緻密化された言語学理論は，文学研究では論じられてこなかった角度から，テクストに対して点に光を当てることができ，多角的にテクストを読み解くことができるひとつの道具となりうるのである．

　この考え方に立脚し，アーネスト・ヘミングウェイのテクストを取り上げて，これまでの代表的な先行研究を補う方法で分析を試み，言語学的手法による文学テクスト分析が作品解釈だけではなく，ヘミングウェイの文章構成原理を明示することができるということを示してみたい．また，これまで文体論が難解な言語理論を振りかざしてきたことの反省点に立ち，ここでは，言語理論はより単純化し，しかしながら，いかなる作品分析にも応用できるものを提示し，議論を進めていくことにしたい．

2.2. ヘミングウェイのテクストを巡る言説再考
——ハードボイルドから意識の流れに向かって

2.2.1. ヘミングウェイの略譜

　まずは，必要最低限のヘミングウェイの伝記的事実から確認をしておきたい．アーネスト・ヘミングウェイは 1899 年 7 月 21 日にイリノイ州オーク・パークで生まれる．高校を卒業した 1917 年から 1918 年の間は新聞記者と

してカンザス・シティ・スター社で働いた．この後，イタリア軍付き赤十字要員の募集に応じ，ミラノに入る．そこで，重傷を負って帰国．1920年からトロントで，トロント・スター社の記者として記事を執筆する．1921年，ハードリー・リチャードソン（Hadley Richardson）と結婚．その後パリに渡り，ガートルード・スタイン（Gertrude Stein, 1874–1946）らと知り合い，創作活動へと入っていく．1923年に『三つの短編と十の詩』（*Three Stories and Ten Poems*）を出版．そして，1924年トロント・スター社を退社し，作家としての道を歩む．

1924年には，パリで『ワレラノ時代ニ』（*in our time*）を出版する．さらに翌年，アメリカで『われらの時代に』（*In Our Time*）を出版．なお，この時期に『日はまた昇る』（*The Sun Also Rises*）に着手し，翌1926年に出版．以降次々と作品を発表することになる．1927年に第二の短編小説集『女のいない男たち』（*Men Without Women*）を出版．そしてこの年，ハードリーと離婚し，『ヴォーグ』（*Vogue*）誌の記者ポウリーン・ファイファー（Pauline Pfeiffer）と結婚．1929年に『武器よさらば』（*A Farewell to Arms*）出版．1932年にはエッセイ『午後の死』（*Death in the Afternoon*）を出版．1933年には第三の短編集として『勝者に報酬はない』（*Winner Takes Nothing*）を出版．1935年にはアフリカ旅行の回想記として『アフリカ緑の大地』（*Green Hills of Africa*）を出版．1936年に短編「キリマンジャロの雪」（"The Snows of Kilimanjaro"），「フランシス・マカンバーの短い幸福な生涯」（"The Short Happy Life of Francis Macomber"）を雑誌に発表．1937年に『持つと持たぬと』（*To Have and Have Not*），1938年には短編をまとめたものとして『第五列と最初の49の物語』（*The Fifth Column and the First Forty-Nine Stories*）を発表した．1940年には『誰がために鐘は鳴る』（*For Whom the Bell Tolls*）出版．この年にポウリーンと離婚し，マーサ・ゲルホーン（Martha Gellhorn）と結婚．1945年にマーサと離婚し，1946年にはメアリー・ウェルシュ（Mary Welsh）と結婚．1950年に『川を渡って木立の中に』（*Across the River and into the Trees*）出版．1952年に『老人と海』（*The Old Man and the Sea*）出版．1953年ピュリッツアー賞を受賞．1954年にはノーベル文学賞を受賞する．1961年7月2日に自殺し，62年の生涯を閉じる．

2.2.2. ヘミングウェイの文体再考

　ヘミングウェイの作品について言及する際に，文体を「ハードボイルド」と呼び，作品解釈をする上で，ヘミングウェイが意図的に「曖昧」さを残しているという指摘がある（今村（1992）など）．そこで，本章では，「ハードボイルド」や「曖昧」と言われている言説について，複数のヘミングウェイ作品を取り上げながら考察を行っていくことにする．

　一般的に，ヘミングウェイの文体といえば，形容詞や副詞などを極力排し，短文で構成されていると考えられている．これらの特徴を総合的に捉えて，ヘミングウェイの文体をハードボイルド・スタイルなどと言うことが多い．ハードボイルド・スタイルという呼び名から，「非情な」や「乾いた」文体を容易に想起することができるが，具体的に，「非情な」文体というものがどのようなものか明確にされていないことが多い．むしろ，書かれている物語内容に暴力性を読み取ることができるため，ハードボイルドや非情さを想起しやすい．そのため，物語内容がスタイル論と同一視されてしまう傾向にある．そこで，「ハードボイルド」という言葉の意味について確認することからはじめ，ヘミングウェイの文体について，ハードボイルドと関連した議論を取り上げた先行研究の概観をする．そこでは，「ハードボイルド」が物語内容から生み出されるものではなく，「文体」の要素であると考え，『われらの時代に』（*In Our Time*, 1925）を中心に，そのテクストの内容，表現形式，文体について迫ってみたい．

2.2.3. ヘミングウェイの「ハードボイルド」とは

　では，ヘミングウェイの作品におけるハードボイルド言説が，どのように形成されてきたのかについて考えてみたい．

(1)　Then I thought of her walking up the street and stepping into the car, as I had last seen her, and of course in a little while I felt like hell again. It is awfully easy to be hard-boiled about everything in the daytime, but at night it is another thing.

(*The Sun Also Rises* 42; 下線部は筆者による)

『日はまた昇る』(*The Sun Also Rises*, 1926) からの引用である．この引用部分は，酔っ払ったブレッドが，明け方4時半に，ジェイクのアパートを訪問する場面である．彼女は，ジェイクにミッピポポラス伯爵と一緒に，ブーローニュの森で朝食を食べようと誘う．だが，ジェイクは断り，彼女は彼のところから去る．そして，ジェイクは部屋の窓から見下ろすと，そこには伯爵の車に乗るブレットの姿があった．彼は突然，涙が出そうになる．その場面でのジェイクの心理描写が，ジェイク自身の声として，引用部分内の下線部で示したように，自由直接話法で表されている．昼間なら何事に対してもハードボイルドになれるのだが，夜になるとハードボイルドとは無縁だと言う．ジェイクは，ブレッドに対する気持ちを昼なら抑えておけるが，夜になると抑えておくことができないのだ．特に，過去形で語られている他の部分とは異なり，この場面でのジェイクの語りが現在形でなされ，前景化された表現になっている．それだけ，昼間のハードボイルドと夜の泣きたい気持ちとのギャップを強調した表現になっているのである．

ここで，ジェイクの言葉を通してハードボイルドについて考えてみると，感情というコントロールできないものを，何とか表に出さず抑えておくという態度のことである．つまり，感情を抑制することが，いわゆるハードボイルドであると考えられる．

次に引用の (2) を見ていくことにしよう．この引用は，英国人作家のJ. B. プリーストリー (J. B. Priestley) が1929年に書いた『武器よさらば』(*A Farewell to Arms*, 1929) に関する書評である．ここでも，ヘミングウェイの文体は筋肉質で，男性的であり，ハードボイルドであり，感情のないものであると指摘されている．

(2) For some time now, good critics have regarded Mr. Hemingway as one of the younger American writers of fiction ... You feel as if he were riddling his subjects with a machine-gun. But through the medium of this buff, masculine, 'hard-boiled,' apparently insensitive style, he contrives to give you a very vivid and sometimes poignant picture of the life he knows.

(136-137)

引用 (1) のジェイクの言葉でみたように，感情を表に出さない態度をハードボイルドと称することと同様である．

そこで，引用 (3) を見てみよう．『タイム』(*Time*) 誌の『誰がために鐘は鳴る』(*For Whom the Bell Tolls*, 1939) を紹介する記事である．そこでは，ヘミングウェイが，1920 年代に簡潔な文体であるハードボイルドという散文形式を作り出したと記されている．

(3) In the '20s Ernest Hemingway created a stripped, hard-boiled prose for telling terse, hard-boiled stories about broken-down bullfighters, ham prizefighters, gallant trollops, homosexuals, mugs, spiritual victims of the war. "The lost generation" quickly turned his books into bestsellers, tried to talk like Hemingway characters as they sipped raw alcohol in speakeasies, tried to write Hemingway stories in garrets and penthouses. None wrote as well as he. (*Time,* 21 October 1940: 94)

この書評において，"hard-boiled prose" すなわち，表現上の特徴と，"hard-boiled stories"，すなわち，物語内容の両者を「ハードボイルド」と称していることに注目しておきたい．

ヘミングウェイの作品について，ハードボイルドと称した場合，それが，文体を指すのか，それとも物語内容を指しているのかが曖昧である．そこで，ハードボイルドと言及されている場合は，文体要素なのか，それとも物語内容に依拠するものなのか，また，両者をあわせてハードボイルドと称しているのかについて明確にしておかなければならない．「ヘミングウェイスタイル」と称した場合，テクスト内の言語表現だけではなく，物語の主題やヘミングウェイという作家の個性を総合的に捉えた分析であるという認識である．一方，テクストの構成方法について論じる際には「文体」と呼び区別したほうがよいと思われる．しかしながら，文体とスタイルは混同を招く表現であることは否めない．評者によって，文体とスタイルを同じ意味で用いている場合もあれば，区別している場合もあるが，ここでは，文体という用語は文章構成原理を支える言語の形式であると考えて用いることにする．

さらに，問題点を整理するために，ヘミングウェイスタイルとハードボイ
ルドの関係について，引用（4）と（5）の岡田（1994）の論考を見ていくこ
とにしよう．

(4) （ヘミングウェイの短編小説を読んで）まず第一に感じることは，
生死の瞬間における人間の真実というものが，きわめて客観的に，
しかも，簡潔な表現でもって，描写されている．（中略）第二に感
ずることは，客観に徹した，いわゆる，ヘミングウェイ独特のハー
ドボイルド・スタイルである．彼は持ち前の鋭敏な感性による感
情移入を行いながら，「客観的相関物」に焦点をあてて，適確なる
象徴を用い，簡潔ではあるが，じつに入念，精緻な文体で描写を
行っていることである．ヘミングウェイは，作中人物の心理状態
を表現する場合，内面の心理を細かく丹念に描写するよりも，象
徴的行為とか仕草，あるいは状況，一連の事件といったものを，
ずばり端的に，しかも客観的に描写することによって，読者の心
の中に鮮明なイメージを連想させ，より明確に心理状態を理解さ
せることができると考えたようである． (34-37)

(5) ヘミングウェイが，人間の真実というものは，いかに醜悪，怪奇
なものであれ，これらを何ら臆することなく真正面から直視して，
ハードボイルド・スタイルつまり，「非情の文体」で，客観的に描
写している． (55)

岡田（1994）は，客観的な描写や簡素な文体という捉え方をし，こういった
文体を「非情の文体」と呼び，そのようなスタイルを「ハードボイルド・ス
タイル」として論じている．

さらに，舌津（1999）は「海の変容」（"The Sea Change", 1933）を引用
(6) と (7) のように論じている．

(6) これまで長い間信じられてきた「健全」にしてマッチョなヘミング
ウェイ像のいわば裏側に光を当てるものとして「海の変容」を「エ
リオット夫妻」やとりわけ『エデンの園』に連なる異色の作品とし

て，全景化するものである．だが，（中略），この短編が決して異色のヘミングウェイ作品ではなく，むしろ彼の代表的作品の多くに通底する核心的な示唆を含んでいる． (108)

(7) ハードボイルド・ヘミングウェイの陰に隠れた，より真摯でしなやかな作家像を照らし出す批評的いとなみはまだ始まったばかりである． (119)

この場合のハードボイルドは，ヘミングウェイの創作技法上の特性ではなく，作家ヘミングウェイの姿を捉えて，ハードボイルドと呼んでいるといえるであろう．このように考えると，ハードボイルドと称した際に，創作技法をハードボイルドと呼んだり，物語内容からハードボイルドと称したり，ヘミングウェイの伝記的な事実からハードボイルド作家と呼んだりと，様々な意味で用いられている．そして，男性性や感情を表に出すことのないスタイルというものが，ヘミングウェイの創作技法，物語内容，人間性をハードボイルドと称しているということが理解できる．

　ヘミングウェイの文体に関して，文学研究の立場からカーロス・ベイカー (Carlos Baker) やフィリップ・ヤング (Philip Young) などの初期の研究以来，"clean, clear, cold-hearted, crisp, efficient, hard-boiled, lean, merciless, muscular, objective, precise, sharp, simple, stripped, without emotion/feeling" という評し方が絶えず用いられる．例えば以下のような Young (1966) の指摘である．

(8) It is for the most part a colloquial and, apparently, a nonliterary prose, characterized by a conscientious simplicity of diction and sentence structure. The words are chiefly short and common ones, and there is a severe and austere economy in their use. The typical sentence is a simple declarative sentence, or couple of these joined by a conjunction; there is very little subordination of clause. The rhythms are simple and direct, and the effect is of crispness, cleanness and clarity, and sometimes of a monotony

that the author does little to relieve.   (204)

さらに，ヤングはヘミングウェイの初期の文体について以下のように論じている．

(9) These qualities of these early stories which attracted most attention to Hemingway, and which seemed to mark his work as his own and no other's, were the rigorous objectivity with which they were told, their complete lack of "thinking," and the unbelievably sharp and simple prose.   (181; 下線部は筆者による)

ヤングは，「考えること」が完全に欠如した客観的な語りこそが，ヘミングウェイの小説の特徴であると論じた．このヤングのヘミングウェイ論はこれ以降のヘミングウェイ研究に重要なものとなり，すべての研究の出発点とされるようなものである．そのため，今日のヘミングウェイの文体といった場合には，ヤングの指摘している内容に類似する議論が多くある．

　また，Lamb (2010) はヘミングウェイの伝記的事実と関連させながらそのスタイルの特徴を論じている．

(10) Concision and simplicity were abetted, in Hemingway's case, by two key influences: journalism and poetry ... If Hemingway took to heart the rules of journalism preached by the *Star*'s assistant city editor, Pate Wellington, those rules were complemented by the principles he learned from a more renowned mentor, the poet Ezra Pound.   (37–38)

さらにヘミングウェイ自身も，『午後の死』(*Death in the Afternoon*, 1932) において，自分の創作原理を次のように述べている．

(11) I was trying to write then and I found the greatest difficulty, aside from knowing truly what you really felt, rather than what you were supposed to feel, and had been taught to feel, was to put down what really happened in action; what the actual things

第2章　アーネスト・ヘミングウェイの文体再考　　　49

were which produced the emotion that you experienced.　　(2)

　ヤングの見解と，ヘミングウェイ自身の発言をの真意をくみ取り，批評家らはヘミングウェイの作品はシンプルな表現，ハードボイルドであると論じてきたのである．

　Flora（1989）は次のようにヘミングウェイの文体の簡潔さについて論じている．

(12)　He [= Hemingway] would in a very short time develop a distinc-
　　　tive prose style praised as muscular, lean, efficient.　　(4)

(13)　The simple vocabulary of the story and the simple structure of
　　　the sentence are in keeping with the parable-like effect of the
　　　story.　　(20)

　また，石（1970）は次のように述べている．

(14)　その特徴は，構文（センテンス）上は複文ではなく主として短文そ
　　　れも比較的短い平叙文を羅列してゆく文法的単純さ，基本単語集
　　　のレベルまで押さえられた簡単な語彙，形容詞・副詞・メタファ
　　　の禁欲的排除にある．背後に働いているのは抑制・簡潔・省略へ
　　　の意思である．リズムは直截素朴で時に飽き飽きするほどに単調
　　　である．こうした悪くいえば小学生の作文の叙述かと思われるも
　　　のから生まれる効果は，じつにパリパリした感じ，明晰さと鋭さ
　　　で，その印象を人は題材に応じて様々に呼ぶ─乾いた抒情，不毛，
　　　ストイシズム，ハードボイルド．　　(60)

　こうした一連のヘミングウェイの文体を巡る言説について，筆者は，これまでのヘミングウェイの文体について論じられてきたことをまとめ，『ヘミングウェイ大事典』において，ヘミングウェイの「ハードボイルド」を「文体が簡潔であり，心理描写を排し，会話を多用し，行動描写で人物を描き出す」(758) と指摘した．そして，その言語表現の特徴については，「一つ一つの文が短いこと，使用される語句が平易であること，心理描写はほとんど

行わず，行動描写を中心としてストーリーを展開させること，さらに，会話，対話（ダイアローグ）を多用することである．……行動描写の合間に心理描写や視覚表現や知覚表現を巧みに織り交ぜ，登場人物の心の中を少しだけ垣間見せるのである」(759) と論じた．

これまで見てきたように，文学研究におけるヘミングウェイの文体に関する言説は，文体というより，作品の主題やプロット，さらには，その人生をもひとまとまりに捉え，ヘミングウェイを修飾する曖昧模糊とした様相を呈してしまっているのである．次に，この曖昧模糊としているヘミングウェイの文体に関する論考に対して言語学の観点から考察をしていくことにする．

2.3. 「インディアン・キャンプ」における文体的特徴

これまで「インディアン・キャンプ」は，Smith (1989) が "Every major commentary on the story has, at least, noted that it is a tale of initiation ..." (38) と述べているように，出産や自殺を目撃する主人公の少年ニックのイニシエーションの物語であると考えられてきた．

そこで，物語の冒頭と結末の2つの箇所を引用し，分析するところから始めたい．引用 (1) は，ニックと父が同じボートに乗って，インディアンの村に向かう場面，引用 (2) は，ニックと父がボートで，インディアンの村から帰る場面である（短編は *The Complete Short Stories* からの引用であり，以下 *CSS* と略す）．

(1) Nick and his father got in the stern of the boat and the Indians shoved it off and one of them got in it to row. Uncle George sat in the stern of the camp rowboat. The young Indian shoved the camp boat off and got in to row Uncle George. (*CSS* 67)

(2) They were seated in the boat, Nick in the stern, his father rowing. The sun was coming up over the hills. A bass jumped, making a circle in the water. Nick trailed his hand in the water. It felt warm in the sharp chill of the morning.

第 2 章　アーネスト・ヘミングウェイの文体再考　　　51

　　In the early morning on the lake sitting in the stern of the boat
　with his father rowing, he felt quite sure that he would never die.

(CSS 70)

　引用 (1) の視点は，場面の全体を見渡し，クローズアップしていく，い
わゆる「カメラ・アイ」の視点から描かれている．そのため，ここでの情景
は，客観的な描写になっている．一方，引用 (2) で用いられている動詞に
注目してみると，冒頭部分の語りと比べ，語りの方法が変化していることに
気がつく．

　その違いであるが，冒頭部分では，主に登場人物の動作を表す動詞が使わ
れていることに対し，結末部分では，"feel" といった人物の感覚を表す動詞
が用いられている．"It felt warm in the sharp ..." の "it" は，"his hand" を
指している．そして，"his hand" がニック自身を指していることから，部
分で全体を表すメトニミとなっている．つまり，この文は，ニックが水面に
手を入れたことによる彼自身の知覚，感覚を表すものであって，客観的なア
ングルからの視点では語ることができないものになっている．

　この場面で "feel" という感覚を表す動詞，"sharp", "chill" という肌を刺
すような寒さを表す形容詞は，ニックの触覚を通して心理描写を行うために
使用されているのである．この描写の後の "he felt quite sure that he would
never die." は，第三者の視点からでは，語ることはできないものである．
この場面では，ニックの心の動きを描写するために，感覚を表す動詞，"feel",
心的態度を表す "quite sure" や，認識を表すモダリティを表す法助動詞の
"would" という語句によって，動作を中心とした描写になっている．その
ため，語りが外側の視点からの描写から，ニックの心的態度を表明する内側
の視点によるものへと変化しているのである．

　ここで，簡単にモダリティについて概要をまとめておこう．言語は常に命題
のみを，話し手が聞き手に伝えるものではなく，多くの場合，そこには話し
手の心的態度を含み，伝達されると考えると，その中には話し手の主観的な
要素が含まれる．この心的態度は，モダリティという文法的手段によって実
現化される．Quirk et al. (1981) に "It is very difficult to make a wholly

objective utterance, and almost everything we say or write conveys the impress of our attitude." (613) とあるように，モダリティは，話し手の態度を表出する要素である．

また Halliday (1994) では "Modal adjuncts are those which express the speaker's judgment regarding the relevance of the message." (49) としている．

そして，このモダリティという概念を，文体分析に導入した Fowler (1996) は，文体とのかかわりについて，以下のように述べている．

(3)　… a narrator or character may directly indicate his or her judg-ments and beliefs, by the use of a variety of *modal* structures. Modality is the grammar of explicit comment, the means by which people express their degree of commitment to the truth of the propositions they utter, and their views on the desirability or otherwise of the states of affairs referred to.　　　(166-167)

このように，文学テクストにおいて，モダリティ表現が使用されることは，語り手ないしは登場人物による意識の描出や，心的態度の表明がなされるときであり，登場人物の主観的な語りとなっていることを示してくれる．つまり，モダリティ表現の有無が，ある出来事をどのような立場，視点から語られているのかについて考える際に，有効な判断基準となる．加えて，語りが登場人物側に寄っているのか，もしくは登場人物ではない別の語り手側に寄って語られているのか，という判断もできるのである．

さて，再び引用 (2) に戻り，モダリティ表現を中心に見ていくことにする．ここでは，知覚動詞が使われていること，心的態度の表出のための助動詞の使用に加えて，強い否定を表す "never" を描写に織り交ぜることにより，ニックの心の状態を内側の視点から描写しているといえる．

ここで，物語冒頭部分と，結末部分の文体の変化について考えたい．語り手は，インディアンの男性の自殺を目撃してしまった少年ニックの心の変化を，単なるカメラ・アイ的なアングルで語ることで，物語の最後を締めくくるわけにはいかなかったのだろう．そのため，知覚・感覚を表す語句を用い

て，ニックの意識を描くような文体が採用されている．そして，単にショックを受けたというような描写ではなく，死を目撃したことが，ニックの心の中に変化を生じさせたということを，ニック寄りの視点から描出しているのである．そのほうが，読者はニックの心の中の声を直接聞くことができ，少年の心の変化をしっかりと読み取ることができるだろう．

物語は中盤まで，客観的に第三者の視点を守り続け，淡々と進行していたが，物語最後の部分だけ文体を変化させ，ニックの受けた衝撃の大きさを表したのである．生と死の両方に立ち会った少年の心の変化と，文体の変化とが相互に作用し合い，物語世界が形成されているのである．

それでは，物語をさらに見ていくことにしよう．この物語では，主人公であるニックが赤ん坊の誕生と，インディアン男性の自殺の場面に立ち会うことになるが，これらの場面において，ヘミングウェイは文体を巧妙に操作している．以下に赤ん坊の誕生の場面を見てみることにする．

(4) Nick held the basin for his father. It all took a long time. His father picked up and slapped it to make it breath and handed it to the old woman.

"See, it's a boy, Nick," he said. "How do you like being an interne?"

Nick said, "All right." He was looking away so as not to see what his father was doing.

"There. That gets it," said his father and put something into the basin.

Nick didn't look at it.

"Now," his father said, "there's some stitches to put in. You can watch this or not, Nick just as you like. I'm going to sew up the incision I made."

Nick did not watch. His curiosity had been gone for a long time.   (*CSS* 68-69)

引用 (4) は，ニックの父親が赤ん坊を取り上げた場面である．ニックは

54

当初，出産に立ち会うことに興味を持っていたが，次第にその興味は薄れて
いく．その心的態度は，ニックの視覚の描出によって表されている．この場
面では，ニックは，父親が赤ん坊を取り上げる様子を見ていない．この直前
の場面において，ニックは父の手の動きまでしっかり見つめていた．そのと
きとは異なり，ここではニックの中に大きな心理的な変化が生じている．こ
の変化は，知覚を表す動詞 "see"，"watch"，"look at" という語句で描写さ
れていることからも理解できるだろう．

　父親が "See, it's a boy" とニックに話しかけても，彼は "He was looking
away so as not to see ..." と，見ないようにしていた．彼が完全に顔をそら
していたということは，"he put something" という表現からも理解可能で
ある．ニックは顔をそらしているため，父が洗面器の中に何を入れたかがわ
からない．したがって，具体的な事物の描写ではなく，"something" すなわ
ち「何か」を入れたという表現になっている．

　さらに，"Nick didn't look at it." と繰り返されることで，ニックがそこ
で行われていることを，ほとんど見ていないことが強調される．一方，父は
ニックに対して，「見ても見なくてもいいから」と言い，最初の「見てごら
ん」と言ったときと，この時点での父の態度が異なっていることがわかる．
ニックは赤子の出産を見ることなく，最初の見たいと思っていた興味も，
"His curiosity had been gone for a long time" とあるように，消え失せて
しまったのである．

　次に，インディアンの男性が自殺していた姿をニックが目撃する場面を見
ていくことにしよう．

(5)　The Indian lay with his face toward the wall.　His throat had
　　been cut from ear to ear.　The blood had flowed down into a pool
　　where his body sagged the bunk.　His head rested on his left
　　arm.　The open razor lay, edge up, in the blankets.
　　　"Take Nick out of the shanty, George," the doctor said.
　　　There was no need of that.　Nick standing in the door of the
　　kitchen, had a good view of the upper bunk where his father, the

lamp in one hand, tripped Indian's head back.   (*CSS* 69)

引用（5）は，ニックが全景を見渡せるキッチンにいたことで，偶然にも，インディアン男性の自殺した姿を見てしまう場面である．ここでは，ニックの視点からの語りではなく，"There was no need of that. Nick standing ... had a good view of ..." とこの場面の全体を見渡すことのできる視点から語られている．そのため，ここでは，知覚動詞や心的態度を明示する語が一切使われていない．

　しかし，この死がニックに与えた影響は大きく，上で論じたように，最後の場面での "he felt quite sure that he would never die" という表現によって，その影響の強さを描出しているのである．

　この物語は，DeFalco（1975）に代表されるように二項対立の枠組みでの分析も多くなされてきた（159-167）．インディアン対白人という，人種のレベルから始まり，インディアンキャンプの持つ，原始的で暗いイメージを持つ社会と，白人社会という洗練され，文明化された社会との対立項を描き出しているという解釈がなされることが多くある．

　また，物語の構造でも対立項が存在する．例えば，インディアンキャンプに向かうときと帰るとき，生と死，父と子や男と女に見られる二項対立の関係などである．確かに，このような対立概念で，物語内容を整理することは安定性を持っているように見え，一つの完結した物語の世界を作り上げているといえるかもしれない．しかし，このような二項対立はあくまでも物語の中においては，きわめて表面的なものである．このテクストの表現のしくみを詳細に見ることにより，この二項対立は見かけ上のものであり，その背後には不安定性が内在しているということがわかるのである．

　一見すると，生と死という安定した二項対立が描き出されているように思えるが，引用（4）の「見ること」と「見ないこと」を描き分けることで，この対立が崩れはじめ，最後のニックの死に対する心情を吐露する発言へとつながっていく．そしてニックの揺れ動く気持ちが，安定した二項対立を逆転させるような文体で描かれているのと考えてもよいだろう．

　このように考えると，ヘミングウェイの文体が乾いた文体であるとか，登

場人物の心理描写がなされない，さらに，ハードボイルドな文体であるということとは別の視点から，文体を論じることができるはずである．そこで，もうひとつの作品「ビッグ・トゥー－ハーテッド・リバー」の文体分析を通して文体の操作が与える効果について見ていくことにしよう．

2.4.「ビッグ・トゥー－ハーテッド・リバー」における文体的特徴

ヘミングウェイは，『移動祝祭日』（*A Moveable Feast*, 1964）において，「ビッグ・トゥー－ハーテッド・リバー」を，"story was about coming back from the war but there was no mention of the war in it." (76) と説明している．まずはヘミングウェイの言葉を頼りに，ニックは戦争の傷が癒えぬ，いわゆる心が安定していない状態でキャンプをしているという心理状態に焦点をあて，いくつかの場面を引用しながら，考察していくことにする．

Young (1966) は，以下の引用に示すように，この作品の文体が「ヘミングウェイ・スタイル」の典型であると指摘している．したがって，「ビッグ・トゥー－ハーテッド・リバー」に見られる文体をより深く考察することが，ヘミングウェイの特徴的な文体について考えることができるはずである．

(1) There can be no objection because the tense, exasperation effect of this rhythm on the reader is extraordinarily appropriate to the state of Nick's nerves, which is above all what Hemingway is trying to convey. A terrible panic is just barely under control, and the style — this is the "Hemingway style" at its most extreme — is the perfect expression of the content of the story. (46)

ヘミングウェイは，1924 年 8 月 15 日付けのガートルード・スタイン (Gertrude Stein) とアリス B. トクラス（Alice B. Toklas）に宛てた手紙で以下のように伝えている．

(2) I have finished two long short stories, one of them not much good and finished the long one I worked on before I went to

第2章 アーネスト・ヘミングウェイの文体再考　　57

Spain ["Big Two-Hearted River"] where I'm trying to do the country like Cezanne and having a hell of a time and sometimes getting it a little bit. It is about 100 pages long and nothing happens and the country is swell, I made it all up, so I see it all and part of it comes out the way it ought to, it is swell about the fish, but isn't writing a hard job though?　　(*Selected Letters* 122)

　ヘミングウェイは，セザンヌのように田舎の風景を，この作品の中に描き出そうとしていたという．そして，この作品は何も起こらない，というのが特徴であると伝えている．しかし，ここではヘミングウェイの言葉を鵜呑みにせず，セザンヌの絵画と切り離して物語を読み，文体的な特徴を明らかにしてみたい．

(3)　Nick looked down into the clear, brown water, colored from the pebbly bottom, and watched the trout keeping themselves steady in the current with wavering fins. As he watched them they changed their positions by quick angles, only to hold steady in the fast water again. Nick watched them a long time.　　(*CSS* 163)

　物語冒頭からの引用である．ニックは川に架かる橋までやってきた．そこで，川面を眺める．そして，ひれを震わせながら，川面の中に静止している鱒をニックが見ている場面である．まず，引用部分の動詞に注目すると，知覚を表す動詞がすべての文に見られ，特に，"watched the trout"，"watched them" と繰り返し鱒を見るという表現が用いられている．
　さらに以下の引用 (4) を見てみよう．

(4)　Nick looked down into the pool from the bridge. It was a hot day. A kingfisher flew up the stream. It was a long time since Nick had looked into a stream and seen trout. They were very satisfactory. As the shadow of the kingfisher moved up the stream, a big trout shot upstream in a long angle, only his shadow marking the angle, then lost his shadow as he came through the surface of the water, caught the sun, and then, as he went back into the stream under the surface, his shadow seemed to float down the stream with the current, unresisting, to his post under the bridge where he tightened facing up into the current.

Nick's heart tightened as the trout moved. He felt all the old feeling. (*CSS* 163-164)

ここでは，"looked down"と知覚を表す動詞が使われた後，文体が変化している．橋を見下ろしたという表現の後に突然，"It was a hot day."という語りが挿入される．語り手の声のようにも思えるが，ここではニックの心理描写であると考えたい．なぜなら，次の文で"looked into"という「覗き込む」という知覚表現が用いられ，"They were very satisfactory."という文が後続しているからである．この「どれも文句の付けようのないものだった」という表現は，ニックが川の中を覗き込み鱒を見て思ったことである．そう考えると，「暑い日だった」というのは，その場にいるニックが暑さを感じ，心の中で言葉を発しているということができる．したがって，"It was a hot day."という表現は，"They were very satisfactory."と同様に，ニックの心的態度を自由間接思考の文で表現しているのである．「インディアン・キャンプ」の分析で論じてきたように，ここでも"look"や"watch"といった知覚動詞が繰り返し用いられた後に，登場人物の意識の内奥に迫る表現形式が用いられているということがわかる．知覚動詞を反復させることで，躍動的な鱒を見るニックの姿を描き出し，続いて"Nick's heart tightened as the trout moved. He felt all the old feeling."とニックの心理状態を描写する．鱒の動きとニックの心理状態が，オーバーラップしてくる様子が描き出されている．このような語りにおける言葉の反復について，佐藤（2009）は，「語り手は言葉を反復するとき，その反復によって何かの変化を求めているのではなく，その反復によって読み手の側に何らかの観照の変化を期待するためである」(134)と指摘している．つまり，言葉が反復されることで，読者はその文体的効果を感じ取るのである．ここでは，反復によって描写されるニックの姿を読者が捉えることで，読者が一気に作品の中に引き込まれて

第 2 章　アーネスト・ヘミングウェイの文体再考　　　59

いく作用をがあると考えてもよいだろう.

　さらに，次の引用 (5) を見ていくことにしよう.

　(5)　As he smoked, his legs stretched out in front of him, he noticed a
　　　grasshopper walk along the ground and up onto his woolen sock
　　　... Nick had wondered about them as he walked, without really
　　　thinking about them.　Now, as he watched the black hopper that
　　　was nibbling at the wool of his sock with its fourway lip, he real-
　　　ized that they had all turned black from living in the burned-over
　　　land.　He realized that the fire must have come the year before,
　　　but the grasshoppers were all black now.　He wondered how long
　　　they would stay that way.

　　　Carefully he reached his hand down and took hold of the hop-
　　　per by the wings.　He turned him up, all his legs walking in the
　　　air, and looked at his jointed belly.　Yes, it was black too, irides-
　　　cent where the back and head were dusty.　　　　　　(*CSS* 165)

　ニックが黒いバッタを見つけ，そのバッタが動き回る様子をじっくりと観
察をする. そして，黒くなってしまったのは，火事で焼け焦げた場所に住み
着いていたからなのだろうと思いをめぐらす. それから，実際に手を伸ばし
て触ってみる. 心の中で，確かに黒かったと，確認する場面である.

　ここでも，知覚や認識を表す動詞 “notice”, “wonder”, “watch”, “real-
ize” が用いられた後に，自由間接思考でニックの心の内奥が描写されてい
る. さらに，副詞 “carefully” を用い，動き回るバッタに対して，そっと慎
重に手を伸ばすニックの姿が描き出されている. この副詞は，主観的判断を
伴った表現になっているため，語りの視点は，ニック寄りになっていると考
えられる. 上でみたように，躍動的な鱒を見るニックという描写と並んで，
ここでも動き回るバッタを見るニック，という描写のパターンになってい
る. つまり，ニックの知覚描写を先行させ，それに対する判断を自由間接思
考で描写するという文体上の特徴が見られるのである. このことは，上記引
用の直後に “Go on, hopper,” Nick said, speaking out loud for the first

time, "Fly away somewhere." (165) と，つまり，ニックは初めて自分の心の中で思っていたことを口にした，という表現が後続していることからも理解できる．ここまで見てみると，"look" などの知覚動詞が使われた後にニックの心理描写へと移行することが，この物語の語りの特徴として挙げることができる．

それでは，「ビッグ・トゥー‐ハーテッド・リバー」に見られる知覚や認識を表す表現について焦点を当てて，議論を進めていくことにしよう．「ビッグ・トゥー‐ハーテッド・リバー」の第一部と第二部に見られる知覚，視覚動詞の数を比較してみると，第一部と第二部では大きく異なっていることが以下の表からわかる．

Keywords	第一部 （総語彙数 3677 words）	第二部 （総語彙数 4315）
look（知覚動詞として）	16	7
feel	9	18
know	9	6
see	9	6
watch	10	4
think	0	5

表1 「ビッグ・トゥー‐ハーテッド・リバー」に見られる主要な認識を表す動詞の出現回数

知覚動詞の変化について，大森 (2000) は以下のように論じている．

(6) 作品の第一部において，look, watch, see といった語が多用されているのに比して，第二部に入るとそれは極端に減少し，代わりに "feel" が多用されるようになる．「見る」という行為は，対象を外部に置いてのみ成立し得るものである．一方，「感じる」は，まさに内面的な状態を指すものである．ゆえにこの「見る」から「感じる」への移行は，外部から内部への移行と言い換えてもよいだろう．すなわち，ニックと一体化し，ニックの視点で対象を見てき

第 2 章　アーネスト・ヘミングウェイの文体再考　　　61

た読者もまた，ニックと共にその移行を果たすことになる．　(84)

　確かに，大森が論じている通りであるが，もう少しこの議論を深めてみた
い．第一部では，ニックの心理描写や心的態度が表明される場面において，
「感じる」という内発的な感覚の表明をする表現がない．しかしながら，自
由間接思考という別の文体要素によって，ニックの内面的な状態が表現され
ている．

　では，第二部ではニックの心的態度がどのように記述されているのかいく
つかの例を通して見ていくことにする．

　まずは，第一部で見られた「視覚」から「心理描写」という流れについて
確認しておこう．引用（7）はニックの先へと急ぐ気持ちが，朝食を食べず
に今すぐにでも川へ向かいたいという表現で描写されている．

(7)　As Nick watched, a mink crossed the river on the logs and went
　　into the swamp. Nick was excited. He was excited by the early
　　morning and the river. He was really too hurried to eat breakfast,
　　but he knew he must.　　　　　　　　　　　　　　　(*CSS* 173)

　この引用部分は，知覚動詞の "watched" から心的態度を表明する "excit-
ed"，そして "knew" と意識の中に迫る文体になっている．語りの変化は知
覚をきっかけとし，心理状態へと展開している．さらに，モダリティ要素を
有する助動詞の "must"[3] が過去形を主節にした文に従属する形で用いられ
ることによって，ニックの心的態度が明らかにされている．

　つまり，ニックは川を見ることによって，自らの心的態度を明らかにする
のである．そして，第二部の鱒釣りの場面では，今まで眺めていた川の中に
自ら入っていく．その場面を考察してみることにしよう．

(8)　He stepped into the stream. It was a shock. His trousers clung
　　tight to his legs. His shoes felt the gravel. The water was a ris-
　　ing cold shock.　　　　　　　　　　　　　　　　　　(*CSS* 175)

---

[3] この助動詞 "must" の用法については，2.5 節にて詳しく説明する．

62

　ニックが川の中に入って感じる水の冷たさや，川底にある砂利の感覚につ
いての描写がなされている．ここでは，"felt" という知覚動詞が用いられ，
ニックの感覚はメトニミ的に "his shoes" という主語の文で表されている．
さらに，"It was a shock." では，ニックが川に入ったときに感じたことが
自由間接思考で描写されている．これまで見てきたように，ニックの感覚は
川を見ること，そして，川に入ることによって刺激され描出されるのであ
る．しかし，それ以外の場面においては，ニックの感覚が描写される場面は
殆どなく，行動描写が中心となって物事が淡々と進んでいくのである．た
だ，この行動描写の箇所において，ニックの心的態度が表明される場面がい
くつかある．以下の引用 (9) と (10) を見てみよう．

(9)　He felt he had left everything behind, the need for thinking, the
　　　need to write, other needs.　　　　　　　　　　　　(*CSS* 164)

　川の上流を目指し，ニックは町を背にしながら山へと入っていく．つらい
坂道を登りながら，肩にかけたザックの重みが痛みつける．そんな中，ニッ
クは「今は何もかも置き去りにしてきたような気分だった．考える必要も，
書く必要もどんな必要も今はない．」と思うのである．
　その後，ニックは大きな鱒をつり上げようとしたが，逃げられてしまう．
"His mouth dry, his heart down, Nick reeled in" (177) と，落胆した様子
が描写されているが，どちらの文も動詞が省略され，その様子は，出来事と
して並べられているのみである．こうした表現が，ヘミングウェイの淡々と
した文体と評される要因となっている．ニックはゆっくりとラインを巻き取
りながら，"The trill had been too much. He felt, vaguely, a little sick, as
though it would be better to sit down." (177) と感じる．
　ニックは，鱒とのファイトの興奮がだんだんと冷めていき，気分が落ち込
んでしまう．そして，高揚していた気持ちは，次のような文体で描写される．

(10)　He thought of the trout somewhere on the bottom, holding him-
　　　self steady over the gravel, far down below the light, under the
　　　logs, with the hook in his jaw. Nick knew the trout's teeth would

cut through the snell of the hook. The hook would imbed itself
in his jaw. He'd bet the trout was angry. Anything that size
would be angry. That was a trout. He had been solidly hooked.
Solid as a rock. He felt like a rock, too, before he started off.
By God, he was a big one. By God, he was the biggest one I
ever heard of. [...] He did not want to rush his sensations any.

(CSS 177)

　興奮が冷めていくよりもむしろ，鱒に逃げられたことに対する悔しさが
徐々にこみ上げてくるような文体で描き出されている．そこでは，心理描写
を行うことのできる動詞の中でも，思考内容を表す動詞 "thought of" や
"knew" に加え，モダリティを表す助動詞 "would" で，逃げられた鱒につ
いて思いを巡らす様子が描写されている．そして，自由直接話法の "Any-
thing that size ..." から，ニックの心の声を直接聞くことのできる文体へと
変化していく．さらに，彼のあきらめきれない気持ちが，自由直接話法の
"By God ... I ever heard of" で描写されている．「ビッグ・トゥー－ハー
テッド・リバー」において，一人称主語が用いられる箇所はこの部分だけで
ある．このように文体を変化させることで，ニックの興奮が冷めることに比
例し，悔しさがこみ上げてくる様子を的確に描写しているのである．これ以
上自分の気持ちを乱さないように，自分に言い聞かせるような表現で締めく
くられている．

　この悔しさも，丸太に座って，タバコをくゆらしながら，日光で冷えた体
を暖めることで，落ち着きを取り戻していくのである．その様子は，"dis-
appointment" を繰り返しながら，"slowly the feeling of disappointment
left him. It went away slowly, the feeling of disappointment that came
sharply after the thrill that made his shoulders ache. It was all right now"
(177)，鱒を逃した残念な気持ちが語られる．こうして，ニックの興奮と失
望を表す気持ちの対比が描写されているのである．

　引用（11）は，一匹の鱒を捕まえた後，大きな鱒を逃し，そして下流へ向
かいながらもう一匹の鱒を捕まえて休憩している場面である．

(11) He felt like reading. He did not feel like going on into the swamp. He looked down the river. A big cedar slanted all the way across the stream. Beyond that the river went into the swamp. (*CSS* 180)

　ニックはここで，何か読むものを持ってくればよかったと思い，これ以上，川の中に入って釣りをすることはやめようと思う．こうしてニックの鱒釣りは終わる．そして，彼は自分がこれまで入っていた川を眺めるのであった．

　鱒釣りをするために痛みに耐えながら上流に向かっているときのニックの気分は，あれこれと深く考え悩むことから開放されていた．過去のことをすべて置き去りにし，何も持ってきていなかったことからくる開放感が，川の流れや飛び跳ねる鱒を見て様々な感情が去来する原因となっていた．そして，鱒釣りをすることによって，彼は充足感を覚える．ある程度鱒釣りに満足した後に本を読みたいと思いはじめることが，今までいた世界，すなわち現実の世界へ戻ってみよう，という意識が芽生えてきたことを暗示しているかのようである．

　つまり，ニックにとっての釣りは癒やしであり，現実の世界へ戻るリハビリテーションのようなものになっているのだ．そのことは，この引用の箇所の文体でも明らかである．これまで，ニックの心理描写のパターンは，「見ること」から「感じること」，という流れであったが，ここでの引用では，そのパターンが逆転している．すなわち，鱒釣りを挟んで，文章の構成が鏡像関係になり，「感じること」から「見ること」となっている．鱒釣りも終わり，後は帰路につくだけとなったニックは，最後の場面で次のように描写されている．

(12) Nick stood up on the log, holding his rod, the landing net hanging heavy, then stepped into the water and splashed ashore. He climbed the bank and cut up into the woods, toward the high ground. He was going back to camp. He looked back. The river just showed through the trees. There were plenty of days coming when he could fish the swamp. (*CSS* 180)

第2章　アーネスト・ヘミングウェイの文体再考　　65

　引用（12）は，ニックが自分のテントのある場所に戻ろうとする場面である．ニックは川を渡り終えたとき，自分の歩んできた方を振り返る．最初は川を見て心躍らせていたニックであるが，最後の場面では自分の過去を振り返るかのように釣りを楽しんだ川を最後に振り返る．このようにして物語が幕を閉じる．

　では，ここまで論じてきたヘミングウェイの文章構成原理が，テクストの解釈とどのような関係にあるのかについてまとめてみることにする．戦争で傷ついたニックは癒しを求めて自然の中へ入っていく．そして，自ら川の中に入り鱒釣りをすることで充足感を得る．ここまでは，「見ること」から「感じること」という流れでニックの心的態度が明らかにされていた．そして，鱒釣りの場面では行動描写が中心となり，釣りが一段落したところで，「感じること」から「見ること」という釣りをする前とは逆の表現方法になっていくのである．そうすると，ヘミングウェイが自身の作品について「何も起きない」と語ったこととは違い，ニックの心的態度に大きな変化が生じた物語であると言うことができる．さらに，セザンヌの絵画について考えることなく，作品を読み取ることも可能であるということが，これまでの議論で明らかになったであろう．こうして，視覚と知覚から感情へと向かう文体がヘミングウェイの文章構成原理のひとつであることを，ここで示すことができた．また，ニックの心理状態の変化の原因を「戦争の傷」というヘミングウェイの言葉を頼りに議論を進めたが，「見ること」と「感じること」を中心に物語を読めば，「戦争の傷」を考慮する必要もないだろう．つまり，文体的特徴を見い出すことによって，物語を読み解くことができる可能性もここに提示できたであろう．

　「インディアン・キャンプ」ではニックの不安定な気持ちを二項対立の崩壊によって描き出していたが，この作品では，ニックの精神的安定を描き出している．したがって，「見ること」と「感じること」を最後の場面で逆転させ，鏡像関係を作り出すことによって安定した世界を描き出し，ニックの精神的安定をその描写に投影していると言えるだろう．

　このように考えてみると，ヘミングウェイは視覚と知覚描写を適切な場面で用いることで，登場人物の心的態度を描き出し，非情さに代表されるハー

ドボイルド言説とはやや異なった点を挙げることができた．そこで，次節から心的態度を描出する文体について，意識の流れという観点から考察をし，ヘミングウェイの文体についての再考のまとめとしたい．

2.5. ヘミングウェイのハードボイルド言説再考

ヘミングウェイの文体の特徴の一つとして，登場人物の心的態度の描写に共通してみられる形式があることは，前節で指摘した通りである．それは，知覚や感覚を表す表現から，登場人物の思考を表す，つまり意識の内奥に迫る形式へと移行するものである．この形式が，ヘミングウェイの文体となっているのである．そしてこの文体で表される事柄は，単なる登場人物の行動描写ではなく，ある事柄に対する登場人物の心の変化である．このように，登場人物が思いを巡らすという流れを持つ文体を，ハードボイルドと称するのではなく，ヘミングウェイ式の登場人物の意識を描き出す文体であるといってもよいだろう．一般的にハードボイルドと呼ばれているヘミングウェイの文体は，非情さを描き出し，登場人物の心理描写を行わず，行動描写を中心とし，端的に表すというものであった．しかし，これまで論じてきたように，ヘミングウェイの作品は非情さというものが常に全面に出てくるわけではない．登場人物の心の機微を捉えて描写する物語もあった．こうした心理状態の変化が物語の中心的な部分になる作品も存在していることがわかった．

では，ヘミングウェイがどのように心の機微を描き出してきたのかについて，すなわち，ハードボイルド言説によって見過ごされてきてしまった部分について，言語学的な観点から明らかにしていくことにしよう．そこで，ニックを主人公とした物語の一つである「ファイター」（"The Battler"）を見ていくことにしよう．以下の引用（1）は物語の冒頭部分である．

(1) NICK stood up. He was all right. He looked up the track at the lights of the caboose going out of sight around the curve.

There was water on both sides of the track, then tamarack swamp.

第2章　アーネスト・ヘミングウェイの文体再考　　　67

He felt of his knee. The pants were torn and the skin was
barked. His hands were scraped and there were sand and cinders
driven up under his nails. He went over to the edge of the truck
down the little slope to the water and washed his hands. He
washed them carefully in the cold water, getting the dirt out from
the nails. He squatted down and bathed his knee.

That lousy curt of brakeman. He would get him some day.
He would know him again. That was a fine way to act.

... Nick rubbed his eye. There was a big bump coming up. He
would have a black eye, all right. It ached already. That son of
a crutting brakeman.

He touched the bump over his eye with his fingers. Oh, well,
it was only a black eye. That was all he had gotten out of it.
Cheap at the price. He wished he could see it. Could not see it
looking into the water, though. It was dark and he was a long
way off from anywhere. He wiped his hands on his trousers and
stood up, then climbed the embankment to the rails.　　　(*CSS* 97)

　ニックが立ち上がるところから物語が始まる．そしてそれに続く "He
was all right." では，何が大丈夫なのかこの時点ではわからない．読み進め
ていくと，彼は無賃乗車が発覚して汽車のブレーキ係に殴られたうえ，汽車
から落とされたということがわかる．ズボンが破れ，両手の擦り傷という描
写によって，ニックの身に何かがあったことを暗示させる始まりとなってい
る．ここでは，出来事が1–2–3–4と順番通りに語られるという，時系列の
語りではなく，2–1–3–4というように，物語の途中でフラッシュバックが生
じる語りとなっている．
　出来事が起こった順番通りに物語が展開する場合は，次のようになるだろ
う．ニックが汽車に乗ったところから始まり，無賃乗車の発覚後，ブレーキ
係に殴られ，汽車から振り落とされ，線路伝いに歩いていると，一人のボク
サーに出会う，ということになる．しかし，この物語はニックが汽車から投

げ出され，線路伝いに歩いていくという場面から始まる．投げ出されたニックは立ち上がり，自分の身に起きた出来事を振り返る．

引用（1）に戻ってみよう．ニックは膝に手を当ててみると，ズボンは破れ，膝小僧が擦り剥けていることに気がつく．さらに彼の手も擦り剥け，爪には炭や砂が入っている．そして沼地の冷たい水で慎重に手を洗う．その様子は "He went over to the edge of the track down the little slope to the water and washed his hands." と描写されているが，この場面のはじまりが there 構文によって提示されていることに意味がある．"There was water on both sides of the track, then tamarack swamp." と線路を挟んだ両側に沼地があることが提示され，そこでニックが手を洗うのである．there 構文によって話題が導入され，展開するのである．この there 構文は相手（聞き手や読み手）に，話者や語り手が，これから伝えようとする内容について，きちんと意識してもらいたいと考えているときに使う表現である．換言すると，トピックになる可能性のあるものを導入するときに使われるものである．続いてニックは，"That lousy curt of a breakman. He would get him some day. He would know him again. That was a fine way to act." とブレーキ係に対して怒りをあらわにする．この部分は，ニックの心的態度を表すモダリティ表現が使用された文体になっている．突然，心理描写が出てきたのではなく，前にある動詞 "felt" が引き金となっているのである．感覚・触覚を表す動詞を用いて "He felt of his knee." と描写されている．そこでニックは自分自身の脚の怪我を案ずるのである．つまり，何の前兆もなく，ニックの心理描写が行われるのではなく，徐々に内面描写へと迫っていくような文体になっている．「インディアン・キャンプ」，「ビッグ・トゥー－ハーテッド・リバー」と同様，「ファイター」も感覚を刺激する表現が，心的態度の表明を引き起こすきっかけとなっているのである．

内面描写の部分では，ニックはブレーキ係に殴られたことが悔しく，そして彼に対する嫌悪感を抱き，また痛い思いをし，"That son of cutting brakeman." と心の中でその怒りをあらわにする．この文は，ニックの視点からの自由間接思考の形式になっている．つまり，事態を語り手が客観的に把握をしているのではなく，ニックがその事態に対して，主観的に把握を

し，視点を移動させた語りとなっているのである．ニックの悔しい気持を彼自身に語らせることによって，彼のやり場のない気持ちが効果的に描写されている場面なのである．

このようなニックの内面描写は，徐々に物語の中に読者を引き込むようなものになっている．何の前ぶれもなく，いきなり主人公の内面描写をするのではない．その「きっかけ」を感覚・触覚を表す動詞でつくっているのである．それが "He felt of his knee." であった．そして，ニックの手が脚へと向かうと同時に，語りが "The pants were torn and the skin was barked." と展開していくのである．さらに，ニックの手を洗う様子は内部感情の "carefully" という副詞で説明される．この副詞は久野（1978）が指摘しているように，視点を制約するものであり，ここでの視点はニックとなり，ニックの主観的把握に基づく表現になっている．こうした動作主の態度を表す副詞によって，登場人物の心的態度を描出しているのである．そして，ニックは慎重に手を洗った後，しゃがんで膝を水につけたところで，怪我を負わせたブレーキ係を思い出し，"That lousy crut of a brakeman." と吐き捨てる．ニックにはやり場のない怒りが沸々と怒りが込み上げてくるのであった．ニックはまず擦り剥いた脚を案じ，それから擦り剥いている膝を水につける．それは，とても痛かったはずである．しかしながら，痛みは描写されず，ニックのブレーキ係に対する敵対心が描き出されている．つまり感覚から意識の内奥へと移行する描写となっているのである．

さらに，"He had fallen for it. What a lousy kid thing to have done. They would never suck him in that way again." と引き続きニックの怒りが描写される．"What a lousy kid thing to have done." は「なんてガキっぽいことをしてしまったんだ」とニックの後悔を表し，語り手による中立の立場を保った語りにはなっていない．ニックの心の中の声が聞こえてくるような描写である．

ニックは自分の目の周りを触ってみる．そこにこぶができていることがわかる．ここでは，モダリティを表す助動詞 "would" が使われている文に注目したい．この文が伝達している意味は，こぶがあざになって，あたりが黒くなってしまうだろう，というニックの推量である．そして，"all right" で

「そんなのへっちゃらさ」と，ニックの思考内容が描出される．さらに，"That son of a crutting brakeman." と，自由間接思考の表現形式で自分を殴ったブレーキ係への怒りを再度，表明している．引用（1）の文体的特徴は，ニックの知覚・触覚（ここでは痛みを感じること）が語られ，その後ニックの態度を表明する心理描写を行うという文章構造になっている．

このような構造が，この場面に固有の表現特性ではないということは，さらに読み進めていくことによってわかる．次のパラグラフの，"He touched the bump over his eye with his fingers." では，「触る」という動詞が用いられている．そして，それに続く文は，"Oh, well, it was only a black eye." にあるように，自由間接思考の文体でニックの思考内容が表現されている．また，"Cheap at the price." という表現もニック自身の思考内容の描出であり，客観的な語りではなく，一人称小説のごとく，ニックの視点からニック自身が語っているかのような，いわゆる主観的な事態把握による表現となっている．

ニックが線路沿いを歩き出した場面を以下に引用し，さらに文体的特徴を見ていくことにする．

(2) He started up the track. It was well ballasted and made easy walking, sand and gravel packed between the ties, solid walking. The smooth roadbed like a causeway went on ahead through the swamp. Nick walked along. He must get to somewhere.

Nick had swung on to the freight train when it slowed down for the yards outside of Walton Junction. The train, with Nick on it, had passed through Kalkaska as it started to get dark. Now he must be nearly to Mancelona. Three or four miles of swamp. He stepped along the track, walking so he kept on the ballast between the ties, the swamp ghostly in the rising mist. His eye ached and he was hungry. He kept on hiking, putting the miles of track back of him. The swamp was all the same on both sides of the track. (*CSS* 97-98)

"He must get to somewhere." とニックは歩みを進めなければなければならなかった．ここで用いられている "must" について簡単に確認しておくことにしよう．助動詞の "must" は "have to" と類似する意味を持つが，選択肢が一つしかなく，それをするしかないと思っている場合は "must"[4] となる．一方，外的な状況からしなければならない場合は "have to" となる．つまり，ニックがやるべきことは一つ，ただどこかに向けて歩みを進めるのみだということを，この文が示しているのである．それを彼の強い気持ちとして "must" によって表しているのである．

　そして，次の段落の過去完了の "had swung" に注目してみよう．小説内に過去完了が出てくると，今までの語られてきた時間よりも前の時間に戻る．したがって，この表現を起点として，ニックが汽車に飛び乗った場面に戻ることになる．ニックは，汽車がウォルトン・ジャンクション付近で，速度を遅くしたところに飛び乗った．汽車は，暗くなろうとしていた頃に，カルカスカを通過した．そして，次の文 "Now he must be nearly to Mancelona." と語りが続く．ここの "must" は推論で「～に違いない」という意味になる．ここでも選択肢が一つしかないという意味が根底にあるため，絶対に違わないという強い確信がニックにはある．ニックはそろそろマンセローナに着く頃だと確信をしたのである．この確信に至る過程として，どこで貨物列車に乗ったのか，どの辺りで暗くなりかけたのかを自分自身で振り返る．したがって，"Nick had swung on to the freight train." という過去の回想の部分は，ニックの頭の中で行われていたことを，読者が追体験できるような語りになっている．

　マンセローナが近くなってきていると確信しながら，ニックは湿地帯をさらに歩いて行く．そして，"Three or four miles of swamp." という名詞だけの表現はニックの心の中の声を描写しているものである．「この湿地帯をあと 3，4 マイルほど進めば（マンセローナに着くはずだ）」という彼の気持ちが表されている．さらに "His eye ached and he was hungry." と目の痛みと，空腹というニックの感覚が描写される．形容詞 "hungry" は腹が減って

---

[4] 助動詞の主観化である．

72

いる当事者のみわかることで，第三者から見て彼は腹が減っているという断定をすることは，たいていの場合において不可能である．したがって，この表現は，自由間接話法となっているのである．

　歩みを進めていくと，暗闇で焚き火をしている男とニックは出会う．そのときの場面が以下の引用部分である．

(3) The man looked at Nick and smiled. In the firelight Nick saw that his face was misshapen. His nose was sunken, his eyes were slits, he had queer-shaped lips. Nick did not perceive all this at once, he only saw the man's face was queerly formed and muti-lated. It was like putty in colour. Dead looking in the firelight.

(*CSS* 98–99)

　男がニックを見てほほえみかける．焚き火の炎が男の顔を浮かび上がらせる．その様子は "In the firelight Nick saw that his face was misshapen." と描写され，ニックによる男の顔の認知は動詞の "see" で表されている．[5]

　しかし，ここでは "see" の後ろに that 節が続いているため，単純に「～を見た」とはいかない．that 節内部で表される内容は「事実」や「認識の対象」であり，ここでは that 以下の内容が「わかった」という意味となる．例えば，"I found that she was working at her desk." と "I found her work-ing at her desk." では意味が異なる．前者は彼女が仕事をしていたという事実を間接的に知り得たのであり，後者は仕事をしていた場に居合わせたことを伝える文になるのである．つまり，"In the firelight Nick saw that his face was misshapen." という文は，この男の顔が変形していることを認識し，それをニックが焚き火の炎を通して気がついたことを表しているのである．そうすると，ここでの "see" は "find" や "notice" という動詞に近い意味で用いられ，視覚というよりも，むしろ認識や感覚を表しているのである．

---

[5] 一般的には動詞の "see" は知覚動詞として「自然に物が見える，実際に目に入る」という意味で使われるが，「see＋直接目的語（Can you see it?: それが見える？），see＋人/物＋do/done/doing（I saw her walk across the street.: 彼女が通りを横切るのを見た）」という場合においては，"see" は視覚を表す動詞なのである．

したがって，"Nick did not perceive all this at once, he only saw the man's face was queerly formed and mutilated." と動詞 "perceive" が使われているのも理解できる．そして，"Dead looking in the firelight." はニックが，その男の顔を見て，おぞましいと思ったことが描写された文であり，自由直接話法であると考えてもよいだろう．三人称の語りの小説では，登場人物の様子は，登場人物の外側の視点から描かれることが基本であるが，この場面では，自由直接話法で登場人物の意識，心の中の声を描写することができる文体で語られているのである．

「ファイター」では，登場人物の心理描写を効果的に行う手段として，触覚，感覚を表す語がまず用いられ，その触覚・感覚に誘発されて心理描写が進行するという文章構成となっている．ここで引用した場面は，ニックが無賃乗車をし，いわば道徳的に反した行いをしたがために，ブレーキ係に殴られ，汽車から落とされることになったというところである．しかし，ニックは自分自身の行いに対しては全く反省するどころか，反対に自分を殴り飛ばしたブレーキ係に対して復讐心を抱くような気持ちを抱く．すなわちこの場面では，ニックはまだ精神的には成熟しておらず，いわば自己中心的な人物であるということが，物語の内容だけではなく，それを描出している文体から理解することができる．つまり，客観的な語りと，主観的な語りを織り交ぜることによってニックのまだ成熟していない，不安定な精神状態を描いていると考えることができる．「ファイター」はニックの精神的な不安定さ，「揺れ」を登場人物の性格付けだけでなく，文体にも反映させている作品であるといえる．

ヘミングウェイの文体を考える際に，物語の内容から見ていく方法もあるだろう．一方，簡潔な文章は行動描写だけではなく，登場人物の心理描写もにも表れていることが確認できたであろう．そして，次節ではヘミングウェイの描き出す意識の流れの技法と，その描出のメカニズムについて考えてみたい．

2.6. ハードボイルドから意識の描出へ

　これまで見てきたように，ヘミングウェイのハードボイルド言説により隠蔽されていた登場人物の心の機微の描写が，むしろヘミングウェイの特徴的な文体のうちの一つであるということがわかった．そこで，本節では意識の流れと内的独白という観点から考えてみたい．本来の「意識の流れ」という概念は，心理学者ウィリアム・ジェイムズ（William James）による造語で，後に文学批評に使われるようになったものである．一方，「内的独白」は文学作品の一つの「技法」として用いられる用語である．しかしながら，出発点を異にしているこれらの概念が，同一の小説技法として考えられることが多く見られる．

　Humphrey（1954）が指摘するように，意識の流れは小説のジャンルとして，一方，内的独白は小説の技法として異なった概念であるという立脚点から分析を行うものとする．そのために，ハンフリーの指摘する内容を，さらに言語学の視点から具体的に再構築し，分析のための判断基準を提示することにする．

　ハンフリーは意識の流れについて次のように論じている．

(1) Stream of consciousness is one of the delusive terms which writers and critics use. It is delusive because it sounds concrete and yet it is used as variously — and vaguely — as "romanticism," "symbolism," and "surrealism." We never know whether it is being used to designate the bird of technique or the beast of genre — and we are startled to find the creature designated is most often a monstrous combination of the two. (1)

つまり，「意識の流れ」という用語が技法を指しているのか，ジャンルを指しているのか，もしくは両者を指しているのかということが非常に曖昧なものであると指摘した上で，ハンフリーは以下のように定義した．

(2) [W]e may define stream-of-consciousness fiction as a type of fic-

tion in which the basic emphasis is placed on exploration of the prespeech levels of consciousness for the purpose, primarily, of revealing the psychic being of the characters.　　　　　　　(4)

ハンフリーによると,「意識の流れ」は技法よりもむしろ小説の一つのジャンルを指すものとしてあるように思われる.

　次に,「内的独白」について考えていくことにしよう. 内的独白 (interior monologue) は, 小説家でもあり批評家, さらにはジェイムズ・ジョイス (James Joyce, 1882-1941) の『ユリシーズ』(*Ulysses*, 1922) の仏語訳をおこなった, ヴァレリー・ラルボー (Valéry Larbaud) が, 『ユリシーズ』の語りを説明する際に用いた表現である. その後, ラルボーによってジョイスが『ユリシーズ』を創作するにあたり, エドゥアール・デュジャルダン (Edouard Dujardin) が 1887 年に発表した『月桂樹は切られた』を元にしたということを言及したため, デュジャルダンは『内的独白について：その出現　起源　ジェイムズ・ジョイスの作品におけるその位置』を上梓した. そこで, デュジャルダンは次のように論じている.

> (3)　内的独白は, 詩の秩序のもとにある, 聞き手のいない, 言葉として発せられない語りであり, それによって登場人物が, 自己の最も内奥の, 無意識に近い思考を《生まれてくる》印象を与えるために文としての最小単位に還元された直接的語句を使い, あらゆる論理的組み立てに先立って, すなわちありのままに表現するものである.　　　　　　　(56)

しかしながら, ハンフリーはデュジャルダンが定義した,「自己の最も内奥の, 無意識に近い思考」は不正確であるとし, 以下のように定義をおこなった.

> (4)　Interior monologue is, then, the technique used in fiction for representing the psychic content and processes of character, partly or entirely unuttered, just as these processes exist at various levels of conscious control before they are formulated for deliberate

speech.   (24)

つまり，内的独白は，小説において表面上は部分的にか，あるいは，全く語られていない作中人物の意識内容およびその経過を表現するために用いられる技法なのである．

　ここで，問題が生じる．一体「意識の流れ」と「内的独白」を区別する言語表現は存在するのであろうか，というものである．

　ハンフリーは，引用（5）に挙げるように，「意識の流れ」を描写するために四つの技法があると指摘している．「直接内的独白」，「間接内的独白」，「作者全知の叙述」，「ソリロキー」がそれらである．

(5)　I shall avail myself of a simple classification to point to four basic techniques used in presenting stream of consciousness. They are direct interior monologue, indirect interior monologue, omniscient description, and soliloquy.
                                                                           (23)

一旦は小説の「型」としておいた「意識の流れ」が，特定の「技法」によって実現されるとし，その中に「内的独白」も含められているのである．つまり，「意識の流れ」は「内的独白」によっても実現されるものであるといえるのである．ここに，ハンフリーの主張の矛盾点が浮かび上がってくる．このような問題が生じるにはいくつか原因があるだろうが，その一つとして，両者にどのような文体的，文法的な特徴が見られるのかについて関連づけて論じられてこなかったことがあるだろう．ここでは，その矛盾点に対して考察を行うものではなく，ヘミングウェイの作品の中で，登場人物の心的態度がどのように描出され，その技法がどのようなものかを考えていきたい．

　そこで，具体的にヘミングウェイの文体を考える上での「内的独白」と意識の描出方法について，作品を見ながら考察を行うことにしてみよう．

2.7.　『老人と海』の意識の描出方法

　では，『老人と海』（*The Old Man and the Sea*, 1952）を見ていくことに

しよう．『老人と海』では，サンチャゴの思考内容が頻繁に描写されている
ということは，すでに研究者たちによって指摘されている（Waldhorn（1972:
74），西尾（1992: 286-317））．

(1) The noblest passages in The Old Man and the Sea work the same
magic by centering consistently on Santiago's consciousness and
sensibility. (Waldhorn 74)

(2) 広い大洋に浮かぶ小舟の老人とマカジキとの格闘をわれわれが抱
くことなく生き生きと目のあたりに描くことができるのは，頻繁
に行われる視点の切り替えやフラッシュバック，独白，会話，全
能者の目などの手法を巧みに操作しているためである．　（西尾 314）

もちろん，ここでの目的はこうした議論に意義を唱えることではなく，意
識の描出の方法についてより深く考察を行うことである．具体的に，『老人
と海』におけるサンチャゴの意識の描写について考察を行い，もはやヘミン
グウェイのスタイルについてマッチョなイメージを持ち，感情を極力抑えて
描き出すハードボイルド言説が当てはまらないということを示していきた
い．

(3) "Eat it a little more," he said.　"Eat it well."
　　① Eat it so that the point of the hook goes into your heart and
kills you, he thought. ② Come up easy and let me put the har-
poon into you. ③ All right.　Are you ready? ④ Have you been
long enough at table?
（44; 丸数字は筆者による）

引用（3）は，マカジキがかかり，引き上げるタイミングを見計らう場面
である．この後，引いてもびくともしない場面が展開する．
サンチャゴは，水面下にいるマカジキに対して，「もう少し食べてくれ，
もっと食べてくれ」と言葉を発する．その後の①の文にあるように，サン
チャゴの思考を表す描写となる．それに続く②，③，④の文も同様に思考を
表しているといえる．ここで，①の文と，それ以降の文とでは，思考を表し

ている文体が異なっているということを指摘しなければならないだろう. ①
では明確にサンチャゴの思考であることを示すため, "he thought" という
伝達節が後置されており (つまり, "He thought ...", となっているのではな
く, "..., he thought" となっていること), "Eat it so that the point of the
hook goes into your heart and kills you" という被伝達節によって, サン
チャゴの思考内容が明確に提示される. これは, サンチャゴが実際に口に出
した言葉, "Eat it a little more. Eat it well" の発言の真意であると理解で
きる. そして, ②以降の文には伝達節が省略されているが, サンチャゴの思
考内容の描出であるということがわかる. そして「あがってこい. そした
ら, 銛を突き刺してやる. いいか, 準備はできたか? じゅうぶん食べたは
ずだろ?」という部分は, サンチャゴの独白となっている. このような文体
でもって, サンチャゴの内的独白 (interior monologue) を表している.

　さらに, サンチャゴの意識の描写のされ方について議論を進めていくこと
にしよう.

(4)　① After it is light, he thought, I will work back to the forty-fath-
om bait and cut it away too and link up the reserve coils. ② I
will have lost two hundred fathoms of good Catalan cardel and
the hooks and leaders. ③ That can be replaced. But who replaces
this fish if I hook some fish and it cuts him off? ④ I don't know
what that fish was that took the bait just now. ⑤ It could have
been a marlin or a broadbill or a shark. I never felt him. I had to
get rid of him too fast.

　Aloud he said, "I wish I had the boy."

　⑥ But you haven't got the boy, he thought. ⑦ You have only
yourself and you had better work back to the last line now, in the
dark or not in the dark, and cut it away and hook up the two re-
serve coils.

(51-52; 丸数字は筆者による)

綱に何かが引っかかった感触を得たサンチャゴの思考内容が, ①の直接思
考によって表されており, それ以後②～⑤の各文は, 自由直接思考で表され

るという，先に見た例と同じ構造を持ち，内的独白による描写が行われている．

しかし，ここで⑥，⑦の文体は，これまでの内的独白の文体とは異なっている．⑥の文には伝達節があることからもわかるように，直接思考の文体になっているということは⑦の文体と変わらない．しかしながら，内的独白の文体を構成する「現在形」，「一人称主語」という要素では構成されておらず，ここでは，「現在形」，"you" という「二人称主語」になっている．この代名詞 "you" が指す対象は，サンチャゴ自身だと考えることができる．引用（3）で見た "kills you" の "you" はメカジキを指していた．ここでメカジキを二人称代名詞の "you" で指していることについて，島村（2005）は「大魚と闘っていながらも，彼が相手を『おまえ（you）』とか『やつ（he）』と呼ぶのは，彼の魚への畏敬の念だけでなく，好敵手のみが相手の力量を察して，互いに親しみを覚えるように，魚に対してある種の友情を抱くことができるからである」（172）と述べている．

しかし，⑥と⑦の文にある "you" はメカジキではなく，サンチャゴ自身を指していると考える方がよいだろう．このような二人称代名詞の "you" の使い方について，鈴木（1996）は「これまでひとりごとが言語学の研究の対象として，正面から取り上げられたことはないと思う」（181）とし，様々な文学作品を例に挙げながら，「ひとりごとの you」として論じた（181-186）．そして，ひとりごとを言う際に，英語話者は主語を一人称の "I" とするか，二人称の "you" とするかで，そのときの態度が異なっていると指摘している．

鈴木（1996）の論に従うと，通常は主語を "I" にしてひとりごとを表すが，"you" を主語としたときには特別な意味がある．そして，結論として，「自分を戒める，はげます，注意を喚起するといった一種の対立緊張の精神状態にある」というのが「ひとりごとの you」の役割だといえる．

こうしたことからも，ここで二人称の "you" が用いられていることは，サンチャゴが，自分自身を奮い立たせる気持ちで心の中で強く叫んでいると考えられる．このようにヘミングウェイは，サンチャゴの内的独白を表す部分において，主語を使い分け，そのときの登場人物の気持や精神状態をも効果的に描き出しているのだといえる．

2.8. 『われらの時代に』の中間章における意識の描写方法

　前節では，『老人と海』における登場人物の意識の描出原理について論じたが，ヘミングウェイは早い時期から，登場人物の意識を描写する文体を持っていたということをここで明らかにしたい．そのため，初期の短編集である『われらの時代に』の中間章をいくつか取りあげて，それらの文体を考察していく．この中間章はアメリカ版の『われらの時代に』が出版される前に，パリで『ワレラノ時代ニ』として出版されたもので，ヘミングウェイの最初期の作品として位置付けられるものである．

　まずは，以下の引用から考えてみたい．とても短いが，これで一つの物語を形成している．物語と呼ぶにはふさわしくないかもしれないが，文体的には興味深い作品である．

(1)　It was frightfully hot day.　We'd jammed an absolutely perfect barricade across the bridge.　It was simply priceless.　A big old wrought-iron grating from the front of a house.　Too heavy to lift and you could shoot through it and they would have to climb over it, and we potted them from forty yards.　They rushed it, and officers came out along and worked in it.　It was an absolutely perfect obstacle.　Their officers were very fine.　We were frightfully put out when we heard the flank had gone, and we had to fall back.

(CSS 83)

　この引用部分は，"frightfully"，"absolutely"，"simply"といった話し手の心的態度や，価値判断を述べるような主観的判断を伴った副詞が複数回用いられ，登場人物の心の状態を克明に描き出されている．このような表現が使われている箇所は，主観的な事態把握となっているといえるだろう．そして，この場面で繰り返される主観的判断を伴った副詞は登場人物が激戦で追い詰められ，彼の不安定な心の様子，その心が揺れ動いていることを表していると考えてもよいだろう．

　この場面から，こうした副詞をすべて取り除いてしまうとどうなるだろ

う．単なる出来事の羅列にしかならない．しかし，出来事に対して語り手の判断を表す副詞を加えることにより，つまり，主観的把握による描写となり，効果的に登場人物の心理状況が描き出されていると考えてもよいだろう．もちろん，主観的な描写になっているという根拠は，ここまで述べてきたものだけではない．それは，この作品が一人称の語りになっていることとも関係している．三人称の語りと比較すると，客観的というよりもむしろ主観的な語りが多くなるからである．さらに知覚動詞 "hear" によって，語りが登場人物を通して行われているということが明確になっている．このように考えると，語りが客観性を持っているのではなく，むしろ登場人物の視点を媒介として語られるという主観性の強い語りとなっているため，これまで言われてきたハードボイルドとは大きく逸脱している文体となっていることがわかる．

　この小品では，ヘミングウェイの文体の特徴のひとつでもあるとされてきた「繰り返し」，「単文で構成されている」という表現形式もみられる．『移動祝祭日』の中でヘミングウェイは，スタインから学んだ繰り返しの技法について「繰り返しが生み出す効用や効果は大きなもので，彼女はそれらのことについてうまく語っていた」(20) と述べている．

　この作品は，語り手の「記憶」が基になって書かれたようなものであるともいえる．語り手が，日記を書くかのように過去を振り返る．そこでの出来事は個人的で主観的な立場から語られることが多くあるため，モダリティ表現が使用されやすい．語り手は戦場での出来事を思い出し，それを詳細にではなく，断片的に特定の部分だけを抽出して描く．それが語り手の「記憶」に基づく語りの文体となって表れているのである．

　次に，『われらの時代に』の中間章の "Chapter VII" の文体を考察していくことにしよう．"Chapter VII" はフォッサルタにおける戦況を描いている．以下に全文を引用し考察を行う．

(2)　While the bombardment was knocking the trench to pieces at Fossalta, he lay very flat and sweated and prayed oh jesus christ get me out of here. Dear jesus please get me out. Christ please

please please christ. If you'll only keep me from getting killed I'll do anything you say. I believe in you and I'll tell every one in the world that you are the only one that matters. Please please dear jesus. The shelling moved further up in the line. We went to work on the trench and in the morning the sun came up and the day was hot and muggy and cheerful and quiet. The next night back at Mestre he did not tell the girl he went upstairs with at the Villa Rossa about Jesus. And he never told anybody.

(*CSS* 109)

　まずは，"he lay very flat and sweated" についてであるが，この文は，客観的な語りになっているように見えるかもしれない．しかし，後続する "prayed oh jesus christ get me out of here" から文体の変化に気づく．突然，語られる主体が「彼」から「私」へと転換される．しかし，焦点化されている人物が変わったのではない．この文で用いられている "he" と "me" によって指示されるのは同一人物なのである．

　この文は "prayed" 以降の文体を変化させることによって，「彼」の思考を彼自身の視点から描出することへとつながっていく．これは澤田 (1993) の指摘する「視点移動」であり，この視点移動が心理的要因によって引き起こされることでも説明が可能である．[6] そして，動詞 "pray" は "say" などに代表される一般的な伝達動詞ではないが，意味は「祈る」ことであり，さらにそれは「心の中で祈る」ものであって，"think" と同様に主体の思考描写を行っている．つまり "He prayed that" の that 節以下の内容はその主体のみにしか知り得ない内容なのである．そして，このように考えると，さらに後続する文も登場人物「彼」の思考描写を行っているといえる．文体的にも "here" の使用（すなわち直示表現の形式），使用される時制（この場合は，客観的な三人称の語りになっている場面では過去形が用いられているが，「彼」自身の思考を描写する際には現在時制が用いられている）といったよ

----

[6] 本書 1.5.2 節参照のこと．

うな文法的な変化によって確認できる．この作品の文体は統一されていない
ことで，揺れが生じている．この文体的な統一感のなさという揺れは，「彼」
の心の揺れも映しているのである．

　戦場で張り詰めた緊張感の中，敵からの襲撃の恐怖に身を伏せ，耐えてい
る．そして，自分の身が安全でありたいということを必死にイエス・キリス
トに祈りつづける．そして，朝になると，敵の襲撃には遭わなかったことを
知る．本来であれば，神に感謝するところであるはずだが，「彼」のとった
行動は “Villa Rossa” という売春宿に向かうのである．そして，「彼」は神
との約束を破る．それは “he never told anybody” という物語の最終部分で
はっきりする．

　「彼」は死に直面する場面において，生きたいという強い欲求を持ち，神
に対して都合よく祈りを捧げる．そこで，敵に襲われずに済んだことから発
生した性欲によって，「彼」は売春宿に向かうのである．結局は一時的な欲
求を処理するために自分にとって都合のよいものを選択するのである．イエ
ス・キリストを信じる宗教も，性欲の対象としての女性も，すべて一時的な
欲求の処理にしか使われないのである．つまり，神を崇拝することと，女性
を抱くことは欲求処理のための同一装置であって，絶対的な信頼がそこには
ない．「彼」自身にも確固たる居場所が存在するとはいえない．どこにいけ
ばよいのかわからないため，都合よく神を利用したり，女性を利用したりし
て揺れ動くのである．

　このように登場人物の精神的な未熟さを示す「揺れ」が，登場人物の心的
態度を表すような文体と，客観的な語りの文との間における，視点の不統一
感から生み出されているのである．

2.9.　ハードボイルドの先にあるヘミングウェイの文体とは

　これまで，ヘミングウェイのハードボイルド言説について，具体的な作品
を挙げて言語学的な方法論に従って論じてきた．ヘミングウェイの小説の文
体をハードボイルドと称してしまうことで，隠れていたものがあった．それ
は，登場人物の心の機微を描き出すという文体である．つまり，ハードボイ

ルドだけでは表すことのできないヘミングウェイの文体の存在を明らかに
し，その先にあるものとして意識の描出技法があると指摘した．この意識の
描出の文体についてはヘミングウェイが創作活動を始めた初期の短編群に
も，そして晩年の『老人と海』にも観察することのできる文体であった．そ
こで，次の章ではヘミングウェイの作品が曖昧であると言われていることに
ついて考えてみたい．そして，その曖昧性を生じさせるメカニズムについて
意味論的・語用論的な観点から考えていくことにしよう．

第3章

アーネスト・ヘミングウェイの作品の曖昧性について
── 意味論と語用論的観点からの再考

　前章では，ヘミングウェイのハードボイルド言説の再考を言語学的に行うことで，これまであまり言及されることのなかったヘミングウェイの心理描写について明らかにしてきた．この章では，作品の解釈や意味の多様性・重層性を生じさせる「曖昧性」について，意味論と語用論の観点から考察を行っていきたい．今村（1992）は「雨の中の猫」を論じる中で，「ヘミングウェイがめざす──曖昧性をとどめることにより，意味に重層性を与える手法による効果──《アンビギュイティ》」（118）が存在することを示している．こうした曖昧性は，もちろんヘミングウェイの他の作品にも見受けられる．そこで，曖昧性について，様々な作品を取り上げて，詳細に検討をしていくことにする．

　文学作品の解釈をする際に，解釈が研究者の間で全く異なることは度々起こる現象である．その原因のひとつとして，誤読などもあるだろうが，テクストそのものが曖昧であり，いかようにでも解釈することのできる余地が残されていることがある．その解釈を補強するため，作家の伝記的事実や作品の書かれた時代，社会的事情といったテクスト外の情報を持ち込むことで説明がなされることがあった．

　しかしながら，こうした観点からだけの解釈は，テクスト外に要因となるものを求めるあまり，テクストを形成する言語表現の曖昧性を解明したこと

85

にはならない．そこで，テクスト外の要素も多少は取り入れながらも，主に言語学的な観点から，特に意味論と語用論の知見を援用して曖昧性について考え，ヘミングウェイ作品の読みを試みてみたい．

3.1. 「海の変容」の曖昧性について

まず，「海の変容」（"The Sea Change", 1933）を取り上げ，語用論分野での研究を援用しながら，曖昧性の原理とその解釈に迫ってみたい．

夏の終わりのパリ．とあるカフェにいるふたりの男女．このふたりはひと夏をともにしてきたのだろうか，日焼けしている．そして，彼女の服装．ツイードのスーツを着ていて，金色の髪の毛は短くカットされている．

第一次世界大戦前まではビクトリア朝風の価値観が根強く残っており，女性は「女性らしさ」が求められていた．それは髪の毛は肩までかかるようにし，スカートはくるぶしを隠すぐらいまでの長さ，コルセットで腰を締め付ける．しかし，ここに出てくる女性はこうした伝統的な「女性らしさ」の概念を打ち破る，非常に大胆な服装と髪型．男性らしくすることが，1920年代の流行でもあった．

そこで，物語冒頭部分からの引用を見ていくことにしよう．

(1)　"All right," said the man. "What about it?"

　　"No," said the girl, "I can't."

　　"You mean you won't."

　　"I can't," said the girl. "That's all that I mean."

　　"You mean that you won't."

　　"All right," said the girl. "You have it your own way."

　　"I don't have it my own way. I wish to God I did."

　　"You did for a long time," the girl said.　　　　(*CSS* 302)

引用（1）は「海の変容」の冒頭部分である．若い男女がカフェで口論している場面である．しかし，その言い争いの原因となっている事柄が明示されておらず，"What about it?" の "it" や "That's all that I mean." の "that"

によって隠蔽[1]されている.

　この冒頭部分に用いられている，指示機能を持つ語の"it"と"that"に注目してみる．機能的な面から考えると，これらの語は前に出てきた語句を指し示す，すなわち，一般的には前方照応的に機能するものであるが，それらの指示対象が明示されていない．この段階では"it"や"that"が何を指し示しているのか不明である．そこで，読者は"it"や"that"の指示対象を曖昧にしたまま読み進めなければならないのだ．こうした曖昧性は，文構造上の曖昧性や単語レベルでの曖昧性という問題を超えた，いわゆる語用論的曖昧性であると言ってもよいだろう．

　そこで，作品を"it"と"that"に焦点を当て読み解いていくにあたり，Kamio and Thomas (1999) による"it"と"that"の考察を参考にしながら概観していくことにする．

　まずは，以下の例を見てもらいたい．

(2)　　[A rushes into the room excitedly]
　　　A:　　Guess what! I just won the lottery!
　　　B1: *It's amazing!
　　　B2:　That's amazing!　　　　　　　　　　　　　　　　　(291)

　宝くじに当たったことをAがBに伝える．そのとき，宝くじに当たったという情報に対して，「それは，おどろいた」とBが言うのだが，そのときに，B1の"it"は容認されず，"that"でその情報が指し示さなければならない．ここでの判断基準は，情報をすでに知っていたのか，それとも，今知ったことかというものである．この例は，BがAの当選をこの瞬間に知った

---

[1] ここでは隠蔽と省略は別の技法であると考えたい．省略はあくまでも"omit"されているため，テクスト上に言語情報として表されていない．一方，隠蔽とここで筆者が呼んでいるものは，itやthatと言語として表されているが，その指示対象が明確になっていないものを指している．そして，itやthatの背後にある情報が明らかにされていないことは，すなわち省略の技法である．単に，省略の技法としてしまうのではなく，核心部分は省略されていながらも，意図的にitやthatで指示対象を明らかにしない隠蔽の技法もここにみられ，ヘミングウェイが複雑な表現技法を単純な言語手段によって実現していたことは注目に値するものであると考えている．

ため，Aの発した「宝くじで当たった」という発言そのものを指し示し，驚きを表している．この場合，"it"ではなく"that"が用いられ，その内容を指し示すのである．しかしながら，以下のように"that"が容認される例も存在する．

(3) A: Guess what! I just won the lottery!

　　 B: (Yes,) it's amazing! I heard about it on the radio, and I've invited everyone on the block to our house for the party! (291)

(3) の会話では，BがすでにラジオでAが宝くじに当たったことを知っていて，その「宝くじに当たった状況」について驚いてみせているのである．この場合はすでに知っていた情報を示しているため，"that"ではなく"it"が使われる．

では，以下の例を見ながら"it"と"that"の違いについてまとめていくことにしよう．

(4) A: Overnight parking on the street is prohibited in Brookline.

　　 B1: That's absurd!

　　 B2: It's absurd!　　　　　　　　　　　　　　　　　　　　(292)

ここでは，B1およびB2はどちらも容認可能であるが，その意味が異なっている．B1はBrookline地区で一晩中駐車することが禁じられているということを知らなかった人の発話であり，その地区への訪問者であると解釈することができる．一方，B2の発話者は，すでに一晩中駐車することが禁止されていることを知っており，その知っていること，状況も含めて馬鹿げていると言っているのである．

つまり，ここまで見てきたように，"it"と"that"は「それ・あれ」と解釈される以上に語用論的な意味が付加されている．Kamio and Thomas (1999) はこうした"it"と"that"について，次のようにまとめている．

(5) *That* can serve to indicate what is from speaker's point of view novel or newly learned information, whereas *it* refers to informa-

tion which has already undergone some degree of integration into the speaker's store of knowledge. (295)

さらに，言語学的な観点から "it" と "that" について意味的特性について指摘した中村（1996）の見解も加えておくことにしよう．中村は神尾らの問題点を指摘した後，彼らの議論を補強する形で，"that" には次のような機能があるとしている．[2]

(6) that は指示詞であるから，対象を指で指し示す（point to the refer-ent）という動きを伴い，それとともに指示対象に向けて，話し手および聞き手の注意や関心が集中するという作用が生じるということである．この作用を指示代名詞の指示集中作用（pointing force）と呼ぶことにする．この力は it を使って指示する際には生じないことは言うまでもない．よって that は指示集中作用を伴って指示し，it はただ単に対象を指示している． (76)

it は単に対象を指示する代名詞ととらえ，that は話し手や聞き手の興味などを集中させる役割があるとした．しかし，it が単に対象を指示すると考えるよりも，話し手にとって既知である情報を示すと考える方が，物語を分析する上では有効であると筆者は考えている．そこで，こうした "it" と "that" について，語用論的な観点から具体的なテクストの分析を行ってみたい．

では，「海の変容」の冒頭部分に戻ってみることにしよう．

(7) "All right," said the man. "What about it?"
"No," said the girl, "I can't."
"You mean you won't."
"I can't," said the girl. "That's all that I mean."
"You mean that you won't."

---

[2] 府川（2002）は，Kamio and Thomas（1999）の議論を整理し，中村（1996）について，その不備を指摘した上で批判的に論じているが，本章での it と that の分析についても基本的な概念は通底している．

"All right," said the girl. "You have it your own way."

"I don't have it my own way. I wish to God I did."

"You did for a long time," the girl said.　　　　　　(*CSS* 302)

最初の，"What about it?" は "it" が用いられていることにより，すでに男性がある状況を把握しており，何かそこには一つのストーリーが存在していることが窺える．しかし，この時点では先行する文脈がないため，目的語の位置にある "it" の指示内容を同定することは不可能である．したがって，物語冒頭の "it" はその指示内容が隠蔽されているといえる．この既知情報を表す "it" を用いて話している男性は何らかの事実や事情を知っており，その情報は互いに共有できている．そのため，ふたりの間でこの "it" をめぐり口論が起きているということまでは理解できる．

　次に，彼女の "that's all" と "that" を用いて答えているところに注目しよう．ここでの "that" は，"I can't." という発話を受けていることからも，「できない」ということに対して，彼女の興味・関心が集中している．つまり彼女は「できない」と強い主張をしているのだ．

　彼女の次の発話，"You have it your own way." の "it" は彼の発言した言葉そのものを指し示してはいない．彼が，"you mean you won't" と発話するに至ったその彼自身の解釈のプロセスを指し示しているのである．したがって，この彼女の発話にある "it" は「彼が考えていること」を彼女自身が推測しながら指し示していると考えられる．

　"it" には，すでに話し手の知識の中にあることを指し示す機能が備わっていることから，ここで言及されている事柄は，彼女にとっての既知情報である．すなわち彼女の頭の中にあって彼女にしかわからない事柄を指している．その彼女の頭の中にあることは，彼が誤解していたとしても，「彼がある事柄に対して彼なりに解釈していること」を指している．したがって，ここでは，彼女は彼に対し「勝手にすれば」と言っているのである．その発話に続く彼の返答の，"I don't have it my own way." の "it" は彼の頭の中にあるものを指している．彼の頭の中にある「自分がこれまで彼女に対してあれこれと行ってきたこと」が思い通りではなかったことを伝えている文なの

である.

　さて，このふたりはいったい何について口論をしているのだろうか．それは少し後に彼の発話である，"I'll kill her."から推し量ることができる．つまり，ふたりの間には一人の女性の影が見えてくる．彼女には，恋人の女性がいるのである.

　冒頭部分の彼の発話にあった"it"に戻って考えてみよう．彼はこの発話の直前に，彼女から恋人の存在を知らされ，そのことを問いつめている．そしてここで，彼女に女性の恋人がいるという事実が，読者に提示される．しかしながら，読者が知る以前から，彼女には同性の恋人がおり，そのことについて，登場人物は知っているという前提で物語は始まっている．この事実を隠蔽するために"it"が効果的に冒頭部分で用いられているのである．そして，両者の対立も"it"で描き出されている．このようにして，ヘミングウェイは，"it"と"that"を巧みに用いながら物語を曖昧に描き出している．いわゆる問題の解決を留保させ，その場での判断ができないようにする，すなわちサスペンスの効果[3]を狙っていると言ってもよいだろう.

　ヘミングウェイは冒頭で"it"を使い，物語の核心を文法的に隠蔽している．それは，同性の恋人がいるということを隠蔽し続けた彼女の姿と重ね合わせることが可能であろう．こうした，文体的な操作が，物語の全容に大きく影響を及ぼし，解釈へつなげていくことが可能となる.

　さらに，この引用部分について意味論的な観点から考察を行ってみることにしよう．物語冒頭の会話から，ふたりの男女がすれ違っているように感じ

---

　[3] サスペンスについて，佐藤（2009）は「サスペンスという言葉は大衆小説や映画に古くから用いられている物語の産出に欠かせないものであるにもかかわらず，語りにおけるプロット操作上の不確定性としては平凡な技巧であるとか，ミステリーなどの大衆娯楽的読み物には欠かせないレトリックに過ぎないとかの理由で，あまり言及されることがない．しかし，サスペンスはその活用の仕方，例えば言葉の巧みな使い方や言葉に含める意味の深さによっては芸術をより高度なものにする役割を果たす技巧となる．」（117）と指摘し，サスペンス効果の重要性を説いている．ここで言及している「サスペンス」とは，その言葉から殺人事件などのハラハラ，ドキドキするような物語を想起するかもしれないが，結論が出ない，どっちつかずで，判断を留保するという英語の本来の意味に近いものであると捉えてもらいたい.

させる．それは "it" と "that" だけではなく，助動詞の "can't" と "won't" によって，互いの考えの相違が表されていると考えることもできる．彼女の発話の中にある "can't" は，事情が許さない，やりたくないと思っていることを表している．一方，男の "won't" は自分の意志でやるつもりはないと語っている．ふたりは何について語っているのだろうか，と考えても先行する文脈がないため，解釈が定まらず，曖昧なままである．

　ここで用いられている "can't" や "won't" は，男女のすれ違いをどう表しているのだろうか．そこで，助動詞について考えるところからはじめたい．助動詞は，ある事柄や出来事に対して，話し手がどのような態度を示すのかを表す役割を持っている．換言すると，助動詞は話し手の主観的な判断を表しているのである．「雨が降る」と言うとき，"It may rain." か，"It will rain." では伝えたい意味が異なる．"may" のほうが "will" よりも確実性が低く，自信がないと話し手が（あくまでも主観的に）思っている．助動詞の "can" は単に「できる」という意味だけではない．例えば，ビーチでよく見かける看板に，"Surfing can be dangerous." と書いてあるが，むろん「できる」という意味ではない．「サーフィンでけがをする可能性がある」ということを，看板を出した側が受け手に対して注意喚起している．つまり，"can" は「可能性がある」と話し手が考えている時にも使われる．ここでは能力があるということではなく，実現可能性がある，と話し手が信じていることを伝えているのである．

　もう少し "can" について理解を深めるために，"I am able to swim, but I can't. It's too cold today." という文を用いて考えてみたい．この例は "be able to" と "can" の意味の違いを明確に表している．"be able to" は客観的に能力があることを提示し，一方 "can" は話し手の気持ちの問題であることを示している．現時点の状況では，寒いからここで泳ぐことはない．泳ぎたくないと考えている．こうしたことが助動詞で表されているのである．

　次に助動詞の "will" についてであるが，"will" は発話者の「意志」または「推量」を表すことがある．例えば，意志を表すものとして，母親が子供に向けて「部屋を掃除しておきなさい！」と叱ると，子供は「やっておくから」と言う場面を考えてみたい．その子供はすぐには掃除をせず，「まだやっ

第3章　アーネスト・ヘミングウェイの作品の曖昧性について　　93

ていないのね」と，結果として母親に再び叱られることになる．そんな時に
子供は "I'll do it." と言う．そうすると母親は "Do it right now." と言い返
したりする．この例から考えられるのは，助動詞の "will" は，今この時点
ではやる意志があるということを伝えるだけであって，実行しなくてもよい
のである．つまり発話した時点の話し手の意志を表現するのである．

　助動詞を意味論的な観点から確認したところで，ヘミングウェイが，男女
ふたりの「すれ違い」を，助動詞 "will" と "can" を使い分けて描写してい
ると考えてみる．彼女には何らかの事情があり，「できない」と言っている
が，男は納得していない．彼女ができないのは，その気持ち（意志）がない
からやらないだけなのだろうと責め立てる．どのような理由で彼女が「でき
ない」のかは，ここでは明確にされておらず，読み進める以外に理解する手
立てがないのである．しかしながら，ふたりの物事の捉え方が全く異なって
いるということがこの最初の数行で明らかになっているのである．

　ここで男女の「すれ違い」を表す際に，「誰がどうした」とか，「彼はこん
なことを思っている」，「彼女はこんなように感じている」と長々と説明的な
描写を一切しない．極限まで切り詰めた結果 "will" と "can" だけが残った．
それだけでも読者に強い印象を与えることができる，そうした文体になって
いる．さらに，そこに潜む曖昧さについて作者が "won't" や "can't" の後
に省略された動詞を補うことを読者に求めているかのようである．

　さらに，助動詞が出てくる発話を見てみよう．"I'll kill her." や "I will. I
swear to God I will." であるが，この "will" は発話した時点の話し手の意
志を表現している．物語冒頭部分で，ふたりのすれ違いが描写されており，
そのやり取りの中で，彼の怒りの気持ちが増幅していく．そして，この瞬間
殺意が芽生えた．熟慮に熟慮を重ねた結果というよりもむしろ，パッと火が
ついたような感じである．例えば，"I am going to kill her." だと，すでに
彼女の殺害を計画していて後は実行に移すだけというような感じになってし
まう．いわゆる "be going to" は未来の事柄を表すと言われているが，もと
もとは "go to" という動詞が進行形として用いられたことからも，ある目的
地に向かって進んでいるという意味が下敷きとなり，ある行為に向かってい
る，あるいは，このまま行けばある行為が生じることになるという意味を

94

持っていると理解する．したがって，"be going to" は話し手の意志や推量を表す "will" とは大きく異なっている．

　話を戻すと，ここで "will" が繰り返し使われているということは，彼は殺人計画を立てているわけではなく，この瞬間にそういう気持ちになってしまったということを表している．そして，その気持ちが強い意志となって現れ，結果として，暴力的な表現となったのである．その殺意の対象が "her" とされているのだが，これまでどこにもその人物が出てこない．もちろん当人同士には誰のことだかすぐにわかるのだが，読者には誰だか特定することができない．しかし，彼女の服装や髪型からもわかるように，彼女に男性的な気持ちが芽生えてきており，それが話題になっている「恋人」に違いない，と推測することができる．この後の展開が以下の引用 (8) である．

(8) She looked at him and put out her hand. "Poor old Phil," she said. He looked at her hands, but he did not touch her hand with his.

"No, thanks," he said.

"It doesn't do any good to say I'm sorry?"

"No."

"Nor to tell you how it is?"

"I'd rather not hear."

"I love you very much."

"Yes, this proves it."

"I'm sorry," she said, "if you don't understand."

"I understand. That's the trouble. I understand."

"You do," she said. "That makes it worse, of course."

"Sure," he said, looking at her. "I'll understand all the time. All day and all night. Especially all night. I'll understand. You don't have to worry about that."

"I'm sorry," she said.

"If it was a man."

第3章　アーネスト・ヘミングウェイの作品の曖昧性について　　　95

"Don't say that. It wouldn't be a man. You know that. Don't you trust me?"

"That's funny," he said. "Trust you. That's really funny."

"I'm sorry," she said. "That's all I seem to say. But when we do understand each other there's no use to pretend we don't."

"No," he said. "I suppose not."

"I'll come back if you want me." (*CSS* 302–303)

"She looked at him" と，彼女は彼を見る．そして，彼は "He looked at her hands" と彼女の視線から目をそらす．視線の描写がふたりのぎくしゃくする関係を表している．次に，"I understand" と "I'll understand" という表現について考えてみたい．"I understand" と現在時制で表現されている内容は，彼はすべての事情をすでにわかっているということである．一方，"I'll understand all the time" は，自分の気持ちを彼女にぶつけるかのように，これからも絶対にそうするつもりであると，この瞬間に思った，ということを伝えている．どことなく，彼が強がりを言っているような響きがする．"all night" と同じことばの反復から，強がるだけではなく，自分自身を落ち着かせ，今の状況をきちんと把握しようとする，彼の心理状態も読み取ることができる．結局，彼自身は目の前に起きていることを理解，納得していないかのようである．そうすると，彼の "I understand" という発話は本心を伝えていない可能性がある．こうした流れから，"If it was a man." を考えてみると，仮定法過去で表される文の意味がよく分かる．仮定法過去は，現在の事実に反することを表している．現実は "It is a woman." であり，それをなんとか彼は否定したい．その気持ちが "If it was a man." という発話になって現れている．やはり彼はこの状況が受け入れられない．それに続く彼女の "It wouldn't be a man."（「男の人であるはずがない」）と言ったところで，この瞬間，彼女に同性の恋人がいたことが白日の下にさらされることになる．

　しかし，彼はこの事態をしっかりと受け止められないため，相変わらず，このふたりの会話はぎくしゃくしながら続いていく．彼女の "I'll come back" は現時点での意志を表しているが，条件がついている．「わたしが必要なら，戻ってくる」と彼女は言うものの，本当に戻ってくるのだろうか．単に，彼女が同性愛の志向が強い人だとしたら「戻ってくる」などと言わなかったのかもしれない．また，"I love you." も本当に彼のことが好きだから言っているとも考えられる．バイセクシャルだと仮定すれば，彼女は目の前にいる彼に対しても恋愛感情を抱くことは可能であろう．さらに，女性のことも好きだといえる．したがって，彼と新しい恋人を天秤にかけて，悩んだ結果，彼と決別するという道を選んだのかもしれない．

　ここで，心的態度を表明する際に仮定法が用いられていることから，登場人物の意識の描写に重点が置かれていることがわかる．また，曖昧性の問題であるが，動詞 "understand" の目的語が示されていないため，文脈から理解しなければならない．つまり語用論的に推論をはたらかせ，この文を理解する必要もある．

　冒頭の場面から推察できることは，男はこれまで付き合ってきた恋人に自分とは別の恋人ができ，しかもそれが男性ではなく女性だったということに衝撃を受け，一方でまだ自分に多少なりとも未練があるということを期待し，それを確認したいと思っているのかもしれない．

　このようなヘミングウェイの文体的特徴は他の作品にも見られる．次節では「白い象のような山並み」("Hills Like White Elephants", 1927) における曖昧性を取り上げ，さらにヘミングウェイの曖昧性についての文体的特徴を明らかにしていくことにする．

3.2. 「白い象のような山並み」における言語的曖昧性

　スペインのとある乗換駅で，バルセロナ発のマドリッド行きの特急列車を待つ間，ふたりの若いアメリカ人の男女が駅の酒場で酒を飲みながら会話をしている．

(1)　　The warm wind blew the bead curtain against the table.
　　　　"The beer's nice and cool," the man said.

第 3 章　アーネスト・ヘミングウェイの作品の曖昧性について　　97

"It's lovely," the girl said.

"It's really an awfully simple operation, Jig," the man said. "It's not really an operation at all."

The girl looked at the ground the table legs rested on.

"I know you wouldn't mind it, Jig. It's really not anything. It's just to let the air in."

The girl did not say anything.

"I'll go with you and I'll stay with you all the time. They just let the air in and then it's all perfectly natural." 　　　(*CSS* 211)

引用 (1) で注目したいのは，"It's lovely" と "It's really an awfully simple operation, Jig." の "it" が示しているものが異なっているということである．ここでも，Kamio and Thomas (1999) の "it" と "that" の分析に基づいてその曖昧性を明らかにしていく．

まず，"It's lovely." であるが，この "it" はすでに話し手の頭の中にある，そして実際に目の前にあるビールを指しているのである．もちろん，ビールそのものを指しているだけではなく，そのビールを飲んだという状況も含み，"lovely" と言っているのである．しかしながら，次の文の "It's an awfully simple operation, Jig." の "it" が指し示しているものはビールでないことは明らかである．

さて，この "it" にはどのような意味があるのだろうか．そして，彼が繰り返す，"It's not really an operation at all." だけではなく，"I know you wouldn't mind it, Jig. It's really not anything. It's just to let the air in. と I'll go with you and I'll stay with you all the time. They just let the air in and then it's all perfectly natural." に用いられる "it" はすべて，本文中にある具体的な何かを指しているものとは解釈できない．ここでの "it" は，何らかの "operation" であるということだけが示唆されるのみである．したがって，この "it" の解釈は "It's lovely" と比較してもわかるように，曖昧だといえる．前節で考察したように，"it" は既知情報を表しているため，この物語の幕が開く前から，すでに何らかの "it" に関する情報があり，それ

をもとにして，このふたりの男女の会話が展開しているのである．

　さらに，"it" の謎を解明するために，作品を読み進めていくことにしよう．

(2)　　"Then what will we do afterward?"

　　　　"We'll be fine afterward. Just like we were before."

　　　　"What makes you think so?"

　　　　"That's the only thing that bothers us. It's the only thing that's
made us unhappy."

　　　　The girl looked at the bead curtain, put her hand out and took
hold of two of the strings of beads.　　　　　　　　　　(*CSS* 212)

"That's the only thing that bothers us." と "It's the only thing that's made
us unhappy." のそれぞれの主語となっている "that" と "it" に注目する．
"That's the only thing that bothers us." は「私たちの悩みの種は that だけ
である」，"It's the only thing that's made us unhappy." は「私たちが幸せに
なれないのは it だけである」という意味だが，果たしてこの "it" と "that"
の違いは何であろうか．

　"it" はこれまでの通り，既知情報であるがゆえに，このテクスト内に隠蔽
されている事実であり，この段階でも明らかにはなっていない．そしてこの
隠蔽された事実こそがふたりの関係を悪化させているのである．"That's the
only thing that bothers us." という男の発話は，"simple operation" をジグ
が受け入れ，今までのふたりの関係に戻れると思っていたところ，ジグから
予期せぬ質問，すなわち「どうしてそう思うの？」と問われ，その理由をそ
の場できちんと述べられないということを "that" で示しているのである．
なぜなら，"that" は初めて聞く言葉やその状況に置かれて，言葉そのものを
指し示すため，ジグの「どうしてそう思うの？」という言葉そのものを指し
示しているともいえる．さらに，その指示は，中村（1996）の「that を使え
ば，聞き手あるいは話し手自身の陳述を，話し手が興味・関心・驚きといっ
た感情を持って指示することができる」(76) という指摘を踏まえて考える
ことができる．つまり，彼は彼女にその理由を問われた際に，感情的になっ
て発話をしていることがここから読み取ることが可能である．

第 3 章　アーネスト・ヘミングウェイの作品の曖昧性について　　99

感情が高まった彼は，一方的な発話を続ける．こうした中，ようやくジグ
が口にすることができたのは，"And you think then we'll be all right and
be happy." であった．

その後，次のようなやり取りが展開される．

(3)　　"I know we will. You don't have to be afraid. I've known lots
　　　　of people that have done it."

　　　　"So have I," said the girl.　"And afterward they were all so
　　　　happy."

　　　　"Well," the man said, "if you don't want to you don't have to.
　　　　I wouldn't have you do it if you didn't want to.　But I know it's
　　　　perfectly simple."　　　　　　　　　　　　　　　　　(*CSS* 213)

「嫌ならやらなくてもいい，嫌なことは無理にやってもらいたくない」と言
いながらも，彼は "it" で指し示される手術を彼女に勧める．そして，彼女
は "No, it isn't. And once they take it away, you never get it back." と応じ
る．ここでの "it" はこれまで検討してきた "it" と異なったものを指示して
おり，ここでの解釈もはっきりとさせることができないまま読み進めなけれ
ばならなくなる．

　さらにふたりの口論は続く．以下の引用 (4) であるが，便宜上，前後の
コンテクストから男性の発話を (M) とし，ジグの発話を (F) と付しておく
ことにする．

(4)　　"You've got to realize," he said, "that I don't want you to do it
　　　　if you don't want to.　I'm perfectly willing to go through with it
　　　　if it means anything to you."　(M)

　　　　"Doesn't it mean anything to you?　We could get along."　(F)

　　　　"Of course it does. But I don't want anybody but you. I don't
　　　　want any one else. And I know it's perfectly simple."　(M)

　　　　　　　　　　　　　　　　　　　　　　　　　　　　(*CSS* 213)

この場面で用いられている "it" は，彼の頭の中にある時点から存在して

100

いる事柄で，手術に関係しているものであると言える．「嫌ならやらなくて
もいい，嫌なことは無理にやってもらいたくない」と言いながらも，彼は
"it" で指し示される手術を彼女に勧めるのである．さらに，物語を読み進め
てみよう．

(5)　　"I don't want you to do it if you feel that way."

　　　The girl stood up and walked to the end of the station. Across,
on the other side, were fields of grain and trees along the banks
of the Ebro.　Far away, beyond the river, were mountains.　The
shadow of a cloud moved across the field of grain and she saw
the river through the trees.

　　　"And we could have all this," she said.　"And we could have
everything and every day we make it more impossible."　(F)

　　　"What did you say?"　(M)

　　　"I said we could have everything."　(F)

　　　"We can have everything."　(M)

　　　"No, we can't."　(F)

　　　"We can have the whole world."　(M)

　　　"No, we can't."　(F)

　　　"We can go everywhere."　(M)

　　　"No, we can't.　It isn't ours any more."　(F)

　　　"It's ours."　(M)

　　　"No, it isn't.　And once they take it away, you never get it
back."　(F)

　　　"But they haven't taken it away."　(M)　　　　　　(*CSS* 213)

引用 (5) において，ジグは，"we could have all this" と言っているが，こ
の "this" は一体何かをまず考えてみることにする．彼女の発話は，仮定法
過去の文で表されており，現実的にかなわぬことを言っている．"this" は
「話し手にとって空間的，心理的に近い事物を指す」ものであり，彼女にとっ
て，近い存在で，手に入れることができなくなりそうなものについて述べて

いるのである．こうしたものがすべて手に入らない，日を追うに従って手に入れることが難しくなってくるのだと，ジグは主張する．それに対して彼は，"the whole world" と解釈して返答をする．彼女が手に入れたいと思っていることは，「世界」を手に入れることなのであろうか．このことを考えるとき，ジグの "No, it isn't. And once they take it away, you never get it back." がヒントを与えてくれるだろう．"You never get it back" とあるように，"you" と男性に向けて発話し，"take it away" すなわち，取り除いてしまったとしたら，それは決して取り戻すことのできないものであると言っている．つまり，ジグにとっては，「それ」とはふたりで所有するものである．それは彼女の "It isn't ours any more." と言っているところからも推測することができる．「それ」はふたりのものではなくなってしまったのである．そして，この "it" は取り除いたら二度と取り返せないものなのである．さらに，取り除く主体が "they" となっているところに注目したい．

　ここではじめて第三者の存在が明らかになる．では，誰が何を取り除くのであろうか．第三者によって，彼女たちの所有するはずのものを取り除かれ，それは二度と手に入れることのできないものである．おそらく男性の言う "the whole world" ではなく別のものである．彼の返答を見る限りでは，ジグの指し示している "it" とは別のものを想定して発話しているように思える．おそらく，ここでは堕胎手術を表すものではなく，もう少し踏み込んで，ふたりの子供という解釈をするほうがしっくりくるだろう．このように考えると，彼女の発する "this" は胎児を含めた，これからのふたりの生活について指し示しており，三人での新しい生活を手に入れることができなくなり，それがこういう状況になっていくことでどんどん不可能になっていってしまう．そうしたことを述べていると考えられる．

　では，これまで考察してきた "it" は一体何を指しているのであろうか．情報量が少ないため，コンテクストに応じて解釈をしていかなければ明らかにならないのは間違いないだろう．

(6)　　"You've got to realize," he said, "that I don't want you to do it if you don't want to.　I'm perfectly willing to go through with it if it means anything to you." (M)

"Doesn't it mean anything to you? We could get along." (F)

"Of course it does. But I don't want anybody but you. I don't want any one else. And I know it's perfectly simple." (M)

(*CSS* 214)

引用 (6) を見てみよう．ふたりが用いている "it" の指示対象は同一のものであり，それについてふたりで意見を言い合っている．最後の "I don't want anybody but you. I don't want any one else." という男性の発話から，彼は目の前にいる彼女以外のいかなる人も欲していないことがわかる．こうしたことを踏まえて考えてみると，別の人物が浮上し，それは彼にとっては煩わしいものであると考えることができる．

確かに，"it" が堕胎手術を示していると思える箇所は複数認められたが，"it" は場面によっては胎児であったり，これから生まれてくる子供を指し示していると解釈することができるのである．つまり "it" が多義的に用いられることにより，さらに指示対象が明示されないことで，作品全体の解釈が定まらず，曖昧な状況が生み出されることになる．

さらにこの作品を読み進めていくことにする．

(7)　　"I'll go with you and I'll stay with you all the time. They just let the air in and then it's all perfectly natural." (M)

"Then what will we do afterwards?" (F)

"We'll be fine afterwards. Just like we were before." (M)

(*CSS* 212)

繰り返し簡単な手術であると主張し続ける男に対して，ジグはその手術後にどうなるのかと質問する場面である．その答えは，手術後は以前と同じようによくなる，というものであった．"let the air in" という表現で手術について説明がなされているが，空気を何の目的でどこに入れるのか示されていない．そのため，読者はこの文を読んだだけでは，具体的な手術を言い当てることはできないだろう．しかし，物語の展開から，男が彼女に中絶手術を

第3章　アーネスト・ヘミングウェイの作品の曖昧性について　　103

受けさせようとあれこれ言っている場面であると推測できる．つまり，ヘミングウェイは中絶や堕胎という言葉を使わずに，中絶手術だということを読者に読み取らせることに成功している．このように，提示する情報を極限までに抑え込むというスタイルが貫かれた作品になっているのである．

　最後に次の引用を見ていくことにする．

(8)　　“I love you now. You know I love you.”（M）

　　　　“I know. But if I do it, then it will be nice again if I say things are like white elephants, and you'll like it?”（F）

　　　　“I'll love it. I love it now but I just can't think about it. You know how I get when I worry.”（M）　　　　　　　（*CSS* 213）

　“if I do it” は，もし中絶手術を行ったとしたらという意味で，“it” が堕胎を表しているといえるが，次の “it will be nice again” の “it” は何を指しているのだろうか．「それは再びよくなるかもしれない」という意味からも中絶を指しているとは言い難い．

　そこで，この “it” であるが，先行する文脈から妊娠が発覚する前のふたりの生活が楽しかったということがわかる．したがって，楽しかったふたりの生活を指しているといえるだろう．しかし，それに続く “you'll like it” はどうだろうか．ジグが “things are like white elephants” と言っていることにも注目したい．丘，山並みが白い象のようであったと言っておきながら，彼女は “they don't really look like white elephants” と言う．つまり，山並みが「白い象」のようであると言いたかったわけではない．ただ，単純に「白い象」という言葉を発したかったのだ．このように考えると，この場面での「白い象」への言及は，山並みについての描写ではなく，白い象は確実に直喩として使われているということがわかる．

　ジグはここで，ふたりの関係がうまくいかないのは「白い象」が原因であると告げるのである．物事が白い象だとこれからも言うことがあるけれど，そういう生活でもあなたは平気なのか，とジグは彼に迫る．“white elephant” は英語の慣用表現で，「無駄なもの」，「不要なものであるが，処分できない所有物」，「持て余しているもの」という意味がある．つまり，これから子供

が生まれてくることもあるかもしれないけれど，それでいいのか，ということになる．それに対して，彼は子供は好きだが，今はそれについて考えることはできない，と自分自身の立場を表明する．もちろんここでは，文学作品を読み慣れている読者であれば，コンテクストから"operation"が堕胎手術であることは容易に想像ができるかもしれない．しかし，どうして堕胎手術であると読み取ることができたのであろうか．やはり，それにはヘミングウェイが，直接的に本文中に「堕胎手術（abortion）」という言葉を用いなくとも，容易にコンテクストから推測できるように巧妙に読者を導いているからである．このように考えると，ヘミングウェイは，作品全体に曖昧性という効果をもたらすために，"it"の意味を一つに決定することができない，すなわち不確定になるようなテクストを構築したと言ってもよいだろう．

　この物語の中の"it"で表されている事柄は，若い男女にとってみれば不要なものであり，手術をして取り除く必要があるもの，いったん失われたら二度と手に入らないものという手がかりをもとに考えると，そのコンテクストによって胎児や中絶手術を表していると解釈することができた．堕胎や胎児を指すという解釈は辻（2005）の指摘にあるように，文学研究でも同様の見解がなされている．

(9)　「白い象のような山々」では，主題となっている妊娠や中絶に関して直接的な表現が避けられており，堕胎手術は一貫して"it"と呼ばれているなど曖昧な表現が多用されている．この曖昧さが要因となって，これまでに作品解釈をめぐる様々な議論が繰り広げられてきた．

(87)

　文学研究でのこの作品の解釈を巡る議論は，辻の指摘にあるように，堕胎手術について書かれたものであり，それについては"it"で表されているという．しかし，なぜ"it"が中絶を指すのかという解釈のプロセスについては論じられてはいない．そうした点において，ここでは文学作品を言語学の手法で読み解くことも可能であることを十分に示すことができたといえるだろう．しかし上述したように，この作品内の"it"は，単に堕胎手術だけではなく，胎児を表す可能性もあり，"it"が解釈の曖昧性を生み出しているの

である．つまり，辻の指摘する "it" が曖昧な表現であるというのではなく，曖昧な表現効果を生み出すために "it" の指示対象が場面ごとに異なり，解釈に揺らぎを生じさせるような結果となっているため，テクスト全体に曖昧性が生まれたと考えるほうがよいだろう．

　もちろん，ヘミングウェイのテクストにおける文体的な特徴として，"it" や "that" を効果的に用いているということも同時に証明できたはずである．ヘミングウェイは，物語の核心部分を隠蔽し，曖昧にすることを意図的に行っていたといえるだろう．それは，ヘミングウェイの主張する「氷山の一角理論」すなわち，八分の一しか姿を現さない氷山のように，ヘミングウェイが描くのも八分の一だけ，そして残る部分は読者の想像に委ねる，というのである．[4]

3.3. ヘミングウェイ作品の曖昧性

　文学テクストの曖昧性というものは，解釈の段階で，さまざまな可能性を持ち，もしくは，決定的な解釈の根拠を失った状態になったときに生じる．しかしながら，文学テクストの解釈は，眼前に表れている文字情報のみを手がかりとして解釈しなければならないのである．そのため，これまでは文と文の間をなんとか読み取るような作業も行われていた．これではあくまでも推論の域を脱することができず，明確な根拠を提示できないものだろう．

　ここでは，本章の冒頭部分で示した，今村（1992）の「ヘミングウェイがめざす──曖昧性をとどめることにより，意味に重層性を与える手法による効果──《アンビギュイティ》」(118) について意味論，語用論的に考察を行っ

---

[4] 『午後の死』(*Death in the Afternoon*, 1932) において，ヘミングウェイは次のように書いている．

　　If a writer of prose knows enough of what he is writing about he may omit things that he knows and the reader, if the writer is writing truly enough, will have a feeling of those things as strongly as though the writer had stated them. The dignity of movement of an ice-berg is due to only one-eighth of it being above water. A writer who omits things because he does not know them only makes hollow places in his writing.　　　　　　　　　　　　　　　　　　　　　　　　　　(192)

てきた．そうすることで，ヘミングウェイの作品ではどのような言語的手段で曖昧性が描き出されているのかについて明らかすることができたはずである．

　本章では，文章の隙間を読み取るということは極力避け，そこに書かれた文字を頼りに読み解くためには，客観的に説明を可能にする言語学的な手法が必要であることを示してきた．これは，最初に述べたが，エンプソンやリチャーズの行ってきたクロース・リーディングと重なるところが大いにある．今日に至るまでの言語学の研究の発展によって，これまでうまく説明することができなかったような，文学作品における指示語の役割や解釈についても明確化できる可能性を示すことができた．言語学の観点からの作品研究，すなわち文体論研究は，直感によることの大きかった文学作品の読みの精度を向上させる道具のひとつになりうるだろう．

第4章

ヘミングウェイの文体形成の源流を探る

　ここまで，ヘミングウェイの作品のハードボイルド，曖昧性といわれてきた文体について言語学的な観点から捉え直してみた．特に登場人物の内面を描く手法，曖昧性を生じさせるために多義性を利用することがヘミングウェイの文体の一つの特徴であることが明らかとなった．そこで，本章ではこうした文体をどのようにしてヘミングウェイが獲得していったのかについて考えてみたい．まずは，簡単に創作活動に入るまでのヘミングウェイの年譜[1]を以下に示しておく．

　　1889. 7.21　イリノイ州オークパークに生まれる

　　1913. 9　　　オークパーク・リバー・フォレスト高校に入学

　　1917. 4　　　高校卒業

　　　　 10　　　カンザス・シティー・スター紙の見習記者となる

　　1918. 4　　　スター紙を退職

　　　　 5　　　合衆国赤十字の病兵運搬車の運転手として渡仏

　　　　 6　　　イタリア，フォッサルタ近くで勤務

　　　　 7　　　迫撃砲を受け脚部重傷／ミラノの赤十字病院に入院

---

[1] ヘミングウェイの伝記的事実は島村法夫の『ヘミングウェイ』に詳細に論じられているほか，今村楯夫・島村法夫編『ヘミングウェイ大事典』に詳しい．

1919.1	退院，帰国．オークパークにて短編を書き始める
1920.1	トロントへ．トロントスター紙の記者になる
1922.3	ガートルード・スタイン，エズラ・パウンドと会う
1923.8	*Three Stories and Ten Poems* 出版
1924.1	トロントスターを退職．*in our time* 出版
1925.3	*In Our Time* 出版

表1　ヘミングウェイ略年表（初期の創作活動まで）

　本章では，その源流を探るため，高校時代の創作活動期の作品と，最初期の短編集『三つの短編と十の詩』(*Three Stories and Ten Poems*, 1923) の文体的特徴を探りながら明らかにしてみたい．

4.1.　高校時代の創作活動

(1)　I'm so glad you liked the Doctor story.　I put in Dick Boulton and Billy Tabshaw as real people with their real names because it was pretty sure they would never read the Transatlantic Review.

(*Letters* 153)

　1925年3月20日付けの，ヘミングウェイが父クラレンスに宛てた手紙の一部である．"the Doctor story" とは前年の11月に『トランスアトランティック・レビュー』(*The Transatlantic Review*) 誌に掲載された短編「医者とその妻」("The Doctor and the Doctor's Wife", 1924) のことである．そして，そこに登場する二人のオジブエイ族のインディアン，ディックとビリーは実在の人物であることを伝えている．続けて「僕がやろうとしていることは，実生活で感じ取れることをすべての物語の中に込めようということであって，実生活そのものを描くのでも，それを批判するのでもなく，生き生きと描き出すことです．ですから僕の物語を読んだ人は，実際にそのことを体験するのです」(*Letters* 153) と，物語を生き生きとリアルに描き出すことについて自らの創作態度を表明している．作家ヘミングウェイの創作の意

第4章　ヘミングウェイの文体形成の源流を探る　　　109

図がここにかいま見れる.

　ビリー・ティブショーは「医者とその妻」のほか,「十人のインディアン」
("Ten Indians", 1927) に登場する. しかし, それよりも前の高校時代に書
いた「セピ・ジンガン」("Sepi Jingan") にも登場する.「セピ・ジンガン」
は「医者とその妻」が 1924 年に『トランスアトランティック・レビュー』
誌に掲載される 8 年前, オークパーク・リバー・フォレスト高校の文芸雑
誌『タビュラ』(Tabula) 1916 年 11 月号に掲載された作品である. つまり,
ヘミングウェイは実在の人物を登場させることで物語をリアルに描き出そう
としていたのである. こうして, かなり早い段階から実在する人物や自分の
体験を描き込むことが, ヘミングウェイの創作の重要な源となっていたので
ある. 高校卒業後の 1917 年から『カンザス・シティ・スター』(Kansas
City Star) 紙の見習い記者として多くを学ぶことになる.『カンザス・シ
ティ・スター』紙には無駄は極力省き, 短い文で, 力強く書くという「文体
心得」があり, ヘミングウェイも社会部の報道記者としてその心得に従って
執筆していた. Young (1966) はヘミングウェイの文体について,「語法や
構文は入念に切り詰められたほどの単純さが特徴である」(204) と指摘して
おり, ヘミングウェイの文体はこの「文体心得」に通底するものがある.

　島村 (2005) も指摘するように, ヘミングウェイが『カンザス・シティ・
スター』紙で「文体心得」に従って記事を書いたことが, 以後の作家生活に
多大なる重要な影響を及ぼした (30-31) のである. このこと自体には異論を
差し挟む余地はない. しかし, ビリー・ティブショーが高校の習作時期にも
登場することも考え, 高校時代の作品についても検討してもよいかと思われ
る. 前田 (2009) が「後の作家ヘミングウェイの名高いシンプル・スタイル
は, ハイスクール時代にすでにその萌芽があったと考えて間違いない」(91-
92) と指摘するように, 高校時代に, その後にも見られるヘミングウェイの
文体的な特徴が見られるからである. ヘミングウェイの文体の基礎は, 高校
時代の創作活動に始まり, 新聞記者としての経験を通して涵養されたという
仮説を立て, 考えてみることにしよう.

4.2. ヘミングウェイの「シンプル」な文体とは？

　まず，ヘミングウェイの文体のシンプルさについて考えてみたい．そこで「シンプル」という主観的な表現の定義をしてから議論を進めていくことにしよう．ヘミングウェイの文体について，多くの研究がなされてきた．これまで見てきたヤングやフローラの代表的な研究だけではなく，国内外の多くの研究者が論じてきたヘミングウェイの文体についての評価は，おおむね，「修飾語を極力排し，客観的な語りを単文を多く用いて淡々と行う」というものとなるだろう．しかし，修飾語を抑えるということは，どれほど抑えられているのだろうか．その詳細については語られないことが多い．

　ヘミングウェイは，『われらの時代に』をボニ＆リブライト社から出版した後に，ホレス・リブライト社長に宛てた手紙の中で，「私の本は教養人からは賞賛され，教養のない人でも読めるものである．高校卒業程度の者であれば誰にでも読めるような書き方をしている」(*Letters* 155) と記している．ヘミングウェイの頭の中にあるのは「高校卒業程度」で読める文章であることから，その程度の表現をもって単純な文，平易な語彙を用いたと考えることもできるかもしれない．

　しかしながら，ヘミングウェイの作品は，平易な語彙や構文で書かれていることが多いと直感的にわかるが，単に作品を読むだけではその本質を捉えることができない．そのため，作品の本質を見抜くにはそれなりの洞察力が必要である．すなわちシンプルな物語の背後に深い物語を見い出すことが，ヘミングウェイの作品を理解することになる．これは，後の「氷山の一角理論」と呼ばれるものと等しく，ヘミングウェイの創作の態度が表されていると考えてもよいだろう．

　では，『われらの時代に』に収録されている作品のシンプルさについて考えてみることにしよう．そこで修飾語，すなわち形容詞と副詞の使用頻度という観点からまとめてみることにする．つまり，ヘミングウェイは修飾語を極力排して作品を創作したことから，修飾語がどれだけ用いられているかについて数値化してみる．ここでは形容詞と副詞を修飾語として数えてみると，以下のような表にまとめることができる．

第4章　ヘミングウェイの文体形成の源流を探る　　111

『われらの時代に』	語彙数	修飾語数	出現頻度
「インディアン・キャンプ」	1483	162	9.15%
「医者とその妻」	1452	117	12.4%
「あることの終わり」	1474	116	12.78%
「三日吹く風」	3297	289	11.4%
「格闘家」	3045	254	11.9%
「とても短い話」	637	56	10.9%
「兵士の故郷」	2841	236	12.0%
「革命家」	380	42	9.04%
「エリオット夫妻」	1399	210	14.1%
「雨の中の猫」	1159	93	12.4%
「季節はずれ」	2215	158	14.0%
「クロスカントリー・スノー」	1800	163	11.0%
「ぼくの父さん」	6115	565	10.8%
「ビッグ・トゥー－ハーテッド・リヴァー 第一部」	3779	358	10.5%
「ビッグ・トゥー－ハーテッド・リヴァー 第二部」	4339	417	10.4%

表1　『われらの時代に』における修飾語出現頻度・割合

　それぞれの作品の総語彙数のうち，修飾語の出現頻度はおよそ十パーセント前後である．一方，高校時代の文芸誌『タビュラ』(*Tabula*) に現れた修飾語の割合は，以下のようにまとめることができる．

『タビュラ』	語彙数	修飾語数	出現頻度
「マニトゥーの裁き」	676	74	10.9%
「色の問題」	911	78	8.5%
「セピ・ジンガン」	979	99	10.1%

表2　『タビュラ』における修飾語出現頻度・割合

『タビュラ』に収録されている三つの作品の修飾語の出現頻度も10パーセ

ント程度で,『われらの時代に』における修飾語の出現頻度にも近い. つまり, ヘミングウェイは, 高校時代からある一定のリズムに従って創作をしていたということができるだろう.

今村は『ヘミングウェイ大事典』の中で, 次のように『われらの時代に』を評している.

> 『われらの時代に』がヘミングウェイの短編集の中で特に高い評価を得ている理由は, ヘミングウェイ文学の基盤となるテーマやモチーフをもち, いわゆる「ハードボイルド・スタイル」と呼ばれる文体と, 「省略の文体」あるいは「氷山理論」と表される切り詰めた表現法で描かれ, ヘミングウェイ文学をもっとも特徴づける作品群となっているからである.
>
> (85)

ヘミングウェイの文体の特徴をハードボイルド, 省略といったような言葉で評しているが, こうした特徴が高校時代の作品群ではどうだったのかについて見ていくことにする.

4.3. 「マニトゥーの裁き」にみられる文体

では, 習作時期の短編について文体的な特徴を考察していくことにしよう. そして, その文体が高校時代特有のものであったのか, またはその後の文体と関係性があるのかについて考えていきたい. まずは, 「マニトゥーの裁き」("Judgment of Manitou") であるが, あらすじは次の通りである.

ピエールは自分の財布を盗んだのは相棒のディックであると信じ込み, 森の入り口に罠を仕掛けた. しかし, ディックが森へ向かっていったところでピエールはリスが財布をかじっているのを見つけ, 自らの勘違いに気づき, 銃を持って森へ向かうも, 時すでに遅し. 罠にかかったディックがカラスについばまれ, 見るも無残な姿で発見される. そして, ピエールも罠にかかり, 持ってきた銃を手にするというところで物語の幕が下りる.

物語冒頭部分から考察を行っていくことにしよう.

第4章　ヘミングウェイの文体形成の源流を探る　　　113

(1)　Dick Hayward buttoned the collar of his mackinaw up about his
　　　ears, took down his rifle from the deer horns above the fireplace
　　　of the cabin and pulled on his heavy fur mittens. "I'll go and
　　　run that line toward Loon River, Pierre," he said. "Holy quill
　　　pigs, but it's cold." He glanced at the thermometer. "Forty-two
　　　below! Well, so long, Pierre."　　　　　　　　　　　　　　(96) [2]

　ディックの行動を，三人称の語り手が淡々と語る．ディックが念入りに防
寒対策をするという見たままの事柄を，時系列通りに，余計な説明を加える
ことなく語り，直接話法で登場人物たちの言葉が提示されている場面で
ある．以後のヘミングウェイの文体の原型が感じられる書き出しでもある．
コートの襟を立て，分厚い毛皮の手袋をはめるという描写は，読者に季節は
真冬だと認識させるに事足りる．そして，ディックに気温の低さを語らせる
（華氏42度はおよそ摂氏5度）ことで，その寒さが強調される．この場面で
寒さが強調されるには意味がある．それは次の描写へと接続されてゆくこと
でその効果が現れる．

(2)　In the doorway of the cabin Pierre stood looking after Dick as he
　　　swung along. He grinned evilly to himself, "De tief will tink it a
　　　blame sight cooler when he swingin' by one leg in the air like
　　　Wah-boy, the rabbit; he would steal my money, would he!"
　　　Pierre slammed the heavy door shut, threw some wood on the
　　　fire and crawled into the bunk.　　　　　　　　　　　　　(96)

　厳しい寒さの中で，ディックが小屋を出て行く様子を見送りながら，寒い
中でひとり罠にはまり宙吊りになるディックの姿をピエールは想像する．そ
して小屋に残るピエールは暖炉に薪をくべ，部屋を暖かくして布団にくるま
る．ヘミングウェイは寒と暖の二項対立を用いてピエールとディックを対照
的に描き出しているのである．この寒暖の二項対立は「インディアン・キャ

---

[2] ヘミングウェイの高校時代の作品の引用はすべて Matthew J. Bruccoli 編の *Ernest
Hemingway's Apprenticeship* による．

ンプ」でニックが寒い湖畔の上でボートから湖面に手を伸ばして感じられる暖かさと，父親に寄り添う暖かさで死の恐怖をかき消そうとする様子でも用いられる．

　さて，ここでもう一つ注目しておくことがある．高校時代のヘミングウェイのスタイルはリング・ラードナー（Ring Lardner, 1885-1933）やジャック・ロンドン（Jack London, 1876-1916）の影響を受けていた．当時のヘミングウェイは校内新聞の記事をリング・ラードナー Jr. と署名して執筆しているぐらい，その影響は強かったといえる．そして，ジャック・ロンドンは，人がふらりと歩き出す様子を "swing along" という連語を用いて描写することがしばしばある．ヘミングウェイも類似するような場面でこの表現を用いており，少なからずその影響は物語の構成だけではなく，表現の面でも影響があったとも考えられる．

　ジャック・ロンドン『火を燬す』（*To Build a Fire*, 1908）の作品も同様に，とても寒い冬にトウヒの森へ向かう男の描写から始まる．そして氷の張った水面につもった雪道を，足下の氷の割れる音に気をつけながら進む．しかし，気がつかずに踏み入れた所で，足下の氷が割れてしまい，ふくらはぎまで水につかる．氷点下の中で水につかってしまった足を暖めて乾かすことは容易ではなく，凍傷になってしまう恐れがある．この男は火を燬すも失敗し，最後には精神が錯乱し雪の中を走り始め，倒れ込みそこで永遠の眠りにつくのである．男の内面描写がリアルに描き出された作品であるが，その男が寒さのなか，途方に暮れながら歩く様子が，引用（3）や（4）のような文で描写されている．

(3)　The dog dropped in again at his heels, with a tail drooping discouragement, as the man swung along the creek-bed.　　　　(3)

(4)　He took a fresh chew of tobacco and swung along at his four-mile gait.　　　　(4)

　では，「マニトゥーの裁き」に戻ることにしよう．ディックはピエールに疑われていることを，"If he thinks I stole his money why don't he say so and have it out with me! Why, he used to be so cheerful and jolly" と自由直接思考で吐露している.

さらに物語を読み進めていくことにしよう. 寒い中, 自分の後ろに気配を感じながらも, 森の中へ入っていこうとしたディックは, 罠に足が引っかかり宙吊りになってしまう. そこに, 後をつけてきた腹を空かせた狼たちが, ディックのまわりを取り囲む. この後ディックがどうなったのかについて描写されることなく, ピエールのいる小屋の描写に切り替わる. そこでピエールは物音で目が覚める. ディックに盗まれたと思っていた財布をリスがかじっている. ディックに仕掛けた罠のことが頭をよぎり, ライフルを手に取り森へ向かう. その場面の描写は次のようになっている.

(5)　He thought of the trap he had set for Dick, and springing from his bunk he seized his rifle, and coatless and gloveless ran madly out along the trail. After a gasping, breathless, choking run he came upon the spruce grove. Two ravens left of picking at the shapeless something that had once been Dick Haywood, and flapped lazily into a neighboring spruce.　　　　　　　　(97)

この時点で, ディックはピエールの仕掛けた罠にはまってすでに死んでいる. しかし, 「死んだ」という言葉を一切用いず, ディックの死が描き出されている. 狼たちがディックのまわりを取り囲んでいたことと, 烏がその体をついばんでいたことだけが提示されているのみである. 狼の描写後, 視点をピエールのいる小屋に移動させることで, ディックの様子は一切語られることなく, ディックの衝撃的な死は二羽の烏でもって提示されているのである.

つまり, ヘミングウェイは, 狼に殺されてゆくディックの姿を描写することなく, 凄惨な死を表現するのだ. 読者は, 勘違いに気がついたピエールが銃を持って急いで飛び出し, ディックを救うことができるかもしれないと読むかもしれない. しかし, このように読んだ者たちを見事に裏切るかのように, 目の前を二羽の烏が飛んでゆく. こうしたサスペンス効果を狙うために視点を移動させているのである. ここにヘミングウェイの「省略の技法」が

116

見てとれる．さらに，この「省略の技法」は物語の最後にも出現する．

　ディックを助けることができなかったピエールは，その場で一歩前に出ると，自分も罠にかかってしまう．この罠はディックがしかけたものであった．狼に面倒はかけないとつぶやき，物語は次の文で幕を閉じる．

　(6)　And he reached for the rifle.　　　　　　　　　　　　　　(97)

　"reach" という動詞は，本来は他動詞であり，直接目的語が必要である．しかしながら，ここでは前置詞の "for" が用いられている．例えば "reach the rifle" であれば「ライフルを手に取った」という意味であるが，"reach for the rifle" だと「ライフルを取ろうと手を伸ばした」という意味になる．したがって，ピエールがライフルを手に取ったかどうかわからない．だが，読者は何となくここからピエールの自殺を読み取る．余韻を残しつつ結果が明示されない，すなわち「省略の技法」が用いられている．つまりヘミングウェイは16歳という若い時に，「省略の技法」の持つ効果を認識していたと考えてもよいだろう．「季節はずれ」でペドゥッツィの自殺を省略したことが「氷山の理論」の発端となったと『移動祝祭日』で述べているが (75)，それよりも前の高校時代にその萌芽が現れていたのである．また，『誰がために鐘は鳴る』の最後，ロバート・ジョーダンが負傷し，このまま死を待つかのように，ライフルを抱え木の根元に座る場面と通底するような終わり方である．

　この点については，後ほど具体的に論じることになるが，「フランシス・マカンバーの短い幸福な生涯」の，妻のマーゴットが放った銃弾が夫フランシスに命中して命を落とす場面では，"shot at the buffalo" と書かれていた．つまり，"shoot" という他動詞を，"shot at" という自動詞の用法で用いることで，水牛を撃ったという意味ではなく，銃口を水牛に向けたという意味になり，しかしながら，結果として夫に命中してしまう．意図的な殺人なのか，事故であったのかという，解釈が分かれるところでもある．

　作品の曖昧性を作り出すために，効果的に単語を用いることをヘミングウェイが認識していたため，「マニトゥーの裁き」では "reach the rifle" ではなく，"reach for the rifle" とし，さらに「フランシス・マカンバーの短

い幸福な生涯」では "shot her husband" ではなく，"shot at the buffalo" と
したと考えてもよいだろう．つまり，高校時代にも表現の効果的な利用につ
いて意識していたのだといえる．

4.4. 「色の問題」に見られる文体的特徴

「色の問題」（"A Matter of Colour"）は，年老いたトレーナーのボブ・
アームストロングが，かつて仕組んだボクシングの八百長試合を語る物語で
ある．自分がマネージャーを務めるボクサーのモンタナ・ダン・モーガンが
怪我をしてしまった．そうなると，ボブにとっては，欠場による違約金を支
払った上，賭けていた有り金すべてを失ってしまうのは避けたいところであ
る．そこで，リングの後ろのカーテンに，大柄のスウェーデン人を忍ばせ，
対戦相手の黒人をバットで殴らせようと計画する．試合が始まり，ダンはリ
ングサイドまでやってくる．そこで突然，彼が倒れてしまう．スウェーデン
人が誤ってダンを殴ってしまったからである．白人と黒人を見誤ったス
ウェーデン人は，色覚異常だったのだ．

　この八百長の主題は，1921 年に書かれた「ぼくの父さん」（"My Old Man",
1921）で繰り返される．「色の問題」では，口語表現で物語が進行していく
のが特徴である．会話という姿を借りた，老人の一人称の語りにもなってお
り，実験的な語りの小説であるともいえる．また，「ぼくの父さん」も一人
称の語りになっているという点でも共通している．

　さて，物語の冒頭部分は以下の通りである．

(1)　　"WHAT, you never heard the story about Joe Gan's first fight?"
said old Bob Armstrong, as he tugged at one of his gloves.

　　　"Well, son, that kid I was just giving the lesson to reminded
me of the Big Swede that gummed the best frame-up we ever al-
most pulled off.　　　　　　　　　　　　　　　　　　　　　(98)

誰かに話しかけているということを明確に示すために，"what" や "well,
son" といった相手へ注意を促したり，呼びかけたりするディスコースマー

カー³ が使用されている．また，"gum"（台無しにする），"fame-up"（八百長），"pull off"（うまくやり通す）という口語表現も使われている．冒頭の数行だけであるが，登場人物の老コーチの言葉を一語一句再現したかのようである．ヘミングウェイが創作においてリアルさを追求するという姿勢が見てとれる．また，終始一貫しているが，この老コーチが話す相手は，決して物語に登場しない．この人物が誰であるか，なぜこのコーチと話をしているのか，その経緯がすべて省略されている．おそらく，「ボクシング・グローブを外して」とあるため，トレーニングが終わった場面ということは推測できる．

さらに，ボブは続けて，当時八百長を仕掛けたときに，育成をしていたモンタナ・ダン・モーガンが俊敏な若者であったことを回想する．ここでの文体の効果について考察してみよう．

(2) "Well, this Dan person was one of those rough and ready lads, game and all that, but with no footwork, but with a kick like a mule in his right fin, but with a weak left that wouldn't dent melted butter.　　　　　　　　　　　　　　　　　　　　　(98)

この引用部分でも，"and" や "but" が繰り返し使われるという構文的な特徴が現れてくる．一つの文の中に，等位接続詞の "and" が 2 回，"but" が 3 回登場する．こうした等位接続詞を連続させるスタイルは「ぼくの父さん」にも頻出する．その一部を引用 (3) として見ていくことにする．

(3) I'd go ahead of him when we hit the road and I could run pretty good and I'd look around again and he'd be jogging easy just behind me and after a little while I'd look around again and he'd begun to sweat. Sweating heavy and he'd just be dogging it

---

³ 談話標識とよばれるもので，文と文を接続するために用いられる論理的な接続詞や，会話において，話者交替（Turn-taking）を促すような表現や他者への呼びかけの表現のことを指して言う．ここでは，他者への呼びかけの機能を持つ語としてディスコースマーカーと称している．

第4章　ヘミングウェイの文体形成の源流を探る　　119

along with his eyes on my back, but when he'd catch me looking
at him he'd grin and say, "Sweating plenty?"　　　　(*CSS* 151)

「ぼくの父さん」でも高校時代の作品と同様に，等位接続詞を利用すること
で，言葉が流れ出てくるようなリズムを与えている．
　さて「色の問題」に戻り，引用 (4) の文体的特徴を見ていくことにしよう．

(4)　　"I thought that it was kind of strange when Pete come around
　　　　with a contract that had a $500 forfeit clause in it for non-
　　　　appearance, but we intended to appear all right, so I signed up.
　　　　　"Well, we didn't train much for the scrap, and two days before
　　　　it was come off, Dan comes up to me and says: 'Bob, take a
　　　　look at this hand.'　　　　　　　　　　　　　　　　　　(98)

　ピート・マッカーシーが，ジョー・ガンズをダンの対戦相手として試合を
組むも，ダンが棄権した場合 500 ドルの違約金を払うことを求められ，不
審に思いながらも契約する．ダンはジョー・ガンズはアマチュア選手だった
ため，勝機ありと思っていた．そのため，ダンはあまり練習をしなかった．
しかし，試合 2 日前，ダンが怪我をした．ボブは，ダンの怪我はピートが
仕組んだことによるものだと思っただろう．その場面はいわゆる「省略の技
法」で明らかにされることはないが，法外な違約金が設定された試合にサイ
ンをした直後の怪我ということから，それはピートによるものだと読むこと
もできる．
　これまでのボブの語りの時制は過去形であった．それは 1902 年に仕組ん
だ八百長の顛末を話すということからも，過去形で語られるのは当然のこと
である．しかし，興味深い点は，ここに現在形で描写されている場面が含ま
れていることである．ダンが怪我をしたということを告げにやってくるとこ
ろだけが現在形なのである．本来は過去形で回想場面は描き出されるのだ
が，この場面で現在形が使われるということは特別な意味を持つ．自由直接
話法は人物の意識の内奥を描出する文体のひとつである．そして，それは，
物語の中で特に強調される場面や，登場人物の気持ちの高ぶりを効果的に描

写する文体として用いられることがある.

この後のボブの語りで明らかになるのだが，彼はこの試合に有り金すべてを賭けていたのである．もし仮に，ダンが怪我で試合に欠場した場合，ボブは違約金を支払った上，有り金すべてを失ってしまう．したがって，ダンの怪我は寝耳に水だ．その驚きが自由間接話法となって描写されている．このような文体は，引用（5）に挙げる「季節はずれ」（"Out of the Season"，1925）などにも見られる．

(5) The young gentleman appeared not to here Peduzzi. He was thinking, what in hell makes him say marsala? That's what Max Beerbohm drinks.   (*CSS* 136)

「季節はずれ」において，若い男はペドゥッツィに酒を要求されるが，聞こえない振りをする．ペドゥッツィに対する彼の強い不信感が現在形の文で表出されているのである．ヘミングウェイは，幾度となくこうした手法を用いて登場人物の心的態度を描出している．過去形が用いられる語りの中で，登場人物の内面を特に強調して描写する際に，現在形が用いられているのである．このヘミングウェイの文体は，「色の問題」で初めて用いられていると考えられる．さらに現在形が特徴的に使われている引用（6）を見ていくことにしよう．

(6) Well, the gong clangs and Dan rushes the smoke up against the ropes, according to instructions.   (99)

ゴングが鳴って，予定通りダンが一気呵成にロープ際まで追い込む場面である．この場面はあたかも目の前で起こっているかのように語られている．ここでも述語動詞部分に，現在形が用いられた描写となっている．このように，物語をリアルに描き出すために，異なった時制を用いることで前景化させる手法を，ヘミングウェイが高校時代にすでに用いていたことがわかる．

「色の問題」の文体的な特徴を探っていくことで，ヘミングウェイがどのような技法を用いて，情景や登場人物の心情をリアルに描写しようとしていたのかがわかった．そして，その技法は，以後のヘミングウェイの作品に引

き継がれていくのである.

4.5. 「セピ・ジンガン」に見られる文体的特徴

「セピ・ジンガン」("Sepi Jingan") は, オジブェイ族のインディアン, ビリー・ティブショーが, インディアンのポール・ブラック・バードの轢死事件を, 主人公の「私」に語る物語である. ヘミングウェイは,「セピ・ジンガン」で実在の人物であるビリー・ティブショーを物語の進行役に据え, 後の「医者とその妻」とは異なる個性を彼らに持たせたのである. そこで, ビリーの語りからこの作品の特徴を洗い出してみたい.

ポールがペル・マルケット鉄道の線路に酔って寝てしまったことが死亡の原因であると思っている私に対して, ビリーは事の真相を話してくれる. ビリーは愛犬のセピを連れポールを追いかけ, 線路付近までやってくる. 突然, ポールに殴られ気を失うも, 目を覚ますとそこに映るのは愛犬セピがポールの喉元を掻ききる様子である. ビリーはポールをそのまま線路に寝かせておくことで, 轢死に見せかけることに成功したのである. ポールはお酒を一滴も飲んでいない. それが本当の物語であると.

引用の (1) にあるように, 煙草を買う場面から物語の幕が開く.

(1) 　　"'VELVET'S' like red hot pepper; 'P. A.' like cornsilk. Give me a package of 'Peerless'."

　　Billy Tabeshaw, long, lean, copper-colored, hamfaced and Ojibway, spun a Canadian quarter onto the counter of the little northwoods country store and stood waiting for the clerk to get his change from the till under the notion counter. (101)

この煙草を買った主は「医者とその妻」にも出てくる, ビリー・ティブショーである. ビリーは煙草の銘柄に強いこだわりを持ち, 道すがら出会う者たちが吸っている煙草について言及する場面がいくつか描かれる.

Bruccoli (1971) が「若い時代のヘミングウェイは物語の技法について認識をしていた, 特に会話を通して登場人物を作り上げていくことを」(xiv)

と指摘するように,「セピ・ジンガン」は会話が特徴的な作品である.ビリーは同じ言葉を繰り返しながら語りを進めていく.誰もがポールは泥酔し線路上に寝込んでしまったため,轢死したものだと思い込んでいる中,ビリーはポールが酔っていなかったということを繰り返し自分の中で確認するかの如く語る.

(2) Yes. He was a bad Indian. Up on the Upper Peninsula he couldn't get drunk. He used to drink all day — everything. But he couldn't get drunk. Then he would go crazy; but he wasn't drunk. He was crazy because he couldn't get drunk. (102)

このように同じ言葉を繰り返しながら語っていくスタイルは,「季節はずれ」にも見られる.そこで,「季節はずれ」から例を挙げてみることにしよう.釣りに使うおもりのガン玉 (*piombo*) を忘れ,釣りができなくなったことを知ったペドゥッツィは,ただひたすらおもりを持ってこなかったことを責め立てるかの如く幾度となく口にする.

(3) "You must have some lead." Peduzzi was excited. "You must have *piombo*. *Piombo*. A little *piombo*. Just here. Just above the hook or your bait will float on the water. You must have it. Just a little *piombo*." (*CSS* 138)

さらに,この後も釣りをあきらめようと提案する若い紳士に対して,再びペドゥッツィは,おもりのことについて繰り返し口にする.彼の狡猾さが感じ取れるような場面である.しかし,この表現の繰り返しは,物語の結末部分で逆転し,若い紳士の発話に現れる.明日こそ釣りに行こうと提案するペドゥッツィに対して,彼は "I may not be going" と繰り返すのであった.ペドゥッツィの期待を見事に裏切るかのような発話が繰り返され,その後ペドゥッツィはどうなったか描き出されることなく物語が幕を閉じる.

また,「橋のたもとの老人」("Old Man at the Bridge", 1938) では "I was taking care of animals." という言葉を老人は何度も口にする.最初は兵士との対話の中で,自分が残してきた動物を思い出しながら語るのだが,

物語結末部分では誰に向けるわけでもなく，ただ力なく「動物たちの世話を
していたんだ」と繰り返すのみである．最後の老人の言葉だけがむなしく物
語の中に響き渡る．それは一人長い道を歩んできて，疲れ果て，希望すら見
いだせない老人の姿を言葉の繰り返しで見事に描写しているのである．この
ようにヘミングウェイは，言葉の反復で物語の中に余韻を持たせたり，登場
人物の性格を浮き彫りにするのである．さらに，反復の技法は会話を超え，
ヘミングウェイの様々な作品にみられる代表的なスタイルとなる．例えば，
「雨の中の猫」での「好き (like)」の反復は，不安定な夫婦関係を描き出す効
果を生み出し，「白い象のような山並み」では指示対象を隠蔽しながら「そ
れ (it)」を反復させることで作品に深い意味を与えているのである．

　さて「セピ・ジンガン」に戻ることにしよう．ヘミングウェイは，繰り返
しの効果をうまく利用して，物語の幕を閉じようとしている．物語結末部分
で「ほら，さっきお前さんがポール・ブラック・バードは酔っぱらってペル
ル・マルケット鉄道の線路の上に寝てしまったと言ったけれど，それは大間
違いってことさ．あのインディアンは酒が飲めなかったのさ．飲んだら頭が
おかしくなるだけだった（"That Indian couldn't get drunk. He only got
crazy on drink"）」(103) とビリーは語る．ポールの話を語り始めた最初の
部分と呼応し，誰も知らないポールの轢死事件の真相が語られているのであ
る．そして，物語は次のように幕を閉じる．

(4)　　"You take my advice and stay off that 'Tuxedo' — 'Peerless' is
　　　the only one tobacco."

　　　"Come on, Sepi."　　　　　　　　　　　　　　　　　　　　　(103)

煙草を買うという日常生活の場面から始まり，煙草の描写で物語を締めくく
る．ポールの凄惨な事件を語り終え，また普段通りの日常生活に戻ってい
く．そういったことが煙草の描写の反復から読み取れる．「マニトゥーの裁
き」でも，ライフルが反復されることで，ライフルに意味が付加された．そ
して，そこから物語の結末に隠されたピエールの自殺を読み取ることができ
た．このように，ヘミングウェイは物語内で言葉やモチーフを反復させるこ
とでの効果を的確に理解しており，自身の創作においても常に実践してきた

のである.

　ヘミングウェイは 1917 年 6 月に高校を卒業するに際し，校内新聞の『トラピーズ』(*The Trapeze*) と文芸雑誌『タビュラ』で活躍したことを賞賛され，卒業生代表としてスピーチを行っている．39 編の記事が『トラピーズ』に，三つの短編と四つの詩が『タビュラ』に掲載されている．これがヘミングウェイの最初の作品群である．これまでヘミングウェイの習作時代の作品について，その文体的な特徴について論じられてきたものはあまり多くはなかった．そこで，習作時代の三つの短編について考察をしていく中で，作家ヘミングウェイの基礎となるような文体的な特徴を明らかにすることができた．

　高校時代の作品を通して見てみると，すでにヘミングウェイには，自分自身の創作技法を確立する基盤が存在し，そのいくつもの要素が後のヘミングウェイの創作において重要なものになっていることがわかった．

　これまで，ヘミングウェイが高校時代に創作した三つの短編小説の文体的特徴を見てきた．その文体的特徴は，後のヘミングウェイの文体形成に大きな影響を与えていることを指摘した．そこで，次節以降，作家として初めての作品集である『三つの短編と十の詩』(*Three Stories and Ten Poems*, 1923) から三つの短編を中心に，最初期のヘミングウェイの文体について見ていくことにする．この作品集はヘミングウェイが 24 歳のときにパリで 300 部出版されただけであったが，この書物がヘミングウェイにとって初の自己の作品集となったものである．

4.6. 「ミシガンの北で」の文体的特徴

　まずは，「ミシガンの北で」(“Up in Michigan”) から見ていくことにする．この作品は「性」描写が物語のクライマックスとなっており，鍛冶職人のジムと，ウェイトレスのリズとの性的な接触がリアリスティックに描写されている物語である．この作品の書き出しは以下のように始まる．

　(1)　Jim Gilmore came to Hortons Bay from Canada.　He bought the blacksmith shop from old man Horton. Jim was short and dark with big mustaches and big hands. He was a good horseshoe and did not look much like a blacksmith even with his leather apron on. He lived and took... (3)

引用 (1) の文の主語は，すべてジムであり，彼の様子と動作が描き出されている．そして，それぞれの述語動詞には "came", "bought", "was", "lived" や "took" と単純な動詞が用いられている．そして，この場面は，全体を見渡すことのできる視点から語られる．

(2) Liz Coates worked for Smith's. Mrs. Smith, who was a very large clean woman, said Liz Coates was the neatest girl she'd ever seen. Liz had good legs and always wore clean gingham aprons and Jim noticed that her hair was always neat behind. He liked her face because it was so jolly but he never thought about her. (3)

　ジムの物語への導入が終わった後，リズが物語に導入される．初めてリズについて述べられる場面であるが，ここでのリズの描写は，ジムの場合と少し異なっており，全体を見渡すことのできる視点から直接語られてはいない．"Liz Coates was the neatest girl she'd ever seen" と間接話法の文体になっていることからも判断できるように，スミス夫人の視点を一旦通し，リズの美しさを描写している．さらに，語り手はジムの知覚を利用して，リズについても語る．それが，"Jim noticed" という表現である．語り手がジムの知覚を利用して語ることがさらに続く．引用の最後の文にある "He liked"，さらに "but" 以下の文，"he never thought about her" は，語り手による登場人物の思考の報告の文体になっている．この文体は語り手がジムの心理状態や思考に対する介入度が高く，語り手の存在を強く印象付けることになる．リズの全体像は，他の登場人物の主観的把握による語りとなって形作られているのである．そして，この次に続く引用 (3) を見ていくことにしよう．

(3) Liz liked Jim very much. She liked it the way he walked over from the shop and often went to the kitchen door to watch for him to start down the road. She liked it about his mustache. She liked it about how white his teeth were when he smiled. She liked it very much that he didn't look like a blacksmith. She liked it how much A. J. Smith and Mrs. Smith liked Jim. One day she found that she liked it the way the hair was black on his arms and how white they were above the tanned line when he washed up in the washbasin outside the house. Liking that made her feel funny. (3)

　引用 (3) に用いられている表現技法は "She liked" の繰り返しである．この表現はスミスが指摘しているように，「雨の中の猫」とも酷似している文体が使われている (Smith, 1998: 7)．引用 (3) の文体はすべてリズの心的態度を表明する語り手の報告の文体になっている．ここで，"She liked" と繰り返し使われることで彼女のジムへの興味が並大抵のものではないということが表されている．リズは直観的，または感覚的にジムに対して好意を抱いている．そしてその気持ちが "like" によって表されている．動詞 "like" を用いた文を繰り返すことには，彼女が直観的に，さらに一方的にジムに好意を寄せていることを明確にする効果がある．この彼女の片思いは，物語内容から考えて，多少は未熟さと関連付けて考えることもできるだろう．さらに，この場面は，後の展開に重要な役割を担うことになる．つまり，彼女の未熟さはこの先に語られる性的な未熟さへと展開していくことになる．

　引用 (3) の場面以降，リズの心的態度を表す文体が多く使われるようになっていく．例えば，以下に挙げる引用 (4) もそうである．

(4) From Smith's back door Liz could see ore barges way out in the lake going toward Boyne City. When she looked at them [...] All the time now Liz was thinking about Jim Gillmore. He didn't seem to notice her much. He talked about the shop to A. J. Smith and about the Republican Party and about James G.

第4章　ヘミングウェイの文体形成の源流を探る　　127

Blaine.　In the evenings he read the Toledo […] In the fall he
and Smith and Charley Wyman took a wagon and tent and went
on a trip to the pine plains beyond Vanderbiled deer hunting.

(4-5)

　リズが文の主語になったときは，述部に法助動詞を含み，さらに知覚を表
す動詞も使われている．一方，ジムに関する描写部分は，主語にジムが，そ
して述語動詞には，動作を表す動詞を置き，淡々と動作のみが語られている．
この表現形式に「静」と「動」の対比が顕著に表れている．つまり，リズの
心理的な側面を中心に描写する「静」の部分と，ジムの行動描写を中心とす
る「動」として描き分けることにより，物語に起伏をつけていると考えられ
る．ジムたちが鹿狩りに出かけたときに視点は彼から離れ，その場に残され
た彼女に集中する．その部分を引用 (5) に挙げてみる．

(5)　All the time Jim was gone on the deer hunting trip Liz thought
about him.　It was awful while he was gone.　She couldn't sleep
well from thinking about him but she discovered it was fun to
think about him too.　If she let herself go it was better.　The
night before they were to come back she didn't sleep at all, that
is she didn't think she slept because it was all mixed up in a
dream about not sleeping and really not sleeping.　When she saw
the wagon coming down the road she felt weak and sick sort of
inside.　She couldn't wait till she saw Jim and it seemed as
though everything would be all right when he came.　　(5-6)

　引用 (5) は，リズの心理，知覚の描出を中心に語りが展開する．"Liz
thought about him" という文は，語り手による登場人物の思考の報告の形
式になっている．この時点では，語りの客観性の度合いは高いかもしれない
が，この文以降の語りは，客観的なものよりも，主観的な表現が多く見られ
るようになる．"It was awful ..." にあるように，"awful" という登場人物の
心的態度を表す形容詞は，事態把握がリズの主観的把握になっていることを

示している．さらに，"awful" 以外にもリズの主観的把握を示すようなモダリティ表現が多く見られ，"could"，"would" などの法助動詞，"discovered"，"think"，"saw" や "felt" といった認識を表す動詞によって，視点がリズ寄りのものであることがわかる．ここで頻繁に彼女の心的態度を表す表現が使われているのは，リズのジムへの想いが日増しに強まっているということを表すためである．"She liked" では，リズのジムに対する直観的で一方的な想いが伝えられていた．しかし，ここで，様々な心的態度を表明する単語が用いられることで，今まで漠然と伝えられてきたリズの態度がより明確になる．リズの盛り上がっていく様子が描き出されている．最初は状況が整理できていない様子として，"She liked" の繰り返しで端的に述べられる．その後，多様な表現技法で想いが膨らんでいく様子が表現されているのである．この文体については，この節の最後の部分で再び確認することにする．

　次にジムたちが狩りから帰ってきて，皆で酒を飲み，ジムを残して次々に部屋へと帰っていく．その場面からの引用を見てみることにする．

(6)　　Jim and Charley were still in the front room. Liz was sitting in the kitchen next to the stove pretending to read a book and thinking about Jim. She didn't want to go to bed yet because she knew Jim would be coming out and she wanted to see him as he went out so she could take the way he looked up to bed with her.

　　She was thinking about him hard and then Jim came out. His eyes were shining and his hair was a little rumpled. Liz looked down at her book. Jim came over back of her chair and stood there and she could feel him breathing and then he put his arms around her. Her breasts felt plump and firm and the nipples were erect under his hands. Liz was terribly frightened, no one had ever touched her, but she thought, "He's come to me finally. He's really come."

(7-8)

リズは本を読む振りをして，ジムについて考えを巡らせていた．そして，"she

wanted to see him as he went out so she could take the way he looked up to bed with her." という表現から，彼女は彼に対して強く好意を寄せていることがわかる．ここでも，彼女の願望を述べる動詞 "wanted" や法助動詞の "could" が使われている．しかしながら，リズのジムに対する想いは，ジムの姿を一目見てから眠りにつきたいと考えている程度のものであった．ここで，指摘しておかなければならない点は，引用（3）で "like" であった対象が，引用（6）では "want" となり，欲求が高まってきているということである．つまり，"like" から "want" へと心理描写が展開されているのである．

　そして，ジムがリズの視界に入ってくる．本から目をおろしたときに彼は彼女の背後に回っていた．このことは "Jim came over" から "around her" まで一気に描かれている．この文の中には "Jim came"，"she could feel"，"he put his hands" と三つの主部と述部が等位接続詞によって一文にまとめられている．今までと同じくジムの描写方法は行動を中心としたもので，リズに対する描写方法は思考，認知を表す心理的な描写の手法がとられている．

　つまり，リズの描写に行動を表す表現が少ないことから，ジムと比べて「静的」に感じられ，ジムが「動的」と感じられる．したがって，ジムは積極的に行動する人物として，この物語の中に位置付けられていると考えることができる．一方でリズは，「静的」なイメージからもわかるように，積極的に彼に対し行動を起こすことはなく，いつも彼のことを心の中で思うだけである．ここでの文体は，"Her breasts felt" や "Liz was terribly frightened" といったリズの主観的把握を示す語りや，"she thought, 'He's come to me finally. He's really come.'" といった彼女の思考内容を直接思考の文体で語られている．このように，リズの思考描出や認知を描出する表現が多く用いられており，彼女の精神的な高揚が効果的に述べられている．

　　(7)　Liz hadn't known just what would happen when Jim got back but she was sure it would be something. Nothing had happened. The men were just home that was all. 　　　　　　　　　　　(6)

　引用（7）の過去完了形が用いられている箇所に注目したい．"Liz hadn't

known ..." という表現が,「この時点では彼女には何が起きるかわからな
かったが,この後物語が展開し何かが起こった」ということを暗示している.
また,同じ文の中にある, "she was sure it would be something" は "sure"
や法助動詞 "would" の使用が,彼女の心的態度を表している.しかも,こ
の文では過去形が用いられていることも指摘しておかねばなるまい.つま
り,この時点ではリズは,ジムとの間に何かが起こることを期待していたの
である.そして,その期待を裏切るかのように語り手は淡々と,何も起きず,
男たちはただ帰宅したと語るのである.この淡々した語りにも, "Nothing
had happened" と過去完了形が用いられている.それは, "Liz hadn't
known ..." と同じ効果を持っていると考えられる.

この引用 (7) の少し後に,前掲の (6) の引用場面が出てくる. (6) の場
面からもわかるように, (7) で暗示されていた「何か」が起こったのである.
実際に事が起きてしまうと,彼女は何もできずただ恐れるだけだった.引用
(6) の場面で直接思考で表されている文は,今までリズはジムのことを心の
中で思っていただけの人物であったが,ここでその憧れが現実となる衝撃的
な場面である.したがって,今までこの作品の中に見られなかった思考表現
の文体である直接思考が使われたのである.さらに,ジムがリズに迫る場面
が以下の引用 (8) である.

(8) She held herself stiff because she was so frightened and did not
know anything else to do and then Jim held her tight against the
chair and kissed her. It was such a sharp, aching, hurting feeling
that she thought she couldn't stand it. She felt Jim right through
the back of the chair and she couldn't stand it and then some-
thing clicked inside of her and the feeling was warmer and softer.
Jim held her tight hard against the chair and she wanted it now
and Jim whispered, "Come on for a walk."   (8)

リズは硬直し,自分の身に何が起きようとしているのか,わからなかった.
彼女が性に対して未熟であったことを示している.彼女はそのことに対して
恐怖感を抱いていた.しかし,ジムはリズに迫っていく.引用の最初の文は,

第4章　ヘミングウェイの文体形成の源流を探る　　　131

彼女が受身になっており，「静的」なイメージを保ち，一方ジムはリズに迫っていく「動的」なイメージを保って描かれている．ここでは，ほとんどの表現がリズの心理描写に費やされている．この彼女の心理描写の中でも特に重要となるものは，"She felt Jim right through the back of the chair and she couldn't stand it and then something clicked inside of her and the feeling was warmer and softer." という文である．ここで彼女の受けた衝撃が曖昧な「何か（something）」という語で描写されている．そして，この表現は "she wanted it now" と "it" が使われていることから「すでに彼女の頭の中にあった何か」を得たということである．これまでの物語の流れからわかるように，いわゆる性行為のことである．

次の引用（9）を見てみよう．ジムがリズに積極的に迫る場面である．

(9)　　They sat down in the shelter of the warehouse and Jim pulled Liz close to him. She was frightened. One of Jim's hand went inside her dress and stroked over her breast and the other hand was in her lap. She was very frightened and didn't know how he was going to go about things but she snuggled close to him. ...

The boards were hard. Jim had her dress up and was trying to do something to her. She was frightened but she wanted it. She had to have it but it frightened her.

"You musn't do it Jim. You musn't."

"I got to. I'm going to. You know we got to."

"No we haven't Jim. We aint got to. Oh it isn't right. Oh, it's so big and it hurts so. You can't. Oh Jim. Jim. Oh."　　　(9)

リズにはまだ彼を受け入れる精神的な余裕はなかった．それが，"She was frightened." という心理描写から窺える．ジムを文の主語として，彼の手が彼女の胸，脚をなでるという行為が描写される．一方，リズはさらにこの先何が起こるのかわからず怖くなり，ジムに身を寄せる．ここまでの文体はジムやそれに関係する語句が主部となった場合，その述語動詞の部分は主に動作を明示する動詞が置かれていた．また，リズの場合は心理描写が中心

となり，彼女の行動が描写されるということはほとんどない．そして，ジムの愛撫がさらに進むにつれ，彼女は "she wanted it" とジムを受け入れたいという欲求が表されている．だが，何度も繰り返される "frightened" という語彙と相互に影響して彼女の葛藤が表されるのである．この直後に語りはふたりの会話へと転換するのである．

　男女の関係に対し，恐怖を感じていたリズの心理描写を中心に，語りが展開されるのではなく，ふたりの会話だけが展開され，一切の説明を入れない描写になっている．ここでの会話文は，出来事を出来事として何の脚色も説明も加えることなく事実として提示する役目を果たしており，客観的に捉え，リアリスティックな効果を出している．今まで，静的で動作を中心に描かれることのなかったリズへの描写がこのセックスの後，変化することになる．それが，以下に挙げる引用 (10) の場面である．

(10)　The hemlock planks of the dock were hard and splintery and cold and Jim was heavy on her and he had hurt her. Liz pushed him, she was so uncomfortable and cramped. Jim was asleep. He wouldn't move. She worked out from under him and sat up and straightened her skirt and coat and tried to do something with her hair. Jim was sleeping with his mouth a little open. Liz leaned over and kissed him on the cheek. He was still asleep. She lifted his head a little and shook it. He rolled his head over and swallowed. Liz started to cry. She walked over to the edge of the dock and looked down to the water.　　　　　(10)

　今まで，リズの描写では，心理状態や思考を表出する述語動詞が多く使われていたが，ここでは一転して，"pushed"，"worked out"，"sat up"，"lifted his head"，"started to cry"，"walked over" といった行動を表す動詞が述部に出現するようになった．一方，ジムが主語になっているときの述語動詞のパターンは，"was asleep"，"wouldn't move"，"was sleeping" と行動の描写ではなく，静止している様子を表す語が用いられるようになった．この場面では，今までリズは「静的」で描写され，一方，ジムは「動的」

というような描写であったが，その構図が逆転するのである．リズの描写が
ジムよりも「動的」な形式で表されているのである．ジムと関係を持つまで
男性に対する好意は心の中だけにあり，実際に行動を起こしたいと思いなが
らも起こすということができないという葛藤を表していた．したがって物語
のクライマックスに到達するまでは，リズの描写は心理描写を中心として展
開されていた．そして，実際，関係を持って以降，その描写する文体が変化
するのである．

　物語の最後の場面で，物語の一定のリズムが崩れ，これまでの展開からは
逸脱した形式が現れたと考えてよいだろう．つまり，ジムを動的に描写する
ことを無標の文体とした場合，ジムの描写は静的な描写へと転換したことで
有標の文体となる．さらにリズは静的に描写されていることが無標であると
するならば，最後の場面の描写は有標となっている．

　この物語の中で，もう一箇所だけジムの心理描写が行われているところが
ある．それは，鹿狩りから帰ってきた後に男たちだけで酒を飲んでいる場面
である．その表現を引用 (11) で見ていくことにしよう．

(11)　Jim began to feel great. He loved the taste and the feel of whis-
　　　ky. He was glad to be back to a comfortable bed and warm food
　　　and the shop.　　　　　　　　　　　　　　　　　　　　　(7)

この場面は，ジムの主観的把握による描写と考えてよいだろう．彼らが捕ま
えてきた鹿の描写では "their thin legs sticking stiff over the edge of wag-
on box" (6)，"It was stiff and hard to lift out of the wagon." (6) と "stiff"
という語が繰り返し用いられている．この "stiff" が別の場面でも用いられ
ている．それは，"She held herself stiff …" (8) というリズの描写の場面
である．ジムは鹿を殺して "stiff" な状態にする．さらにリズに迫り彼女の
体を "stiff" な状態にする．そして，鹿を殺した後のジムに対する語りに「静
的」と考えられる心理表現が見られ，さらに，リズとのセックスが終わった
後のジムを描写する語りは「静的」なものになるのである．ここで見たよう
に，単純な単語の繰り返しの使用は，物語の展開にとって非常に重要な役割
を担っており，鹿を殺す男の荒々しさを，女性に対する荒々しい態度へと結

び付けているのである．この「静的」と「動的」の表現の交替から，逆転の構図を見て取ることができる．

ヘミングウェイの高校時代の作品と比べ，その主題に大きな違いはあるが，特に心理描写を駆使する点と，会話文による物語の進行は，「セピ・ジンガン」と共通する文章構成であると言ってもよいだろう．

また，文体的な類似点を確認するために，「雨の中の猫」から引用をしてみる．

(12)　　He stood behind his desk in the far end of the dim room. The wife liked him. She liked the deadly serious way he received any complaints. She liked his dignity. She liked the way he wanted to serve her. She liked the way he felt about being a ho-tel-keeper. She liked his old, heavy face and big hands.

Liking him she opened the door and looked out. It was raining harder. A man in a rubber cape was crossing the empty square to the cafe. The cat would be around to the right. Perhaps she could go along under the eaves. As she stood in the doorway an umbrella opened behind her. It was the maid who looked after their room.　　　　　　　　　　　　　　　　　　　　　(*CSS* 130)

引用（12）は，物語の主要な登場人物である女性が，宿屋の主人と出会う場面である．何度と繰り返される "she liked" という表現から，彼女は主人を単純に好意的に捉えていることがわかる．反復によって強調したいという気持ちや，強い感情を表出しているのである．ここでは，彼女は直観的，または感覚的に宿の主人に対して好感を覚え，片思いのような気持ちになっていることが表されている．この反復は引用（3）で考察した形式と同一である．そして，引用（6）で確認をしたが，「ミシガンの北で」において，リズの欲求は "like" から "want" へと展開した．この展開形式も「雨の中の猫」に見られるのである．そこで，「雨の中の猫」について，引用（13）で確認をしておくことにしよう．

第4章　ヘミングウェイの文体形成の源流を探る　135

(13)　　She laid the mirror down on the dresser and went over to the
window and looked out. It was getting dark.

"I want to pull my hair back tight and smooth and make a big
knot at the back that I can feel," she said. "I want to have a kitty
to sit on my lap and purr when I stroke her."

"Yeah?" George said from the bed.

"And I want to eat at a table with my own silver and I want
candles. And I want it to be spring and I want to brush my hair
out in front of a mirror and I want a kitty and I want some new
clothes."　　　　　　　　　　　　　　　　　　　　　　(*CSS* 131)

　まず注目すべき点は，"I wanted" の反復である．発話の主体である彼女
に子供っぽさを読み取ることができるだろう．「ミシガンの北で」とは異な
り，「雨の中の猫」の "like" の対象は宿屋の主人である．そして，"want"
の対象は猫，食器類であったり，髪の毛を伸ばすことである．これらは，結
婚生活において，彼女自身が手に入れることができなかったり，実現しな
かったものが列挙されていると考えられる．上述したように "like" の繰り
返しで，彼女は宿の主人に対し，一方的に好意を抱いた．そこから，彼女の
持つ夫への不満がその裏に透けて見えてくる．主人の優しい振る舞いと，自
分の夫とを比較し，優しさを夫に求めていたと考えることもできる．

　このような点を考えると，「ミシガンの北で」と，「雨の中の猫」では語り
の特性や形式が類似している箇所がある．そして，ヘミングウェイが早い段
階から，単純な語句の繰り返しによる語りと，女性の欲求を描出する手法を
認識していたと指摘することができる．

4.7.　「季節はずれ」にみられる文体的特徴

　「季節はずれ」は，若い紳士とその妻が禁漁期であるにもかかわらず，ガ
イドのペドゥッツィと釣りに行くために，さまざまな準備をするところから
物語が始まる．しかし，いざ釣りをしようとしたときに，彼らはおもりのガ

136

ン玉を準備してくることを忘れていたことに気がつく. そのため, 釣りをあ
きらめ, ホテルに引き返すことにした. ペドゥッツィは, 次の日も案内して
やると言い, 紳士に対して5リラ要求する. 彼は5リラを渡すが, 翌日は
釣りに行けないかもしれないと告げたところで物語が終わる.

　この作品は, 後に発表される『われらの時代に』に採録されることになる
が, 若干文体が異なっている. この文体の相違について, Smith (1989) は
次のように述べている.

(1) In the late summer of 1923 the story was published, although
badly edited, in *Three Stories and Ten Poems*, and Hemingway
could pride himself on the fact that it "was the same gang that
published *Ulysses*" the year before—and with as little care. The
Boni and Liveright edition of *In Our Time* (1925) cleaned up its
punctuation and typography, and "Out of Season" took its place
in the canon.　　　　　　　　　　　　　　　　　　　　　(17)

スミスは編集上の誤りであると述べているが, それらの相違を見ると, 印刷
上の問題だけにはとどまらないように思える. ここでは, 1923年の『三つ
の短編と十の詩』に掲載された版を扱うが, 書き出し部分に関してのみ,
『われらの時代に』に収録された作品も挙げることにする. 「季節はずれ」は
次のような書き出しで始まる.

(2) On the four lira he had earned by spading the hotel garden he got
quite drunk.　He saw the young gentleman coming down the path
and spoke to him mysteriously.　The young gentleman said he
had not eaten yet but would be ready to go as soon as lunch was
finished.　Forty minutes or an hour.　　　　　　　　　　(13)

『われらの時代に』版の「季節はずれ」の冒頭は次のようなものである.

(2′) On the four lira Peduzzi had earned by spading the hotel garden
he got quite drunk.　He saw the young gentleman coming down

the path and spoke to him mysteriously. The young gentleman said he had not eaten but would be ready to go as soon as lunch was finished. Forty minutes or an hour. (*CSS* 135)

　両者の相違は，ペドゥッツィという固有名詞が出現しているか否かである．これを印刷上の問題や，作者の不注意といってしまってよいのであろうか．固有名詞を使わず，"he" という人称代名詞で語りが開始されることで，読者はこの "he" が誰なのか考えながら物語を読み進めていくことになる．このように読者に注意を喚起させる効果が，冒頭の代名詞 "he" にはある．さらに，ほかの登場人物も，"the young gentleman" と呼ばれている．このときの定冠詞 the も，読者に注意を喚起する効果を持っているのである．すなわち，定冠詞 the は，すでに述べられたこと，つまり旧情報や情報の共有を表すものであって，情報が少ない物語の冒頭に出てくると，有標の表現となり得るのである．このように逸脱する表現形式を冒頭に用いることで，読者に注意を喚起させ，これから展開する物語に何らかの含みを持たせることを行っているのである．

　さて，「季節はずれ」における文体の特徴を探ってみることにする．ここでは主に話法に注目して考えてみたい．"He saw ... and spoke to him mysteriously." は "spoke to" の部分からもわかるように，語り手による発話の報告の形式になっており，次の "The young gentleman said he had not eaten yet but would be ready ..." は間接話法の形式である，さらに，"Forty minutes or an hour." は主部と述部という文構造を持たないものが置かれている．文脈から，男性が発話したものであると考えられるため，この文は自由直接話法で，登場人物の声を地の文の語りの中に同化させ，語り手の存在よりも登場人物の存在を強く感じさせる表現となっているのである．

　この後には情景描写が続くのだが，そこにも興味深い文体が現れる．引用 (3) として以下に挙げることにする．

(3)　At the cantina near the bridge they trusted him for three more grappas because he was so confident and mysterious about his job for the afternoon. It was windy day with the sun coming out

from behind clouds and then going under in sprinkles of rain. A
wonderful day for trout fishing.   (13)

引用 (3) の最後の部分の "A wonderful day for trout fishing." であるが，
これも先に見た主部と述部を持たない構造である．しかし，"wonderful" と
いう主観的判断を伴った形容詞が使われていることから，ペドゥッツィの思
考表現と考えることができる．なぜなら，問題にしている箇所の直前にあ
る，"because he was so confident and mysterious about his job" という表
現が大きく影響しているからである．ここで用いられている "confident" や
"mysterious" という語が，彼の心的態度を表しているからである．さらに，
次のパラグラフを見ていくことにする．

(4) The young gentleman came out of the hotel and asked him about
     the rods. Should his wife come behind with the rods? Yes, said
     Peduzzi, let her follow us. The young gentle man went back into
     the hotel and spoke to his wife. ... Peduzzi saw his wife, who
     looked as young as the young gentleman and was wearing
     mountain boots and a blue beret, start out to follow them down
     the road carrying the fishing rods unjointed one in each hand.
     Peduzzi didn't like her to be way back there. Signorina, he
     called, winking at the young gentleman, come up here and walk
     together.   (13-14)

引用 (4) はヘミングウェイの小説に初めて見られる文体である．これまで
高校時代の習作を見てきたが，そこにも用いられたことのない文体である．
それは，"Should his wife ...? Yes, said Peduzzi, let her follow us." である．
本来であれば，Should his wife ...? "Yes," said Peduzzi, "let her follow
us." と引用符を用い，伝達部と被伝達部を区別する必要がある．しかし，こ
こではそういった引用符の使用の規則から逸脱した文体となっている．
"Should his wife" は "the young gentleman" の発話内容を自由間接話法で
描出している．"Yes" と "let her follow us" の部分はペドゥッツィの発話

である．この文体は，伝達部と被伝達部の両者が存在する形式になっている
が，上でも述べたように，本来は引用符を用いるところに，それらが使用さ
れていない．この文体の形式は，Leech and Short（1981）の分類には入っ
ていないが，直接話法にほぼ準ずる文体として捉えておく．この表現形態
は，ヘミングウェイの小説ではこれが初出である．この直接話法に類する表
現形態は，本来の直接話法よりも一層自由直接話法のような地の文に近いの
で，登場人物の声がダイレクトに響く文体といえるだろう．

　次は "Peduzzi saw his wife" から始まる文について見ていきたい．この
文の後半部分，"start out to follow them down the road carrying the fishing
rods unjointed one in each hand" は，「，（カンマ）」で区切らなければいけ
ないが，カンマが挿入されていない．読み手は，区切りがないことでその文
を，一息で読み進めることになる．カンマが挿入されているときよりも，カ
ンマがないときのほうが「流れ」を感じることができる．[4] つまり，カンマが
あると情報が一旦途切れて認識されるからである．カンマを入れないこと
で，提示される情報に連続性を持たせ，独特の語りの口調を作り上げていく
ことになる．ここでは，動作が連続し，しかもその動作が慣れた手つきで進
められているのを表している．最後に "Signorina, he called" から始まる文
も，本来は引用符が必要であるが，それが用いられていない直接話法と自由
直接話法の間にあるような文体になっていることが確認できる．

　この場面で，これまで "he" と呼ばれていた庭師が初めてペドゥッツィと
いう名であることがわかる．物語の冒頭部分でペドゥッツィと呼ばずに，
"he" と呼ぶのは読者の注意，関心をこの人物に向けるためのものである．

　そして，彼らは釣り場に向かって歩いていくことになる．その道中での会

---

　[4] こうしたカンマの用法は例えば関係代名詞の前にカンマの有無がその文の意味を決定
する．He has three daughters, who are university students.（非制限用法）と He has three
daughters who are university students.（制限用法）では意味が異なる．前者は二つの情報
が並置されているため，娘が三人いること，そしてその娘たちはみんな大学生であるとい
うことである．一方，後者は一続きの情報であるため，大学生の娘が三人いて，他にも娘
がいる可能性も示している．したがって，カンマが置かれることで情報が一旦途切れて別々
の情報であると認識されることがある．

140

(5)　　Geld, Peduzzi said finally, taking hold of the young gentleman's
sleeve. Lire. He smiled reluctant to press the subject but need-
ing to bring the young gentleman into action.

　　The young gentleman took out his pocket book and gave him a
ten lire note. (15)

　引用 (5) の部分も本来, 引用符があってもよいところである. "Lire" と
いうペドゥッツィの言葉は伝達節をもたない形式である自由直接話法の文体
になっており, この文体によって登場人物の声が, 語りに直接表されている.
　物語は, これから入ろうとした店が閉まっていたために, 別の店へと移動
する場面へと展開する. そして, 酒を買いに行くため, 店の外にペドゥッ
ツィを待たせて, 夫婦で店へと入っていく. その場面を以下に引用して文体
の特徴について論じていくことにする.

(6)　I'm sorry you feel so rotten Tiny, he said, I'm sorry I talked the
way I did at lunch. We were both getting at the same thing from
different angles.

　　It doesn't make any difference, she said. None of it makes any
difference.

　　Are you too cold, he asked. I wish you'd worn another sweater.
I've got on sweaters. (16-17)

　引用 (6) でも, 本来引用符が用いられるべきところに, 引用符が用いら
れていない. しかし, 叙述の文と区別をするために, 現在時制が用いられて
いる. そのため, 自由直接話法であったり, 直接話法と自由直接話法の合い
の子のような文体で明示されている. また, 注目すべき点は "Are you too
cold, he asked." という文である. 『われらの時代に』に収められたときには,
"Are you too cold?" he asked. と引用符も疑問符もあるが, ここでは引用
符と疑問符の両者ともが欠落している文になっている.
　この会話のやり取りは, 夫婦間のものであり, 会話の内容から察するに,

ふたりの関係はうまくいっていないことが見て取れる．そして，"We were both getting at the same thing from different angles." という夫の発話内容からも互いの意見の相違や，この釣りに出かける直前の昼食のときに，ふたりの関係がまずくなったということがわかる．しかし，この物語を最初から最後まで読み進めても，昼食時に何が起こったのかは全く書かれておらず，曖昧である．こうした曖昧な部分を生み出すような技法がこの作品でも使われていることから，ヘミングウェイが早い段階で効果的な語りを認識しながら創作をしていたと考えてもよいだろう．

さらに，ペドゥッツィは一人で話し続ける．その場面を引用（7）として見ていこう．

> (7) Come on, he said, I will carry the rods. What difference does it make if anybody sees them. No one will make any trouble for me in Cortina. I know them at the *municipio*. I have been a soldier. Everybody in this town likes me. I sell frogs. What if it is forbidden to fish? Not a thing. Nothing. No trouble. Big trout I tell you. Lots of them. (17)

引用（7）は，一人称小説を読んでいるような感じになる．ここで用いられているほとんどの文の主語は "I" となっており，基本的な三人称の語りの地の文には見られない形式になっているからである．引用（7）の二番目の文以降，すべて自由直接話法の形式になっており，ペドゥッツィの主観的な語りで展開されている．

ここまで，いくつかの場面の文体を考察してきたが，この物語に一貫して見られる特徴についてまとめておくことにしよう．まず，大きな特徴であるが，この作品は多視点からの語りによって構成されている．この多視点の語りは，「マニトゥーの裁き」では，ディックとピエールのそれぞれの視点から語られていることとも共通している語りの技法である．

禁漁期にもかかわらず，期待して釣りに出かけたのであるが，この期待が逆転し結局，釣り道具の不足により，釣りができなかった．物語の初めでは，ペドゥッツィと若夫婦の力関係を不等号で表すとしたら，「ペドゥッツィ ＞

若夫婦」となるであろう．それは，ペドゥッツィの発話からも理解できる．ペドゥッツィは若夫婦に対して命令口調で話しかけ，それに若夫婦は従うだけである．そして，釣りに行くための主導権を握っているのがペドゥッツィであり，若夫婦は彼の後を追って歩いていくだけである．その道中，若夫婦はペドゥッツィに言われるがままに酒を買い与える．このことは，会話の主導権をペドゥッツィが握っていたこととも関係する．そして，物語の終盤部分に差し掛かると，この対人関係に，特にペドゥッツィと，アメリカ人男性との関係に変化が見られる．目的の場所に到着したときに，釣り道具の不足に気がつき，釣りの中止を提案したのはペドゥッツィではなく若い紳士である．その場面を以下に引用する．

(8) We can't fish then, said the y.g. and unjoined the rod, reeling the line back through the guides. We'll get some *pimbo* and fish tomorrow. (20)

アメリカ人男性は，明日釣りに出かけるという提案をする．ここで会話の主導権はペドゥッツィよりもアメリカ人男性に移ったことになる．翌朝の7時にホテルで待ち合わせをしようとペドゥッツィが語りかけたことに対して，彼は，次のように応えている．

(9) I may not going, said the y.g., very probably not. I will leave word with the padrone at the hotel office. (22)

結局，遠まわしの表現ではあるが，自ら釣りに出かける提案をしながらも，釣りに行くことを断っている．この発話が，ペドゥッツィとの関係を完全に断ち切ることを示している．つまり，この男性とペドゥッツィの関係は，釣りに行くためのガイドの契約でのみ成立していたため，この契約を断ち切ることで，両者の関係も断ち切られるのである．しかも，この関係の解除は両者の合意の下で行われたのではなく，一方的にアメリカ人男性からの申し出である．したがって，物語の冒頭部分からあった両者の関係は，完全に逆転しているのである．彼は，もともと釣りに出かける気分でもなく，半ば強引にペドゥッツィによって連れ出されてしまった．しかし，両者の力関係はペ

第 4 章　ヘミングウェイの文体形成の源流を探る　　143

ドゥッツィのほうが上であったため，彼は何も言えなかった．釣り道具が足らないことがきっかけとなり，両者の関係に変化がみられる．それは，以下の引用（10）から窺い知れる．

(10)　The sun came out. It was warm and pleasant. The young gentle-man felt relieved. He was no longer breaking the law. Sitting on the bank he took the bottle of marsala out of his pocket and passed it to Peduzzi. Peduzzi passed it back. The y.g. took a drink of it back again. Drink, he said, drink.　　(20)

ここでは，アメリカ人男性の気分について "feel" という感覚を表す動詞を用いて描写している．そこからわかるように，彼は，釣りに行くのは自分の気持ちに反していることであると思っていた．そして，ペドゥッツィに対する彼の言葉づかいにも変化が見られ，"Drink" と命令口調で発話するようになる．したがって，釣り道具の不足が，両者の関係を逆転させるきっかけを引き起こしているのである．

しかし，次のような描写からもわかるように，ペドゥッツィは一切この変化に気がつかない．

(11)　Thank you caro. Thank you, said Peduzzi in the tone of one member of the Carleton Club accepting the Morning Post from another. This was living. He was through with the hotel garden, breaking up frozen manure with a dung fork. Life was opening out.　　(21)

ここでの文体も興味深く，"This was living." や "Life was opening out." という表現部分は，自由間接思考の文体で，ペドゥッツィの思考内容を表現している．そのことから，ペドゥッツィという人物像を考えると，ホテルの庭の手入れをしてお金を手に入れるよりも，釣りに案内することで簡単にお金を手に入れることができると考えている．そこから彼の狡猾さを読み取ることができるだろう．

（10）の引用部分と，この引用（11）が相互に影響し合い，両者の関係の

アンバランスが浮き彫りになり，それぞれの場面が効果的に表現されている．このように，会話表現からだけでなく，主観的な心理描写の場面にも，逆転の構図が含意されており，物語全体をこの構図が支配していると考えることができる．

こうした逆転の構図は，「ミシガンの北で」と共通する語りの形式であるが，高校時代の習作には，このように展開する物語は見られなかった．このように考えると，文体としてはある程度形式的に共通する点もあるが，物語展開について見てみると，高校時代の作品は複雑さに欠けているともいえるだろう．

しかし，先に言及したように「マニトゥーの裁き」の最後の一文は余韻を残すような終わり方であるため，効果的な物語の展開について，かなり意識をしていたのではないかと考えられる．

4.8. 「ぼくの父さん」の文体とその特徴

「ぼくの父さん」は，『三つの短編と十の詩』の最後に登場する作品である．この作品も後に『われらの時代に』に採録されることになる．この作品は前の二作とは異なり，一人称の語りで進行する．語り手である少年が，競馬の騎手である父親がレース中の落馬によって命を落とし，その一部始終を目撃する．そして，少年の父親と過ごした日々の回想によって，物語は展開していく．この作品はヘミングウェイはシャーウッド・アンダソン（Sherwood Anderson, 1876-1941）の影響を受けて作り上げたといわれている．Young (1966) は次のように述べている．

(1) "My Old Man," a good piece in its own right, is Hemingway's version of one of Anderson's best efforts, the widely reprinted "I Want to Know Why," which had appeared two years earlier. Both stories are about horse racing, and are told by boys in their own vernacular. In each case the boy has to confront mature problems while undergoing a painful disillusionment with an old-

er man he had been strongly attached to. It doesn't look like co-
incidence. (177)

　この物語をヘミングウェイの他の作品と比較して，一番初めに気がつくことは，ひとつの文が長くなっているということである．したがって，その直感を確認するために，まずは文の長さについて見ていくことにする．
　『三つの短編と十の詩』の三作品のすべての単語数と文の数から，一文あたりの単語数を以下にまとめてみる．

	文の数	語数	一文あたりの単語数
"Up in Michigan"	141	1951	13.8
"Out of Season"	252	2164	8.5
"My Old Man"	205	5839	28.4

表1　『三つの短編と十の詩』における一文あたりの単語数

この表からもわかるように，明らかに，「ぼくの父さん」における一文あたりの単語数が，他の作品と比較して，非常に多くなっている．果たして，このことは一体何を意味しているのであろうか．物語を追いながら考えていくことにする．
　まずは，冒頭部分を引用してみる．

(2)　I guess looking at it now my old man was cut out for a fat guy,
one of those regular little roly fat guys you see around, but he
sure never got that way, except a little toward the last, he was
riding over the jumps only and he could not afford to carry
plenty of weight then. I remember the way he'd pull on a rubber
shirt over a couple of jerseys and a big sweat shirt over that and
get me to run with him in the forenoon in the hot sun. (25)

　この物語は，少年ジョーの一人称の語りで進行する．つまり，ジョーの主観的な事態把握が，語りに大きく影響してくる．また，"guess"，"remember" という思考を表す動詞の使用からも，語り手であるジョーが，過去に経験したことを回想することで，物語が展開しているということもわかる．したがって，ここで語られる回想は，語り手の思考内容を表していることになるが，今まで行ってきた話法や思考描写による分析は有効ではない．つまり，思考描写による分析は，三人称の小説でみられる語りの変化を明示するには非常に効果を発揮するのであるが，一人称の小説の特徴からすると，その分類法に従って得られる結果は期待できないのである．

　この一人称の語り手による語りの特徴は，どのようなものであろうか．文の長さが，今までの作品よりも長いということと関連づけて考えてみたい．この作品では，一つの文の中に単語と単語，句と句，節と節，文と文とを結びつける等位接続詞が多用されている．その等位接続詞の中でも "and" が392回と非常に多く使用されている．この "and" を繰り返し用いることによって，語・句・節・文などの連結を行うことは，語り手が少年であることを考慮すると，未熟さや幼さを表しているのではないかと考えられる．しかし，語り手の幼児性だけでこの問題を片付けてしまってもよいのであろうか．表現と内容との関係を見ていくことで，さらなる考察ができるだろう．

　それでは，この繰り返される "and" について物語を追いかけながら詳しく見ていくことにする．まずは，父と語り手である少年が一緒に公園の中をジョギングする場面である．分析の便宜上，各文の先頭に番号を記す．

(3)　① Then we'd start off jogging around the infield once maybe with him ahead running nice and then turn out the gate and along one of those roads with all the trees along both sides of them that run out from San Shiro. ② I'd go ahead of him when we hit the road and I could run pretty stout and I'd look around and he'd be jogging easy just behind me and after a little while I'd look around again and he'd begun to sweat. ③ Sweating heavy and he'd just be dogging it along with his eyes on my back, but when he'd catch me looking at him he'd grin and say ...

(26; 丸数字は筆者による)

第 4 章　ヘミングウェイの文体形成の源流を探る　　　147

　引用（3）の文体を見てみると，一つ一つの文が長くなっており，等位接続
詞の "and" が多く用いられていることがわかる．まず①の文であるが，父
と二人でジョギングをはじめ，ジョギング中に目に映る風景が提示されてい
る．そして②の文は，語り手である私が父を追い越し，そして振り返って父
を見る．その父の様子が③の文に描写されている．ここでは①の文で背景や
状態が提示され，②の文で動作中心に描写がなされ，③の文で語り手の焦点
が自分の父に向けられ，その父を描写している．それは，③の文で用いられ
ている主語が，すべて "he" となっていることからも理解することができる．
このように，一つの文で，背景，その背景内での動作，そして，細部への描
写が行われており，それらが一つの直線上にすべてが並べられ，連続性を
持っているような印象を与えることになる．

　物語は父とのジョギングが終わり，父が縄跳びをする場面へと移ってい
く．その場面を以下に引用する．

(4)　I'd come back and sit down beside him and he'd pull a rope out
　　　his pocket and start skipping rope out in the sun with the sweat
　　　pouring off his face and him skipping rope out in the white dust
　　　with the rope going cloppety clop clop clop and the sun hotter
　　　and him working harder up and down a patch of the road.　　(27)

　引用（4）も，一文がかなり長くなっている．その長さを作り出すメカニ
ズムとして，この文では 7 回の "and" の使用が挙げられる．父親はプロの
競馬の騎手として減量を行っている．この減量は，プロの騎手としては日課
であり，習慣化され，一連の行為として淡々と進められるものである．そし
て，この場面は，縄跳びで減量する父親の様子を語り手が捉えている．父親
は縄跳びをポケットから取り出し，何度も何度も飛び跳ねる．こうした一連
の動作を "and" で繋げて一つの文で描き，途切れることなく縄跳びをする
父親の行為を表している．つまり，一連の行為が絶え間なく連続しているこ
とを表現するために，一つの文で表しているのである．さらに，"clop" と
いうオノマトペの要素を含む語の繰り返しによっても，動作の連続性が表現
されていると考えられる．ここまでの二つの例は，"and" を用いて一つの文

148

にまとめあげる方法であった．さらに "and" による連結の効果について，
以下の例を見ながら考えてみたい．

(5) I remember once at San Shiro, Regoli, a little wop that was rid-
ing for Buzoni came out across the paddock going to the bar for
something cool and flicking his boots with his whip, after he'd
just weighed in and my old man had just weighed in too and
came out with the saddle under his arm looking red faced and
tried and too big for his silks and he stood there looking at
young Regoli standing up to the outdoors bar cool and kid look-
ing and I says [*sic*], "What's the matter Dad?" cause I thought
maybe Regoli had bumped him or something and he just looked
at Regoli and said, "Oh, to hell with it" and went on to the
dressing room.   (27-28)

　引用 (5) は，語り手の記憶を基にして "I remember" という書き出しで
始まっていることから，語り手の主観的把握による事態描写といえるだろ
う．ここでは，まず "Buzoni" という騎手の行為が描かれており，次に語り
手の父親へと描写が移行する．描写の対象が変化しているにもかかわらず，
文が途切れることなく続いているのは，語り手の記憶として，この出来事が
断片的な記憶ではなく，一つのまとまった記憶であるということを表してい
ると考えてもよいだろう．したがって，語り手の意識を描写する際も，一つ
の文を長くするという技法が用いられているのである．
　「ぼくの父さん」は，競馬の場面がいくつか描かれている．そこで競馬の
場面を描出する文体について取り上げてみることにする．

(6) Especially at San Siro with that big green infield and the moun-
tains way off and the fat wop starter with his big whip and the
jocks fiddling them around and then the barrier snapping up and
that bell going off and them all getting off in a bunch and then
commencing to string out.   (28-29)

第4章　ヘミングウェイの文体形成の源流を探る　　　　149

　引用（6）は，馬がゲートに入り，そして合図に合わせてスタートすると
いう一連の動作を表している場面である。[5] そのため，等位接続詞の "and"
が頻繁に用いられ比較的長い文を形成している。この場面では，まず背景と
なる競馬場の様子を描写し，続いてスターター，さらに視線を移すと，騎手
そして，馬へと視線が移動し，最後にその馬が走り出すという様子が描かれ
ているのである。このような視線の移動は，引用（2）と同じであり，背景
→動作主→動作という配列は，しばしばこの作品中で見られる描写方法であ
る。しかし，引用（2）では，視点の移動を，それぞれ別の文で独立させて
表していたが，ここでは一つの文で表現されている。

　ここまで，「ぼくの父さん」における文体について見てくると，この作品
では，語り手の視線の動きに従って描写が進行しているということがわかっ
た。そして，語り手である息子は，父親の落馬による死を目撃する。息子が
父の死の場面に立ち会うことを効果的に表すには，常に息子の視点からの語
りが必要だというヘミングウェイの判断があったのであろう。

　観客席にいる息子は，父の落馬事故を目撃するが，その瞬間は "then there
was a crash"（44）と端的に描写された後に "I couldn't see my old man
anywhere."（44）と，事故の具体的な様子は一切描き出されない。常に視線
を向けていた父親が視界から消えるという描写で事故の予兆を提示する。一
人称の語りであるため，視点が限定的であることが最大限に利用されてい
る。そして，倒れ込んでいた馬たちも立ち上がり，走り始めていくと，そこ
に残された父親の姿が浮かび上がる。その様子は，"there was my old man
lying there on the grass flat out with his face up and blood all over the
side of hise head"（44）と語られる。父親が医務室に運び込まれたときはす
でに死んでいた。主人公の少年は父の傍らで泣いている，という場面である。

---

　[5] ここでは（2）の場合と違い述語動詞が使用されていないのである。ここで用いられて
いる動詞はすべて ing 形で表されている。したがって，S—V の構造がないため文法的に
は「文」と呼ぶことができないかもしれないが，ここではあえて一つの文として見なすこと
にする。

(7) I lay down beside my old man, when they carried the stretcher into the hospital room, and hung onto the stretcher and cried and cried, and he looked so white and gone and so awfully dead, and I couldn't help feeling that if my old man was dead maybe they didn't need to have shot Gilford. His hoof might have got well. I don't know.   I loved my old man so much.   (45)

ここで，一箇所だけ "I don't know." と現在形が使われていることに気がつく．これまで，地の文では過去形で物語が展開していたのであるが，この現在形は物語の時間ではなく，物語を語っている現在を表している．つまり，物語冒頭部分の "I guess looking at it now ..." (25) の語りが示しているように，「今，父のことを思い返してみると…」と，その振り返っている「今」を表しているのである．なぜ，少年は「わからない」と言ったのだろうか．この表現は物語の最後にもう一度出てくる．

(8) But I don't know. Seems like when they get started they don't leave a guy nothing.   (46)

　引用（8）の文は現在形で語られ，物語が締めくくられているが，具体的に「何が」わからないか示されていないため，曖昧である．他動詞の目的語を省略して，解釈を読み手に委ねるような曖昧な終わり方も，主人公の少年の語りになっていることから考えれば，子どもは大人の世界をわかりたくない．または，わかっていたことを認めたくないという複雑な気持ちが入り交じり，それを自分が整理することのできない様子を吐露したものだと考えられる．

4.9.　高校時代の習作から最初期の作品へ

　この章では，ヘミングウェイがどのようにしてその文体を獲得していったのか，その源流を探るために高校時代の創作活動期の作品から確認をし，フランスで初めてヘミングウェイが出版した，『三つの短編と十の詩』の文体

的特徴の考察を行った．ヘミングウェイの得意とする端的な表現方法に加え，その後の作品にも影響を及ぼし続ける，登場人物の意識の描写の技法は，すでにこの時期の作品にも見受けられた．ヘミングウェイの文体形成に関する多くの議論は，大きく分けて（1）作家や芸術家からの影響，（2）新聞記者としての経験，（3）従軍経験，（4）そのほかの経験という四つの観点から論じられることが多かった．しかしながら高校時代の作品から捉え直すことで，この時期における創作活動が，その後の創作に影響を与えているということが理解できたであろう．

　例えば作家や芸術家が文体形成に寄与しているという考えは，Baker（1972）によって，ポール・セザンヌ（Paul Cézanne）やクロード・モネ（Claude Monet）の絵画が影響を与えていると指摘されている．

(1)　Sometimes in the afternoon he went to walk the graveled paths of the Luxembourg, stopping in at the Musée for a look a the Cézanne and the Monets, thinking inside himself that they had done with paint and canvas what he had been striving to do with words all morning in his room at the old hotel.　　　　(479)

またヘミングウェイの文体形成にはガートルード・スタインから反復や等位接続詞の"and"による連結などを学んだことにあるという言説も広く受け入れられている．それは，ヘミングウェイが『移動祝祭日』で次のように述べたことが，その議論の発端となったのである．

(2)　I went there nearly every day for the Cézanne's and to see the Manets and the Monets and the other Impressionists that I had first come to know about in the Art Institute at Chicago.　I was learning something from the painting of Cézanne that made writing simple true sentences far from enough to make the stories have the dimensions that I was trying to put in them.　I was learning very much from him but I was not articulate enough to explain it to anyone.　Besides it was a secret. (*A Movable Feast*, 13)

また，同じく『移動祝祭日』で，ヘミングウェイがスタインに「ミシガンの北で」を見せたときに，以下のように言われたという逸話はあまりにも有名である．

(3) But it is *inaccrochable*. That means it is like a picture that a painter paints and then he cannot hang it when he has a show and nobody will buy it because they cannot hang it either.　(15)

特に作家や芸術家がヘミングウェイの文体形成に与えた影響を考えるとき，1920 年代以降，アメリカからパリに渡った時代が重要な文体修練期であるとされている．

　また，新聞記者や従軍経験という観点からは，Burrill (1994) が "The biographical details of Hemingway's Toronto years have all the ingredients of a novel" (i) と指摘するように，トロントスター社での新聞記者時代に，小説のすべてを学んだというような見方もある．ヘミングウェイは新聞記者時代には切り詰めた文体，スタインから繰り返しの技法，絵画からは描写方法を学び，それらがヘミングウェイの文体の基礎となったと考えられるようになったのだろう．こうした点について，Lamb (2010) は次のように述べている．

(4) Concision and simplicity were abetted, in Hemingway's case, by two key influences: journalism and poetry ... If Hemingway took to heart the rules of journalism preached by the *Star*'s assistant city editor, Pate Wellington, those rules were complemented by the principles he learned from a more renowned mentor, the poet Ezra Pound.　(37-38)

　ヘミングウェイの文体形成を時系列で考えてみると，その原点は新聞記者時代にあるとされている．これは『カンザス・シティー・スター』のスタイルシートが根拠になっている．しかし，この章では，高校時代の小篇にヘミングウェイの文体の萌芽がみられることを言語学的な観点から示すことができたはずである．

第4章　ヘミングウェイの文体形成の源流を探る　　153

　高校時代の作品に焦点を当てて，ヘミングウェイの創作の源流をさぐって
みると，その後の創作活動に大きな影響を与えていることがわかった．前田
(2009) は，これまでヘミングウェイの研究において，高校時代の習作にほ
とんど言及がなかったことを指摘しながら以下のように論じている．

(5)　従来のヘミングウェイ研究に批判を加えながら，同時にヘミング
　　　ウェイ批評の現在を踏まえることによって，これまで無視ないし
　　　軽視されてきた故郷オークパークをヘミングウェイ研究の中で意
　　　味づけし，閉鎖的でお上品な故郷の町からの離反という通説を否
　　　定し，これまで研究の対象になることはまれであった学校文芸誌
　　　の作品とアメリカ修業期の習作に作家ヘミングウェイの初期形成
　　　期を跡づけ，語りつくされた感のあるシャーウッド・アンダソン
　　　の影響を技法ではなく主題の観点から解明し，ヘミングウェイ文
　　　学の原点とされるミシガンの原住民の人種的劣等性という欺瞞を
　　　暴き，一九八〇年代からのヘミングウェイ再考を推進してきたヘ
　　　ミングウェイのマチズモ解体のさらなる可能性を『日はまた昇る』
　　　と『武器よさらば』に探り，そこにヘミングウェイの修業時代の完
　　　成をみることである．　　　　　　　　　　　　　　　　　　　　(27)

前田は詳細な議論を展開し，ハイスクール時代の影響がその後の作品にも色
濃く残っていることを指摘している．そのため，ハイスクール時代の作品に
関するほとんどの議論は出つくされている感は否めないのであるが，この章
では特に文体的な特徴，すなわち「技法」の面に注目をして論じ，この時期
における創作活動がその後の創作に影響を与えるものであったことを結論づ
けることができた．

第 5 章

定冠詞と不定冠詞から作品を解釈する試み

　これまで，ハードボイルド，シンプルさ，曖昧性をキーワードとして，ヘミングウェイの文体言説について言語学的な観点から捉え直してみた．そして，その言語的な特質を，話法やモダリティという観点から明らかにし，ヘミングウェイのテクストの構成原理の一端を示すことができたであろう．

　そこで，本章ではテクストの構成原理だけではなく，意味論の知見を援用して文学テクストの解釈に迫ってみたい．特に，名詞句における定冠詞と不定冠詞に焦点を当て「医者とその妻」("The Doctor and the Doctor's wife", 1925) と『誰がために鐘は鳴る』(*For Whom the Bell Tolls*, 1940) の二つの作品を読み解いてみたい．そうすることで，テクストの分析から解釈へ迫る方法として意味論が有効であるということも改めて示していくことにする．

5.1.　冠詞の分類とその意味

　ここでは「医者とその妻」と，『誰がために鐘は鳴る』における名詞句の表現に注目し，文体分析を行い，ヘミングウェイの文体技法とテクストの解釈に迫ってみる．特に，定冠詞を伴った名詞句，および，不定名詞句と呼ばれる不定冠詞を伴った名詞句，冠詞を伴わない名詞句表現が，テクスト内で解釈と，どのように関係しているのかについて考察を行う．また，冠詞とテク

155

スト解釈の関係性を考察することで，ヘミングウェイが，緻密な文体技法を用いて物語を構築しているということを指摘する．

　そこで，議論の前提となる冠詞について概観し，それから，作品に関する先行研究を確認し，テクストの分析へと進めていくことにする．

5.1.1.　ポール・クリストファーセンによる冠詞の分類

　まず，Christophersen（1939）の冠詞についての議論から見ていくことにしよう．クリストファーセンによれば，"Unlike the the-form, the a-form does not stand for any one particular individual known to both speaker and hearer." (32) とあるように，定冠詞の the とは，話し手と聞き手の両方に知られている，ある特別な一個のものを表す役割をしており，それが不定冠詞にはないという考え方である．

　そして，クリストファーセンは不定冠詞の役割として以下のように三つの用法を挙げている．

1. Introductory use: the centre of attention is one particular individual and its specific characters. It may be a really existing or an imaginary case.
2. The interest centers round the generic characters of a single individual, imaginary or real.
3. Generalization to several or all the members of a class.　　　(33)

加えて，定冠詞の the と不定冠詞の a(n) について以下のように指摘している．

　　　A condition of the use of *the* is that there is a basis of understanding between speaker and hearer. This basis comprises the subjects and things known by both parties, and speaker as the active party must consequently adapt his language to the hearer's state of mind.　(28)

　定冠詞の the の使用は，話し手と聞き手にとって了解している事柄に関して述べる場合に用いられ，話し手は聞き手の心的状態にその言葉を適応させ

ねばならない．話し手が，聞き手の心的状態を考慮した発話を行うという点に関して，定冠詞の the の用法はあくまでも話し手の判断により，用いられる表現であると考えられる．つまり，話し手が名詞句を定冠詞 the を用いて表した場合，それは，話し手が指している名詞句について，聞き手が知っているであろうと話し手が判断しているときに用いられているということである．

5.1.2. ハリデイとハサンによる冠詞の分類

次に，テクスト言語学の立場から，Halliday and Hasan (1976) の結束性の考えに基づいた，冠詞の用法を概観していくことにする．ハリデイらはテクストの結束性を，文法的結束性と語彙的結束性の二つに分け，それぞれを以下に示すような下位区分を行った．文法的結束性として，指示・代用・省略・接続の4つの要素があり，語彙的結束性として，再述・コロケーションなどを挙げている．

冠詞は，以下の引用に示すとおり，文法的結束性の指示機能の特性があり，定冠詞 the は無標の指示語であると論じられている．

The function of the definite article can be summed up by saying that it is an unmarked or non-selective referential deictic. Its meaning is that the noun it modifies has a specific referent, and that the information required for identifying this referent is available. It does not contain that information in itself; it is the 'definite article' in the sense that its function is to signal definiteness, without itself contributing to the definition. Nor does it say where the information is to be located. It will be found somewhere in the environment, provided we interpret 'environment' in the broadest sense: to include the structure, the text, the situation and the culture. Whenever the information is contained in the text, the presence of *the* creates a link between the sentence in which it itself occurs and that containing the referential information; in other words, it is cohesive.
(74)

上の引用に示したとおり，主に，冠詞がテクスト内で結束性の機能を有する場合，定冠詞が前方照応的（anaphoric）に用いられると考えられている．ハリデイらは，定冠詞と不定冠詞のそれぞれが持つ文法的機能は明らかにしたが，詳細な意味記述は行っていないため，定冠詞と不定冠詞がテクスト内でどのような意味を持つかについては議論の余地が残っている．しかし，ハリデイらの主張にあるように，テクスト内に定冠詞を含む名詞句表現が出現した場合，必ず，その語句の指示対象が存在しているということであるということは，今後，議論を進めていく上で重要な指摘である．

5.1.3. 久野暲と高見健一による冠詞への機能主義的・意味論的アプローチ

久野・高見（2004）は，冠詞が表す意味について以下のような仮説を提示している．

a. a(n) 〜： 明確な形を持つ単一の個体を表わす．

b. φ 〜： 個体としての明確な形や境界をもたず，単一体ではなく，連続体を表わす．

c. the 〜： 他のものから区別され，限定されて，聞き手がその指示対象を理解できるものを表わす．

(26)

久野・高見は，冠詞と名詞について論じる中で，情報構造，すなわち，新情報・旧情報と関連させて，定名詞句と不定名詞句について論じた．ここで言う，情報構造とは，聞き手にとって文脈から推測，予測することのできない情報を「新情報」，文脈から推測，予測可能な情報であれば「旧情報」とするものである．そして，それぞれの名詞句がすでに話題に上っていたり，話し手と聞き手がよく知っていたりする場合を照応的と呼び，そうでない場合を非照応的ととらえ，情報構造と関連付けて論じている．さらに，物語の冒頭部分に定名詞句が現れるときは，「定名詞句でも，非照応的で，新情報を表わしている」(172) という考えを提示している．

確かに，物語冒頭部分で定名詞句が使われる際には，その名詞句がテクスト内で新情報を表しているかもしれないが，この場合，不定名詞句のほうはどうだろうか．不定名詞句も新情報を伝える役割を持っており，さらには非

第 5 章　定冠詞と不定冠詞から作品を解釈する試み　　　159

照応的に機能するはずであるが，物語冒頭部分で現れた定名詞句表現は，不
定名詞句表現と類似した機能を有するということになってしまう．これで
は，定名詞句と不定名詞句とわざわざ異なった形式を用いて文章を書く必要
がなくなってしまう．本書では形式が異なれば意味が異なるという立場を
取っているため，ここで示した久野・高見の機能主義的な立場とはいくらか
異なる．しかし，久野・高見のすべての議論に対して意義を唱えるものでは
なく，先に論じたクリストファーセンの見解を久野・高見の事例に敷衍して
議論を進めて行くことにする．

5.2.　「医者とその妻」に見られる名詞句表現の分析

　それでは，「医者とその妻」の分析を行っていくことにする．ニック物語
の中に含まれるこの作品は，「インディアン・キャンプ」と対になっている
としばしば指摘される．例えば，Stewart（2001）は以下のように「インディ
アン・キャンプ」と「医者とその妻」はいくつかの点において鏡像関係に
なっていると論じている．

(1)　In this story, which in many ways is a mirror image of "Indian
　　　Camp," the Indians leave their camp to come to the doctor's cab-
　　　in; just as he brought his sharp implements to the Indian camp,
　　　they bring theirs to his house.　　　　　　　　　　　　　　　(43)

「インディアン・キャンプ」では，インディアンたちの居住地へとニック
たちが向かい，「医者とその妻」では，インディアンたちがニックたちのも
とへやってくるという全体的な鏡像関係の存在を指摘した．そして，その中
に，医者は鋭利な道具を持ち，インディアン・キャンプへ向かい，インディ
アンたちも鋭利な道具を持ってニックらのもとへ向かうという共通性を指摘
している．さらに，次の引用にあるように，スチュワートは二項対立的に物
語の構図を説明している．

(2)　The story is structured by two conflicts, one plainly apparent and one subterranean. The doctor's conflict with Dick Boulton must be viewed in light of the long-standing culture clash between white and Native American men, a conflict in which the latter have usually come out the losers. But as enacted here the conflict is quick and loud, and its immediate source is readily identifiable. The second conflict, between the doctor and his wife, is quiet, subtle, undoubtedly of long standing and irremediable. (44)

この物語には二つの衝突，対立があり，一つは医者とインディアン，もう一つは医者と彼の妻とのものである．前者は "quick"，"loud" なもので，衝突の原因を突き止めることは容易であると論じている．そして，後者は，"quiet" や "subtle" なもので，関係を修復するのが難しいくらい長く続いた対立であるというものである．しかし，このような指摘は取り立てて新しいものではなく，この作品は，夫婦の対立などが対照的な表現で描き出されているのである．今村は「父の弱さ，母の支配的態度，さらには父母の精神的な葛藤が微妙にこの作品には描かれている」(80) と論じている．また，Strong (2008) はニックのイニシエーションの物語であると論じている．

(3) Traditionally, "Indian Camp" and "The Doctor and the Doctor's Wife" have been read as tales of initiation, focusing heavily on the final scene in "Indian Camp" and Nick's musing that "he felt quite sure that he would never die" (19), and/or on the unity between father and son in "The Doctor and the Doctor's Wife" when those choose to seek out black squirrels together.　　(16)

このほかにも，Young (1966: 32-33)，Flora (1989: 18-19)，Waldhorn (1972: 55-56) などがニックの成長の物語と関連づけて論じている．

このように見てくると，この作品をめぐる解釈の議論は，登場人物間の対立と登場人物自身の葛藤，ニックの成長という点に焦点を当てて論じられてきたといってよいだろう．そこで，対立の構図や，葛藤がどのような表現技法で描写されて，それらの描写方法がいかなる効果を持っているのかについ

第5章　定冠詞と不定冠詞から作品を解釈する試み　　　161

て考察することから始めていくことにしよう.

　では，この作品を定冠詞と不定冠詞という観点から分析を行っていくこと
にする．まずは，作品の冒頭部分から考察を行っていこう．以下の引用は
ディックがニックの父のところへ，斧を持ってやってくる場面である.

(4)　Dick Boulton came from the Indian camp to cut up logs for
　　　Nick's father.　He brought his son Eddy and another Indian
　　　named Billy Tabshaw with him.　They came in through the back
　　　gate out of the woods, Eddy carrying the long cross-cut saw.

(CSS 73; 下線部は筆者による)

　物語の冒頭部分で定冠詞が用いられていることにまずは注目してみる．一
般的には，物語の冒頭部分で定冠詞や代名詞の使用は，すでに起こっている
事柄や出来事の中へ読者を引き込む，いわゆる，<i>in medias res</i> という手法
であるといえる．では，物語の冒頭部分が，すでに物語の途中から始まって
いると考えると，ここでの描写は一貫して，定冠詞を用いた表現で，さまざ
まな事柄が描写されるであろうと予測がつく．しかし，この場面では，冒頭
の同じ文の中に定冠詞が用いられていない名詞句，つまり不定名詞句の表現
があることに気がつく．定冠詞 the が用いられている文脈の中で，1箇所だ
け "logs" という無冠詞の形で描写されている．このことについて，引用 (5)
と比較して検討していくことにする.

(5)　The logs had been lost from the big log booms that were towed
　　　down the lake to the mill by the steamer <i>Magic</i>.

(CSS 73; 下線部は筆者による)

引用 (4) では "logs" と複数形で無冠詞となっているが，一方，引用 (5) で
は "the logs" と定冠詞を伴った表現になっている．この違いについて考え
てみたい．引用 (4) の "cut up logs" はディックたちが丸太を切りにきたと，
特に個別具体的な丸太について言及しているわけではない．ごく普通にイ
メージできる丸太である．しかしながら，引用 (5) を見ると，その丸太は
ごく普通の丸太ではないことがわかる.

引用（5）の "the logs" は，蒸気船マジック号が引いていた丸太の筏から
くずれ落ち，それが漂着したものであると説明される．この丸太を見て，そ
のまま放置され，やがて腐ってしまうだろうとニックの父が考え，それを
ディックたちに切らせて暖炉の薪にしようという魂胆であった．したがっ
て，ここで定冠詞を伴って表される丸太は個別具体的な丸太のことである．

ディックたちが切ろうとしていた丸太がここで，一般的な丸太ではなく，
落とし主がいるものであるということが示されている．その丸太について，
ディックたちが，ニックの父を問い詰め，衝突が生じる．こうして，"log"
を中心として物語の前半部分が展開する．物語冒頭で，他の名詞が定冠詞を
伴って個別具体的なモノを示している一方で，"logs" と具体性を持たない
名詞が置かれることで，丸太が前景化されていると考えられる．そして，そ
の丸太が，具体的にどのようなものであるか，徐々に特定されていくという
展開が，冠詞を伴わない名詞の複数形から，定冠詞を伴った名詞の複数形へ
と展開していくことで表されている．さらに，以下の引用（6）にあるよう
に，"a nice lot of timber you've stolen" とディックたちに指摘される．つ
まり，語りの焦点を冒頭部分で "logs" に当て，話が進む段階で "the logs"
と表しているのである．そうすることで，まずは，"logs" について話が展
開することが暗示されている．この作品の中で，"log" を中心とした物語が
展開するということは，引用（6）に挙げるとおり，この後すぐに明らかに
なる．

(6)　　"Well, Doc," he said, "that's a nice lot of timber you've sto-
len."

"Don't talk that way, Dick," the doctor said. "It's driftwood."

Eddy and Billy Tabshaw had rocked the log out of the wet
sand and rolled it toward the water.　　(*CSS* 74; 下線部は筆者による)

"a nice lot of timber you've stolen" と言われ，ニックの父は "driftwood"
と言い換える．つまり，同一の指示物を異なった視点で表現すると，その表
現の中には，それぞれの話者の表現の意図を読み取ることができる．つま
り，ディックたちは盗品であるとし，一方ニックの父は漂着物であると主張

第5章　定冠詞と不定冠詞から作品を解釈する試み　　163

するところに，丸太をめぐる二人の解釈が異なることが表されているのである．ここでは，ニックの父があえて"timber"という語を避け，"driftwood"と言い換える，すなわち，変奏の形式で描写されている．そして，最後にエディーとビリーが砂浜から丸太を転がす．その丸太は"the log"と描写されるが，これは語り手からの視点で描写されているものである．いわゆる盗品だとディックたちが思っており，一方，ニックの父は流木だと言っている「その丸太」であるということを示し，二人の言い分の違いをここで明確にしているのである．こうした二人の衝突を効果的に，冠詞を伴わない名詞の複数形から，定冠詞を伴った名詞の複数形，言い換え表現，定冠詞を伴った名詞の単数形という文体要素が用いられて描出されているのである．

　この二人の衝突の構図は，彼らの会話のやり取りからも読み取ることができるが，地の文からも読み取ることができるのである．ここで変奏の文体について (7) と (8) の引用を検討しておく必要があるだろう．

(7) "It belongs to White and McNally," he said, standing up and brushing off his trousers knees.

The doctor was very uncomfortable. (*CSS* 74; 下線部は筆者による)

(8) Dick Boulton looked at the door. Dick was a big man. He knew how big a man he was. He liked to get into fights. He was happy. (*CSS* 74; 下線部は筆者による)

引用 (7), (8) において，下線部分に注目をしてみよう．そこでは，補語に形容詞を取るという同じ文構造を用い，(7) では"uncomfortable"という形容詞，(8) では"uncomfortable"と相反する"happy"という形容詞が用いられていることで，両者の対立を変奏の文体の中に読み取ることができる．

　次に，変奏の文体と関連して，医師夫婦の関係について描写されている箇所を検討していくことにしよう．

(9) Her husband did not answer. (*CSS* 75)

(10) His wife was silent. (*CSS* 75)

引用 (9) を見ていこう. 今までアダムズ医師はテクスト内で, "the doctor" という定冠詞を伴った表現で描写されていたが, ここでは "her husband" と描写されている. この "her" という彼女の所有物ということを明示した描写が用いられているのだが, ここで, なぜこのような描写が用いられているのかについて考えていくことにしよう. 二つの文に見られる意味の面での共通点は, 主体となっている人物が言葉を発することができないということである.

(11)　　　"Remember, that he who ruleth his spirit is greater than he that taketh a city," said his wife. She was a Christian Scientist. Her Bible, her copy of *Science and Health* and her *Quarterly* were on a table beside her bed in the darkened room.

　　　Her husband did not answer. He was sitting on his bed now, cleaning a shotgun.　　　　　　　　　　　　　　　　(*CSS* 75)

妻から聖書の一節を言われ, 閉口した夫は, 銃を取り出す. 彼女がクリスチャン・サイエンスの教徒であることが述べられているが, このときは, "a Christian Scientist" と不定冠詞付きの表現が使われて描写されている. 語りの焦点が, 彼女がクリスチャン・サイエンスの教徒であるということに移行し, さらに彼女を中心とした語りになっていくことになる. つまり, 新情報として提示された不定冠詞を用いた表現はテクスト内において前景化する働きを持っていると考えられるため, 背景となっている語りから際立ってくるのである. 宗教関係の本が机の上に置かれていることと, 対照的に描かれている箇所がある. それは, 医師である夫が, 床の上に封を切っていない医学雑誌が積み重ねて置かれているのを眺めているという場面である. ここでは, この場面の解釈を別の観点から捉えてみたい. 以下に引用 (11) の部分に先行する, 夫がコテージに帰ってきたときの場面を引用して, 考察を進めていこう.

(12)　In the cottage the doctor, sitting on the bed in his room, saw a pile of medical journals on the floor by the bureau. They were still in their wrappers unopened. It irritated him.　　　　　(*CSS* 75)

　ここで，"a pile of medical journals" と不定冠詞を用いて医学雑誌の束が描かれているが，その雑誌が置かれている床は "on the floor" と表現されている．このときの語りの視点は，"the doctor ... saw" となっていることからも，アダムズ医師であることは理解できる．彼の目に入る雑誌を前景化させるために，"a pile of" という不定冠詞を用いた慣用表現で描写している．そして，それらの雑誌が置かれている床を背景とするために "the floor" と定冠詞を用いた描写になっている．雑誌の山に焦点を当て，それが彼の苛立ちの原因であるということを効果的に描写する一方で，妻の聖書類との対立も効果的に描き出しているのである．

　このように，ヘミングウェイは，似たような状況を異なった冠詞を用いて描写することで，夫婦の関係を効果的に描き出そうとしているのである．(12) の引用では，夫の視点から描写されている．しかし，それに続く (11) の場面では，妻がクリスチャン・サイエンスの信者であることと，机の上に聖書などが置かれているという描写に不定冠詞が用いられていることから，語りの視線が妻に向けられている．この焦点[1] が夫から妻に移ってしまったことにより，(9) の引用にあるように，夫は言葉を発することができなくなる．そして，"her husband" という彼女の所有物であるかのような描写も，言葉を奪われてしまった彼の弱さを表しているといえる．言葉と力を奪われてしまった彼は，銃を取り出し自分の力を回復しようと試みる．そのため，語りの焦点が彼に移動することになる．このことは文体的にも明示されており，"a shotgun" と銃の描写が不定冠詞を伴ってなされているため，前景化しているといえる．そして，彼が銃を手にする一方で，妻は閉口する．それが，引用 (10) の箇所である．夫の銃を持つ姿が前景化され，妻は背景へと退くことになる．そして，(13) の引用にあるように，夫を中心とした語りがなされるようになる．

---

　[1] ここで言う焦点とは語りの視線が向く先のことであり，Genett (1980) の焦点化を前提としている．

166

(13)　His wife was silent.　The doctor wiped his gun carefully with a
　　　rag.　　　　　　　　　　　　　　　　　　　　　　　　　(*CSS* 75)

　ここでも，"a rag" と不定冠詞を用いた描写が行われていることから，銃を
持つ夫の姿が前景化している．このように，文体的に冠詞の使用に揺れがあ
り，それが夫と妻の関係が揺らいでいるということを表しているのである．
　次に，(14) の引用箇所について検討をしていこう．夫が散歩に出かける
ために家を出る場面である．

(14)　He walked in the heat out the gate and along the path into the
　　　hemlock woods.　It was cool in the woods even on such a hot
　　　day.　He found Nick sitting with his back against a tree, reading.

　　　　　　　　　　　　　　　　　　　　(*CSS* 76; 下線部は筆者による)

　ここで，初めてニックが物語の中に登場する．木を背にして本を読むニッ
クの姿を前景化させるために，"a tree" という不定冠詞を使った描写を行っ
ている．そして，木に焦点が当てられるのは，ニックが家に帰ろうとはせ
ず，父と一緒に森の中に入っていくことを暗示しているといってよいだろ
う．このように自然の中へ入っていくという暗示を，ヘミングウェイは後に
も全く同様な手法で描き出している．(15) の引用箇所と比較してみたい．

(15)　They are all gone now and he was alone with his back against a
　　　tree.　　　　　　　　　　　　　　　　　　　　　　　　(*FWBT* 466)

　『誰がために鐘は鳴る』からの引用である．足を負傷し，ゲリラ隊と共に
退却することができなくなったジョーダンが，追っ手と一戦交える覚悟で，
一人でその場に残る場面である．"a tree" と不定冠詞を用いて表されている
箇所が，(14) の引用箇所と同じ文体で描き出されている．木を背にする
ジョーダンを中心として，スポットライトを当てることで，この場面が前景
化されるのである．つまり，彼の死にゆく場を，不定冠詞を用いた "a tree"
と表現しているのである．自然の中に身をおくという立場がこの文体で表明
され，ジョーダンはその場で人生を終えようとする．一方，ニックのほうで

あるが，家に帰ることなく，父と一緒に森の中に入っていくのである．このように，自然との関係を，不定冠詞を伴った文体で表している．

5.3. 定冠詞と不定冠詞から迫る「医者とその妻」

「医者とその妻」は，作品内に描き込まれている対立の構図を，文体の分析によって読み取ることができるということを示してみた．特に，冠詞を中心に名詞句を分析することで，定冠詞と不定冠詞の違いは，単なる言語記号の相違ではないことを示した．そして，その相違が作品の解釈と関係することになる．すなわち，文体と解釈が密接に結びついているということを示すことができたはずである．もちろん，ここで取り上げた，冠詞の分析が作品解釈のすべてではなく，変奏・反復の文体技法も，解釈の手がかりとなり得る．前節の引用（14）にあるように，"It was cool in the woods even on such a hot day." は，この作品の背後には二項対立的な衝突の構図が存在していることを示している．そこでは，"cool" と "hot" という語彙的な意味論上の対立ということも読み取る必要がある．このような語彙の対立で作品を描き出すということは，ヘミングウェイの作品にしばしば見受けられた．例えば，高校時代の作品や「インディアン・キャンプ」などでも効果的に用いられ，ニックの不安定な心理状態を描き出していたことはすでに指摘したとおりである．

「医者とその妻」では，定冠詞と不定冠詞が，アダムズ医師とディックとの間にある対立，医師と妻との間の対立を描き出すのに効果的に用いられていたのである．

5.4. 『誰がために鐘は鳴る』における定冠詞と不定冠詞

『誰がために鐘は鳴る』は，スペイン内戦（1936-39）が題材となった長編小説である．アメリカ人のスペイン語講師であったロバート・ジョーダン（Robert Jordan）は，義勇兵として，スペイン内戦に参加する．そして，ジョーダンには奇襲攻撃として，橋の爆破の任務が課せられる．ジョーダン

が橋の爆破の任務を遂行するまでの三日間の物語である．ジョーダンは任務遂行にあたり，パブロ（Pablo）率いるゲリラ隊と行動を共にする．その後，ゲリラ内でのパブロの統率力は失われ，パブロの妻であるピラール（Pilar）に権力は移行した．ここで，ジョーダンはファシストたちから，悲惨な扱いを受けた美しい女のマリア（Maria）と出会い，愛し合う．橋の爆破に怖気づいたパブロは，ジョーダンの所有する起爆装置を持ち，逃げてしまう．その後，パブロは数人の仲間を連れて戻り，作戦決行に至る．しかし，すでに橋の爆破の作戦はファシスト側に伝わっており，奇襲作戦としての意味は失われる．ジョーダンは，作戦中止を上官へ進言する手紙を仲間のゲリラに託したが，間に合わず，無意味な橋の爆破の作戦を実行せねばならなくなっていた．ジョーダンは橋の爆破で多くの仲間を失い，仲間と共に退却する際に，足の骨を折り，逃げるための馬に乗ることができなくなる．仲間を先に行かせ，愛するマリアとも別れ，ファシストが迫ってくるのをその場で一人，銃を構えて待つというところで物語の幕は閉じる．

　それでは，実際にテクストを分析していこう．物語の冒頭の場面を取り上げるところからはじめ，そこに現れる定冠詞と不定冠詞を中心に考察をしていくことにする．

> (1) He lay flat on the brown, pine-needled floor of the forest, his
> chin on his folded arms, and high overhead the wind blew in the
> tops of the pine trees. The mountainside sloped gently where he
> lay; but below it was steep and he could see the dark of the oiled
> road winding through the pass. There was a stream alongside the
> road and far down the pass he saw a mill beside the stream and
> the falling water of the dam, white in the summer sunlight.
>
> (1; 下線部は筆者による)

　物語の冒頭から，代名詞 "he"，"his" などが用いられているが，これらの代名詞の指示対象は，この時点では明らかになっていない．本来であれば，代名詞は先行する名詞（句）を指すという前方照応の役割を有するが，ここでは，その役割を果たしていない．では，視点を冠詞に移してみよう．

引用箇所の第 1 文では，"the brown"，"the forest"，"the wind"，"the pine trees" などといった定冠詞 the を伴った名詞句が用いられていることがわかる．物語冒頭部分であるために，先行する文脈はテクスト上に存在せず，森や松の木々についての言及はなされていない．このような定冠詞や代名詞の使用は，作中人物ではない語り手の視点で捉えた情景を描写しており，物語の冒頭から，すでに起こっている事柄や出来事の中へ読者を引き込む，*in medias res* という手法であると言える．

　では，物語の冒頭部分は，「すでに始まっている物語の途中」から始まっていると考えると，ここでの描写は一貫して，定冠詞および代名詞でさまざまな事柄が描写されるだろうと予測がつくはずである．しかし，冒頭の同じ段落の中に 2 箇所だけ，不定冠詞を用いた名詞句の表現がある．以下に上記引用箇所での冠詞を含んだ名詞句表現を整理しておく．

定冠詞

the brown, pine-needled floor of the forest

the pine trees

The mountainside

the dark of the oiled road

the pass

the road

the stream（a stream を前方照応）

the falling water of the dam（a stream に関連する表現）

the summer sunlight

不定冠詞

a stream

a mill

表 1　『誰がために鐘は鳴る』冒頭部分の名詞句の限定詞による分類

　上記のようにまとめてみると，不定冠詞の表現が，定冠詞の表現に比べ，圧倒的に少ないということがわかる．仮に *in medias res* の手法で一貫して

描かれているのであれば，不定冠詞を使わずに，定冠詞を使い，描写すればよいはずである．しかし，ここではそのような表現技法は用いられず，小川（stream）と製材所（mill）のみが，不定冠詞を伴って描写されている．この描写の相違について考えてみたい．

　物語内容と照らし合わせて考えてみると，小川と製材所は物語内で重要な役割を果たすことがわかる．小川の上に架かる橋は，主人公，ロバート・ジョーダンの爆破任務の対象物であり，その爆破作戦には，製材所が目印となる．このような観点から捉えると，不定冠詞による表現は，物語の進行において前景化され，それらの背景となるものが定冠詞を用いた名詞句で表現されているという仮説を提示することができる．

　語り手の視点から考察すると，不定冠詞で描写されている箇所は，物語の冒頭で定冠詞で表現されていた箇所と，視点が異なっているといえる．不定冠詞を含んだ名詞句の箇所は，"he could see" という表現からもわかるように，ジョーダンの視点へと移る描写になっている．

　ここで，視点を変更させたことには大きな意味がある．それは，主人公であるジョーダンの目で，爆破の目標物などを確認させておく必要があったからである．言い換えると，ジョーダンの目に映る，小川や製材所は，新情報として描き出されるのである．定冠詞を用いた表現が背景化され，「すでに存在しているもの」として描き出され，不定冠詞を用いた表現で「すでに存在しているもの」の上に，物語の中で重要な役割を担うものを前景化させているのである．製材所も小川も描かれている舞台では「すでに存在しているもの」であるはずなのに，不定冠詞で描き出されているということは，定冠詞で描かれている箇所と何らかの相違がある．この相違こそが，舞台の背景として描き出されるのか，前景化されて描き出されているかの違いなのである．そして，不定冠詞が使用されるのは，視点をジョーダンへ変更させ，「すでに存在しているもの」ではなく，ジョーダンの目を通して，新情報を表すためである．すなわち，ジョーダンが初めて目にするものという表現に変えたのである．

　このように考えると，ジョーダンの目を通して描かれる場面で使用されている定冠詞と不定冠詞について，物語の中での効果がいかなるものかという

第5章　定冠詞と不定冠詞から作品を解釈する試み　　　171

ことを考察していく必要が出てくる．この物語には，二人の女性が登場する．
一人は，ヒロインとして描かれているマリア，もう一人は，ゲリラ隊をまと
めるだけの力のあるピラールである．次に，彼女たちがどのように描写され
ているかについて見ていくことにしよう．まずは，マリアが初めて物語に登
場する場面を考察していく．

(2)　The girl stooped as she came out of the cave mouth carrying the
　　　big iron cooking platter and Robert Jordan saw her face turned at
　　　an angle and at the same time saw the strange thing about her.
　　　She smiled and said, "*Hola*, Comrade," and Robert Jordan said,
　　　"*Salud*," and was careful not to stare and not to look away.

(22; 下線部は筆者による)

　ここで使われている "The girl" に注目する．この "The girl" と呼ばれる
女性はジョーダンの視点から描かれているということが，同一文中の
"Robert Jordan saw her" という表現からわかる．この "The girl" の指示対
象は，後にジョーダンと恋に落ちる女性，マリアである．次に，この引用箇
所と，ピラールの登場する場面とを比較して見ていくことにする．

(3)　Robert Jordan saw a woman of about fifty almost as big as Pablo,
　　　almost as wide as she was tall, in black peasant skirt and waist,
　　　with heavy wool socks on heavy legs, black rope-soled shoes and
　　　a brown face like a model for a granite monument.　She had big
　　　but nice-looking hands and her thick curly black hair was twisted
　　　into a knot on her neck.　　　　　　(30; 下線部は筆者による)

　ここで "a woman" と呼ばれる女性について注目してみよう．この女性は
ピラールのことであり，彼女は，男勝りの女性で，夫パブロが逃亡した後に
は，ゲリラ隊を率いることになる．この場面で初めてピラールは作品に登場
するのだが，マリアの登場場面と異なり，不定冠詞を用いた表現で描写され
ている．マリアの登場した場面と，ピラールの登場した場面のどちらもが，
ジョーダンの視点からの描写であるということは共通である．しかし，描写

の際に用いられる冠詞が，マリアの場合は定冠詞，ピラールの場合は不定冠詞と異なっているのである．

では，これらの描写の相違について考えていくことにしよう．小川，製材所，ピラールの描写では不定冠詞が用いられ，木々，山並み，マリアなどの描写では定冠詞が用いられ，描写されていた．定冠詞を伴った表現は，物語中に背景となり，すなわち，作品を取り巻く背景として存在する．そして，この背景とは，作品の舞台となっているスペインの台地と結びつくのである．一方，不定冠詞による描写であるが，物語が持つ「戦い」の要素を描き出そうとするときに，効果的に使用されていると考えることができる．ピラールは，以前，ゲリラ隊と共に列車の爆破を行っている．そして，この引用箇所にあるピラールの登場場面の前に，列車爆破についての記述がなされ，また，引用箇所の後にも列車爆破と橋の爆破についての記述がなされていることからも，不定冠詞が効果的にこの引用箇所で用いられていることがわかる．

マリアが定冠詞，ピラールが不定冠詞で言及されている点は非常に興味深い．この作品を，ジョーダンとマリアの恋の物語と読むとするならば，むしろマリアが前景化されていなければならないだろう．しかし，ここではそうではなかった．むしろ，ピラールこそが重要な役割を担っている女性なのである．ジョーダンの行く末をピラールは手相で予見する．さらに，パブロたちの背信行為で，ジョーダンが窮地に陥った場面でもピラールの存在は重要であった．つまり，ピラールにスポットライトが当てられるのは当然のことである．ヒロインとしてマリアのことを考えるあまり，ピラールが背景化してしまう．しかし，言語事実はその逆を示しているのである．

さらに，別の例を取り上げ，定冠詞と不定冠詞の持つ効果について考察を進めていくことにしよう．次に取り上げる箇所では，物語の最後の場面で "a tree" が使われているとことに注目する．

(4) They were all gone now and he was alone with his back against a tree. He looked down across the green slope, seeing the gray horse where Agustin had shot him, and on down the slope to the road with the timber-covered country behind it. Then he looked

at the bridge and across the bridge and watched the activity on
the bridge and the load. (466)

　足を負傷し，ゲリラ隊と共に退却することができなくなったジョーダン
が，追っ手と一戦交える覚悟で，一人でその場に残る場面である．ここでの
描写は，物語の冒頭部分と比較すると，描写に用いられている冠詞が異なっ
ていることに気づく．物語冒頭箇所では，不定冠詞を含んだ表現は，ジョー
ダンの視点からの描写がなされるときに用いられていた．一方の定冠詞の表
現は，作中人物ではない語り手によるものであった．しかし，この引用（4）
では，ジョーダンの視点からの語りの部分は，定冠詞が用いられている．一
方，作中人物ではない語り手による語りでは，名詞句は不定冠詞による表現
になっている．そこで，この場面で唯一，不定冠詞で表されている "a tree"
について考えてみたい．定冠詞が用いられている語りの箇所では，語られて
いる対象が背景化し，不定冠詞で表された名詞句を前景化するというはたら
きがあることを，今までの考察で明らかにしてきた．これに従うと，引用
（4）では，ジョーダンが背にしている木が前景化されている．言い換えると，
木を背にするジョーダンを中心に，スポットライトを当て，この場面が描き
出されているのである．

　なぜ，このように一本の木に焦点を当てたのか，ということを考えるため
に，以下の場面を検討する．

(5)　Robert Jordan saw them there on the slope, close to him now,
　　and below he saw the road and the bridge and long lines of vehi-
　　cles below it. He was completely integrated now and he took a
　　good long look at everything. Then he looked up at the sky.
　　There were big white clouds in it. He touched the palm of this
　　hand against the pine needles where he lay and he touched the
　　bark of the pine truck that he lay behind. (471; 下線部は筆者による)

下線部分に注目すると，物語冒頭部分とほぼ同じような表現が用いられてい
ることに気がつく．この箇所に対応する冒頭部分の語りは，次のようなもの

であった.

(6) He lay flat on the brown, pine-needled floor of the forest, his chin on his folded arms, and high overhead the wind blew in the tops of the pine trees. (1)

ジョーダンが木を背にし，松の葉が散る台地に寝そべって，ぼんやりと視点を移動させ，目に入ってくるものを描写していた場面と，冒頭のジョーダンが寝そべっていた場面と呼応している．この呼応は西尾（1992）は以下のように指摘している.

(7) 作品世界ばかりでなく構造そのものも円環構造になっていることは，作品を一読して容易に発見しうるところである．作品冒頭のシーンと末尾のそれは，次のようにほぼ同じような情景で描かれているのだ. (212)

しかし，本節では文体的特徴に焦点を当てて分析を行っているため，西尾が指摘するような円環構造についての議論はしないが，冒頭部分と結末部分は密接に関連しているといえる．では，物語の最後の場面について上記の引用と関連して議論を進めていくことにする.

(8) Robert Jordan behind the tree, holding onto himself very carefully and delicately to keep his hands steady. He was waiting until the officer reached the sunlit place where the first trees of the pine forest joined the green slope of the meadow. He could feel his heart beating against the pine needle floor of the forest.

(471; 下線部は筆者による)

ここで "the tree" という表現が使われていることに注目する．この "the tree" は先の引用で見た，"a tree" を前方照応するものであり，指示関係が明確になっている．この場所で，ジョーダンは死を迎えることになるのだが，彼の死にゆく場を，はじめに "a tree" という表現で前景化させ，最終的には "the tree" という「すでにそこにあるもの」として描き出している.

そこで，物語の解釈と関連して結論へと進めていくことにする．

　ここまで，『誰がために鐘は鳴る』にみられる定冠詞と不定冠詞の相違が与える文体的効果について論じてきた．そこでは，定冠詞で表されていたものは，作品の中の背景，すなわち，舞台となるスペインの台地と関連して考えることができた．このことに関連し，物語の結末部分でのジョーダンが，木を背にする場面で定冠詞が用いられていたという記述は，スペインの大地で人生を終えてゆく姿を現しているといえるだろう．物語冒頭部分で，ジョーダンは "he" という旧情報を表す代名詞で描き出されていることとも関連している．代名詞も定冠詞と同様に，前方照応機能を持っているのだが，先行する文脈がテクストに存在していないため，"the man" と表現した場合とほぼ同じ働きをしていると考えられる．このように考えると，マリアが "the girl" と描出されていることからも，彼とマリアとが結ばれる布石が，物語冒頭部分から打たれているといえるだろう．

　さらに，マリアの描写であるが，定冠詞で表現されていることからも，スペインの大地と結びつけて読むこともできるだろう．それは，物語中にマリアの短髪が太陽に照らされ，黄金色に光っている姿は，収穫を終え，刈り取られたスペインの大地を表していることと深く関係しているであろう．

　一方，不定冠詞の表現は，定冠詞で表される表現とのコントラストを描き出すために配置されている．たとえば，マリアとピラールの描写では，前者が定冠詞，後者が不定冠詞というコントラストが存在していた．さらに，ジョーダンが木を背にして死にゆく最後の姿を効果的に描き出すために，はじめは不定冠詞で前景化させ，最後に定冠詞を用いて，背景と一体化させる．このようにして，物語を効果的に描き出すために，不定冠詞と定冠詞が配置されていると考えてよいだろう．

　一般的に，名詞句の表現は，物語の冒頭で定冠詞が使われるとトピックの設定などのために用いられるとされたり，*in medias res* であるといわれている．しかし，ここまで分析してきたことからもわかるように，機能語である the や a という冠詞が物語全体の解釈へとつながる可能性があるということが示せた．特に，言語学の分野の様々な視点から文学作品を読むことで，作品の新しい解釈へつながっていく可能性を示すことができたであろう．

第6章

文体論的読みの可能性
——「フランシス・マカンバーの短い幸福な生涯」における文体分析

6.1. 言語学的な分析の意義

　ハードボイルド，ストイシズムと形容されるヘミングウェイの文体の特徴を再考し，その文章構成原理を探っていく中で，高校時代の習作に，その後の作品にも用いられる文体的特徴があることがわかった．ヘミングウェイの文体の特徴を考察する上で，言語学の知見を援用することが有効であるということも同時に示すことができた．さらに，言語学的な手法によって作品解釈の可能性について，前章では定冠詞と不定冠詞を中心に議論を展開し，一つの解釈を提示することを試みた．

　そこで，本章では，語用論の領域で論じられてきた会話分析の手法を用いて，文学テクストを分析してみたい．なぜなら，言語学における会話分析は主に私たちが普段口頭でメッセージをやりとりしていることに焦点を当て，そのメカニズムを探るというものであり，文学テクストの分析を前提としてこなかったからである．そこで，語用論研究が文学テクスト解釈に寄与できることを提示してみたい．ここでは語用論の古典的な二つの理論をもとにして，文学テクストの分析を行いたい．今では古典的といわれている語用論の理論を援用して分析をすることについては，様々な批判があるかもしれない．しかし，古典的な理論の単純性や幅広い言語事象に当てはめることが可能である点を評価し，ここではその理論を用いることにする．

177

最近の会話分析は，たとえば，マルチモーダル研究として，イントネーション，視線や発話スピード，言いよどみなど，日常の音声言語における会話が分析の中心であり，理論研究もパラ言語を含めた研究がなされている．そのため，文学テクストのような音声言語とは一線を画した言語表現を分析することは難しい．このように，近年の語用論研究の発展はめざましいのであるが，文学テクスト分析に直接援用できる理論は多くない．そのため，むしろ古典的な言語理論に基づいた分析を行ってみたい．

そこで，本章では「フランシス・マカンバーの短い幸福な生涯」("The Short Happy Life of Francis Macomber", 1936) を取り上げ，会話部分における繰り返しの技法について，言語学的観点から分析を行っていく．分析するにあたり，繰り返しの技法をさらに分類した，反復と変奏という概念を援用し，論じていくことにする．

まず，本論に進む前にあらすじを確認しておきたい．

アメリカ人マカンバー夫妻がアフリカに猛獣狩りに来ている．ガイドの英国人ウィルソンが同行している．夫フランシスは長身のスポーツマンだが臆病者であるが故に，妻のマーゴットにつけこまれ何度も浮気をされてしまう．さらに，その浮気をいつも黙認するだけである．ふたりの関係に愛がなくなっているにもかかわらず，離婚をしないのは，お互いの利益が交錯しているからである．つまり妻は夫の金を，夫は妻の美貌を求めていたからである．

狩りの初心者であるフランシスは，自分の放った銃弾が命中して逃げていったライオンを，藪の中まで追いかけていく．そこで，急にライオンがフランシスのほうへ向かってきたため，皆が見ている前で，彼は怖気づいてその場から一目散に逃げてしまう．彼と対照的な存在であるウィルソンは，そのライオンを仕留める．その帰りの車中，夫が見ている前で，マーゴットはウィルソンに接吻をする．さらにその夜，フランシスが目を覚ますと，隣で寝ているはずのマーゴットがいない．彼女はウィルソンのテントに行ったのである．

翌朝，三人は車で水牛狩りに出かける．車で水牛を追跡するということはサファリのルールに違反していることになるが，二人は水牛を仕留めること

に成功する．しかし，仕留めた水牛のうちの一頭は，藪の中に逃げ込んでしまう．ライオンを追って勇敢にも藪の中に入ったときとは違い，フランシスはここで怖気づくのではなく，藪の中に入っていった水牛を追って行く．

突然手負いの水牛が起き上がり，二人の男たちに襲いかかる．フランシスはその場を離れず，眼前に迫り来る水牛をめがけて発砲を繰り返す．そのとき突然，彼は頭の中で目もくらむような閃光が爆発したと感じる．彼の妻が放った銃弾がフランシスの頭に命中し，絶命する．そしてマーゴットは泣いて取り乱すのであった．

6.2. これまで「フランシス・マカンバーの短い幸福な生涯」がどのように読まれてきたのか？

では，「フランシス・マカンバーの短い幸福な生涯」についての先行研究を概観していくことにしよう．先行研究の多くは，次に見るように登場人物間の人間関係を中心に論じられている．

短編小説を詳細に論じた Smith (1998) によると，この作品は非常に多くの議論がなされており，ほとんどの議論は物語結末部分のフランシスの死をめぐる解釈であると論じている (335)．Baker (1972) は，初日と翌日の狩りに向かう場面をとりあげ，登場人物の座席の位置が異なっているという点に注目し，人間関係について論じた．この位置の変化が，登場人物間における力関係の変化を表している (189) と指摘している．ベイカーの指摘する力関係の変化は，Young (1966) のフランシスが男らしくなる過程に力関係の変化が見られるという解釈 (69-74) と極めて近いものである．

Spilka (1960) の解釈は，男らしさを獲得したフランシスへの恐怖感が，意図的な殺人を導いたというものである (289-296)．一方，Beck (1955) は "shot at the buffalo" の前置詞 "at" に着目し，銃口は水牛に向けられていたと解釈した (28-37)．このような二つの解釈の可能性を提示した上で，Lynn (1987) は意図的な殺人を否定した (435-436)．その理由として，あえてマーゴットが銃を手にしなくとも，水牛の角がフランシスをとらえ，彼は死に至ると論じた．リンの議論では会話を取り上げているが，物語結末部分

のウィルソンの辛辣な発言の意図について論じたものである．ウィルソンの認識は，マーゴットが意図的にフランシスを殺害したというものであり，作品内での会話がどのような効果を持ちうるかについては触れていない．

　Waldhorn (1972) は "'The Short Happy Life' is an exciting and absorbing adventure story in which all human conflicts are resolved by the actual drama of the hunt."と指摘するように人間関係の衝突が狩りを通して描かれているとしている (148).

　つまり，「フランシス・マカンバーの短い幸福な生涯」を巡る解釈は，結末部分のフランシスの死と，フランシス夫妻，ウィルソンとのそれぞれの人間関係という点に解釈の力点が置かれていることがわかった．これらの点を踏まえ，しかしながら先行研究ではあまり言及されていない会話部分に焦点を当てて，語用論の観点から作品解釈に迫ってみたい．

6.3. 会話分析の手法

　この章では会話部分に焦点を当て分析を行うが，一般的に物語は会話文だけではなく，地の文，いわゆる語りの部分も物語の要素として存在する．これを単純化して表すと以下の図のようになる．

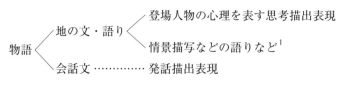

表1　物語の文体的要素

　この会話を分析する手段として語用論の領域から Grice (1975) の「会話の協調原則」(Cooperative Principle) および，ブラウンとレビンソンの「ポライトネス」(Politeness) の概念を援用してみたい．

---

[1] 語りは一人称の語り，三人称の語りなどに分類され，それぞれ異なった表現方法を持っ

6.3.1.　会話の協調原則 (Cooperative Principle)

Grice（1975）の会話の協調原則の中心になっている考え方は，会話の行われる際には一組の全体を覆う指導原理があると仮定されて会話が進んでいるというものである．

> Make your conversational contribution such as required, at the stage at which occurs, by the accepted purpose of or direction of the talk exchange in which you are engaged.　　　　　　　　　　　　　　　(45)

The Maxims

I　Quantity　（量の公理）

Make your contribution as informative as is required (for the current purpose of the exchange).

Do not make your contribution more informative than is required.

II　Quality　Try to make your contribution one that is true.
（質の公理）

Do not say what you believe to be false.

Do not say that for which you lack adequate evidence.

III　Relation　Be relevant.　（関連性の公理）

IV　Manner　Be perspicuous　（様態の公理）

Avoid obscurity of expression.

Avoid ambiguity.

Be brief (avoid unnecessary prolixity).

Be orderly.　　　　　　　　　　　　　　　　　　　　(45-46)

表 2　グライスの会話の協調原則の公理

ている．この場合，登場人物の心理描写の表現を Thought Presentation とした場合，それに当てはまらない情景描写やそのほかの表現を示す．例えば，小説内に引用された新聞記事や小説，日記などがそれに当たるといえる．ただし，この表は小説の語りの区別を簡略化している．

グライスは会話の協調原則を支えるための四つの公理（maxims）を提示した．四つの公理とは上の表2に挙げたものである．

会話のやり取りは，常に公理を守って行われるとは限らない．この公理を逸脱するケースが存在する．この公理を逸脱した際に，会話の参与者は常に協調原則を守っていると考えるため，そこに会話的推意（conversational implicature）[2] が生じるのである．

また，なぜ公理を逸脱した発話を行っているのかについて，考える必要が出てくる．それは対人関係やコンテクストによって決定される．この社会的要因を以下ポライトネス（Politeness）として概観する．

6.3.2. ポライトネス (Politeness)

小説内の会話表現を分析するときに，理論的基盤として Brown and Levinson (1987) によるポライトネスに関する研究が有用だと思われる．この研究は語用論の分野におけるものであるが，語用論とは Leech (1983) の定義に従うと "the study of meaning in relation to speech situations", (6) すなわち，発話の場面における意味研究という研究分野である．語用論の研究として，発話を取り巻く場面や状況（話し手と聞き手の対人関係，社会的な関係，力関係なども含むことがある）などと関連づけられ論じられること

---

[2] 会話的推意について，以下のような会話例を通して考えてみる．
朝8時に起きてきた息子と母親の会話である
　　息子：　今何時かな？
　　母親：　お父さんはもう会社に行ったよ．
一見すると母親の発話は息子の質問に答えていないように思われる．つまり，会話が成立するには，質問の答えとしてふさわしいのは，質問に関係のあることを話さなければならないのである．したがって，母親の発話は関連性の公理を違反しているかのように見える．しかし，こうした会話は日常，よく見られるものであり，「何時何分という正確な時間はわからないけれど，すでにあなたのお父さんはもう会社に行った，そんな時間です．もうとっくに起きる時間は過ぎていますよ」という意味を伝達していることは理解できる．特に四角で囲まれた部分は言外の意味として，聞き手である息子は理解する．この四角で囲まれた意味が生まれる原理として，関連性の公理を違反している発話になっており，その結果，言外の意味が生まれ，息子は母親の発話の真意を理解する．すなわち会話的推意がそこにある．

がある．そのため，発話がどのような意図を持ってなされているのか，ある命題を伝えるためにどのような表現形式を選択するのか，その発話がどのような影響を与えるのかについて考察がなされる．このように考えると，会話が意味のある言語行動として成り立つための基本的な概念や，適切な表現形式をとるためのストラテジーについて理解することは有益であり，小説内の会話表現の分析にも，重要な概念であると考えられる．

　ブラウンとレビンソンの考えにしたがって，ポライトネスの理論を概観しておくことにしよう．この理論の根幹には，Goffman（1967）が提示した「フェイス」という概念が存在している．ゴフマンは次のようにフェイスを定義した．

> The term *face* may be defined as the positive social value a person effectively claims for himself by the line others assume he has taken during a particular contact. Face is an image of self delineated in terms of approved social attributes—albeit an image that others may share, as when a person makes a good showing for his profession or religion by making a good showing for himself" (5)

　フェイスとは，すべての人たちが持っている，自分たち自身に関わる価値やイメージであり，これらが，他者との相互作用を通して，影響を受けるのである．その影響とは，イメージが高められたり，逆に低く見なされたりするようなものである．そして，ポライトネスの理論の中でのフェイスは，二つの側面があるとされている．一つは，ポジティブ・フェイス，もう一つはネガティブ・フェイスである．ポジティブ・フェイスとは，他者から評価されたい，よく思われたい，認められたい，尊敬されたいという欲求と関連し，ネガティブ・フェイスは，他者から邪魔されたくない，自分の領域に入ってもらいたくない，自分の行動を自分で選択し，抑制されたくないという欲求と関連している．そして，このフェイスがコミュニケーションの場においてしばしば脅かされたりする．このような発話による行為を「面目を脅かす行為：face-threatening act（以下 FTA と称す）」と呼ぶ．相手の主張を認めなかったり，評価をしないことで，ポジティブ・フェイスを脅かすこと

になる．また，相手の行動の範囲を狭めるような発話は，ネガティブ・フェイスを脅かすことになるのである．一方，自らの非を認めるような発話をすることは，自分自身のポジティブ・フェイスを脅かすことになる．そして，自らの行動に対して制限を与えるような発話をすることは，自分自身のネガティブ・フェイスを脅かすことになるのである．こうした自分自身のフェイスや，相手のフェイスを脅かすことを極力減らすために，発話の際に話し手は，表現上の工夫をするのである．こうした表現上の工夫は，自分や相手の社会的な関係などを考慮して行われるのである．この表現の工夫を，ブラウンとレビンソンは，人間関係を維持するための社会的な言語行動としてのポライトネスを規定したのである．

　ブラウンとレビンソンによると，FTA を侵す重み（その文化において特定の行為が意味する負荷），話し手と聞き手の社会的な距離，話し手と聞き手の間にある力関係の三つの社会的パラメータの和）が大きいほど，話し手は以下の図にある高い番号のストラテジーを選択するのである．つまり，はじめに話し手は，FTA をするかどうか決定しなければならないのである．以下の表3にあるように，相手のフェイスを脅かしてしまう恐れが大きいと判断した場合は，発話をしない．すなわち，⑤の FTA を行わないという判断をするのである．しかし，話し手は FTA を行う，つまり発話をしようと決めると，次にどのようなストラテジーで発話をするか決定しなければならない．そこには四つのストラテジーが存在し，①あからさまな表現で行う，②ポジティブ・ポライトネスで行う，③ネガティブ・ポライトネスで行う，④ほのめかした表現で行うというものである．

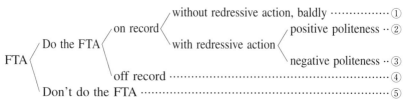

表3　ブラウンとレビンソンによるポライトネス・ストラテジー

6.4. 「フランシス・マカンバーの短い幸福な生涯」における会話分析

　ヘミングウェイの物語の特徴のひとつとして，会話表現が多用されるというものがある．「殺し屋」（"The Killers", 1927）はその有名な例であろう．Lamb（1996）は「ヘミングウェイは現実の発話のダイナミックなところをうまく捉えてシンプルに描き出している」（455）と指摘している．しかし，本章ではラムの指摘するような発話のダイナミズム性の再評価を行うのではなく，あくまでも作品中の会話表現における文体的特徴と，その文体の持つ効果について語彙，統語レベルでは反復と変奏という観点から，会話分析のレベルでは語用論の観点から論じてみたい．

　では，物語の冒頭部分における会話から見ていくことにしよう．

(1)　　It was now lunch time and they were all sitting under the double green fly of the dining tent pretending that nothing had happened.

　　　　"Will you have lime juice or lemon squash?" Macomber asked.　　　　　　　　　　　　　　　　　　　　　　　… ①

　　　　"I'll have a gimlet," Robert Wilson told him.　　　… ②

　　　　"I'll have a gimlet too.　I need something", Macomber's wife said.　　　　　　　　　　　　　　　　　　　　　　　… ③

　　　　"I suppose it's the thing to do," Macomber agreed.　　… ④

　　　　"Tell him to make three gimlets."　　　　　　　　… ⑤

　　　The mess boy had started them already, lifting the bottles out of the canvas cooling bags that sweated wet in the wind that blew through the trees that shaded the tents.

　　　　　　　　　　　　　　　　（*CSS* 3; 丸数字は筆者による）

①の発話は，フランシスがウィルソンとマーゴットに対し，アルコールまたはノンアルコールの飲料のどちらにするのかを尋ねるものである．この発話に対するそれぞれの返答は②，③にあるように，反復の文体で表されている．まずは，この反復の表現効果について考えてみる．ウィルソンとマー

ゴットはともにフランシスの質問に対して同調し，誠実に応対してはいない．このことから三人の関係を捉えてみたとき，フランシスが一番弱い立場に立っていることがわかる．②，③の発話を受けたフランシスの発話④における伝達節内での動詞 "agreed" は，フランシスが二人の力に説き伏せられて，納得してしまうような弱い立場であることを示している．フランシスは質問をするが，相手にきちんと答えてもらえず，逆に相手の主張に引きずり込まれる弱さを見せていることが，ここでの発話内容から読み取れる．

　フランシスはノンアルコール飲料を飲もうと提案するも，ウィルソンとマーゴットはアルコール飲料を飲むと応えた．その後に，"The mess boy had started them already, ..." と語られ，フランシスの立場の弱さが決定的になる．過去完了の "had started" によって，使用人はフランシスの発話よりも前に，すでにアルコール飲料の準備をしていたことを読み取ることができる．アルコールを飲むことがふさわしい状況にもかかわらず，ノンアルコールを飲もうと尋ねているフランシスの姿は滑稽に見えるだろう．加えて，副詞 "already" は "had already started" のように用いられるが，ここでは文末に置かれ有標の表現となり，この部分が前景化し，フランシスの弱さが効果的に描き出されている．

　ここでのマーゴットと，ウィルソンの関係について，簡単に触れておく．両者の発話は，反復の形式になっており，マーゴットがウィルソンに同調をしていることを表している．このことは，物語の中盤で描かれるマーゴットとウィルソンの逢引への伏線になっている．

　もう少し，この部分の会話を見ていくことにしよう．フランシスの発話①に対するウィルソンの返答②は，関連性の公理に違反した会話になっている．つまり，フランシスは "lime juice or lemon squash" という二つの選択肢を与えたが，ウィルソンは提示された選択肢には入っていない "gimlet" を要求した．さらに，フランシスの提示した飲料は，非アルコール飲料であった．ウィルソンの要求はアルコール飲料であるというところからも，ウィルソンはフランシスの期待に背いた発話をしていることがわかる．このように相手の要求に対してあからさまに FTA を行っているウィルソンは，会話の進行上，フランシスより優位に立っているといえる．

第 6 章　文体論的読みの可能性　　187

　同様に，フランシスの発話①と呼応しているマーゴットの発話③にも注目する．③の発話も，先のウィルソンの発話と同じく，関連性の公理に違反している．ここでの人間関係を不等号で表すと，［フランス ＜ マーゴット］となるだろう．それはウィルソンとフランシスの関係にも見られるのである．ウィルソンは，マカンバー夫妻が雇ったハンターで，金銭的な契約が結ばれている．そこから考えられる本来のしかるべき社会的な場における力関係は，［フランス ＞ ウィルソン］となるはずである．しかし，その関係も逆転しているのである．

　物語冒頭部分の登場人物の不協和音の原因は，明らかにされてはいない．この物語は，*in medias res* で書かれているため，冒頭の場面に先行する出来事の表明は，語り手によって留保され，後に展開することで物語内時間がつながり，読者はその全容を把握することができるようになる．

　この①から③の発話の中でもうひとつ注目すべき点は，マーゴットがウィルソンに同調しているということである．つまり，FTA を行わない発話になっている．

　この場面におけるフランシスの立場は，非常に弱いことがわかった．それは，彼の発話④からも見て取れる．この飲み物の選択の場面において，フランシスは④の発話にあるように，容易にマーゴット，ウィルソンの提案を受け入れる．つまり，フランシスはいかなる会話の公理を破ることもなく，FTA を避けていることからも，完全に弱い立場にいる人物として描出されているのである．

　すべての登場人物の中で，心理的には圧倒的にウィルソンが優位に立っていることが，ここでの会話から読み取れる．フランシスの発話に対して彼は，関連性の公理を公然と違反するような発話を行う．ウィルソンの公理の違反は，ポライトネスにおいて相手の面目がつぶれるかどうかということを考慮に入れなくてもよい立場にいるからである．相手の立場や面目を大切にしようと思うのであれば，雇い主の提案に対して，あからさまに断るような発言をするのではなく，"I'm terribly sorry, ..." などの緩衝表現を用いた FTA を行うはずである．

　この物語の冒頭部分の "pretending that nothing had happened" という表

現は，読者を物語の中に招き入れる役割を持っている．この場面の三人の会話の奥に潜んでいる真実は一体どのようなものであろうか，ということを，読み手に対して働きかけをする効果がある．しかし，一見すると，ここで使われている表現は簡潔なものように見える．この簡潔な表現が，大きな効果を誘発するきっかけとなっていることは，間違いのないことであろう．

　別の例を見ていくことにする．以下に挙げる場面は，ライオン狩りに行った晩，フランシスが隣で寝ているはずのマーゴットがいないことに気がつく場面である．そこに，ウィルソンの寝ているテントから彼女が帰ってくる．明らかに，彼らの間には肉体的な関係があったことを容易に推測できるにもかかわらず，彼女はフランシスの追求に，真実を報告することなくやり過ごす．

(2)　　At the end of that time his wife came into the tent, lifted her mosquito bar and crawled cozily into bed.

　　　　"Where have you been?" Macomber asked in the darkness. … ①

　　　　"Hello," she said. "Are you awake?" 　　　　　　　　 … ②

　　　　"Where have you been?" 　　　　　　　　　　　　　 … ③

　　　　"I just went out to get a breath of air." 　　　　　　 … ④

　　　　"You did, like hell." 　　　　　　　　　　　　　　 … ⑤

　　　　"What do you want me to say, daring?" 　　　　　　 … ⑥

　　　　"Where have you been?" 　　　　　　　　　　　　　 … ⑦

　　　　"Out to get a breath of air." 　　　　　　　　　　 … ⑧

　　　　"That's a new name for it. You are a bitch." 　　　 … ⑨

　　　　"Well, you're a coward." 　　　　　　　　　　　　 … ⑩

　　　　"All right," he said. "What of it?" 　　　　　　　 … ⑪

　　　　"Nothing as far as I'm concerned. But please let's not talk, darling, because I'm very sleepy." 　　　　　　　　　　 … ⑫

　　　　"You think that I'll take anything." 　　　　　　　 … ⑬

　　　　"I know you will, sweet." 　　　　　　　　　　　　 … ⑭

　　　　"Well I won't." 　　　　　　　　　　　　　　　　 … ⑮

第6章　文体論的読みの可能性　　189

"Please, darling, let's not talk. I'm so very sleepy." … ⑯

"There wasn't going to be any of that. You promised there wouldn't be." … ⑰

"Well there is now," she said sweetly. … ⑱

"You said if we made this trip that there would be none of that. You promised." … ⑲

"Yes, darling. That's the way I meant it to be. But the trip was spoiled yesterday. We don't have to talk about it, do we?" … ⑳

"You don't wait long when you have an advantage, do you?" … ㉑

"Please let's not talk. I'm so sleepy, daring." … ㉒

"I'm going to talk." … ㉓

"Don't mind me then, because I'm going to sleep." And she did. … ㉔

(*CSS* 18-19; 丸数字は筆者による)

引用（1）とは異なり，ここで三度反復されている表現，"Where have you been?" はすべてフランシスによるものである．一度目のフランシスの発話に対する答え②を見る限り，マーゴットは，まともには答えようとしていない．引用（1）で見たように，ここでも会話をスムーズに進める気がマーゴットにはないことがわかる．さらに，彼女は質問されているにもかかわらず，まともに答えないばかりか，別の質問 "Are you awake?" という話題のすり替えを行おうとしている．関連性の公理を違反した発話になっているため，お互いの意思疎通ができない状態を暗示しているのである．③，⑦にあるように，フランシスは "Where have you been?" と反復表現を用いた発話を行うが，マーゴットは④，⑧にあるように "out to get a breath of air" と反復することで，ここでもやはりまともに答えようとしていないのである．これらの表現は，先ほどの gimlet を選ぶ場面と同様，彼女にはフランシスを思いやる気持ちがないことを示している．このフランシスに対する嫌悪感の表れ

が，最終的に"coward"と彼女の口をついて出てくるのである．

⑩の"You're a coward."は⑨の文にある"You are a bitch."と同じ文法構造になっている．語彙レベルでは"bitch"と"coward"がそれぞれ女性を侮蔑する言葉，男性を侮蔑する言葉で意味内容上，「侮蔑」を内包していることから，文法構造の反復に加え語彙の意味内容のレベルでの繰り返しも行われている．この繰り返しは，類義語による置換であり，同一語句の反復ではないため変奏の文体と考えてよいだろう．この場面では，フランシスとマーゴットが衝突しているということが，会話の最後の部分⑫"I'm going to talk."と，⑬"I'm going to sleep."とによって決定的なものになっている．

⑨，⑩と同様に統語上，反復表現になっているが，フランシスは眠らないで話をつづけたいと主張し，マーゴットは眠ろうとして話をやめたいと主張する．つまり，意味論上対立する語彙を用いて，変奏の文体でふたりの衝突を描き出しているのである．ここでの引用箇所は（1）で見てきたような反復表現が登場人物の対立の構図を描き出すという効果に加え，対立する意味内容を語彙レベルで表す変奏の文体を用いることにより，明確な人物の衝突の構図を描き出しているといえる．

この場面を会話の協調原則の観点から読んでみることにする．マーゴットが，ウィルソンとの逢引をした後に，フランシスのところにこっそりと戻ってきた．そこでフランシスは，マーゴットに対し「どこに行っていたのか」と問いかけたのであるが，マーゴットは，"Hello, are you awake?"とフランシスの問いには答えていない．①，②において，マーゴットの②の発話は，関係性の公理を意図的に違反している．マーゴットは，フランシスの問いかけに答えていないということから，彼女の②の発話は，きちんとしたことを答えたくはないという意思を暗に示しており，さらに，なぜ答えたくはないのかについて推論することができる．自ら夫への裏切りの行為をしたことを認め，それを報告することは，このふたりの関係において，［フランシス＜マーゴット］でフランシスが優位になって，夫を抑えつけてこれた今までの関係を壊してしまいかねない恐れがあるからである．そのため，彼女は真実を隠し，自らの非を認めるようなことは決してしないような応答をするのである．こうしたマーゴットの意思は⑫，⑯，㉒の発話から読み取れるよう

第6章 文体論的読みの可能性 191

に，フランシスに対する拒否反応として明示されているのである．ここでも会話が成立しないという言語上の衝突があり，それが対人関係上の衝突を誘引している．

③は①と全く同じ発話である．フランシスは，マーゴットがきちんと答えてくれなかったため，再度同じ質問を繰り返す．そこでマーゴットは返答として④の発話をしたのであるが，実際，彼女はウィルソンと逢引をしていたためこの発話は虚偽である．つまり，マーゴットの④の発話は，質の公理に違反している．どうしても彼女はフランシスに対して真実を言いたくないという意思が，公理に違反するという形で暗示されているのである．

しかし，フランシスは追及の手をゆるめず，三度マーゴットに対して問い詰める．それが，フランシスの⑦の発話と，それに対するマーゴットの⑧の発話部分である．ここでも，マーゴットの発話は，質の公理に違反する形で描出されている．そこから真実を隠そうとするがゆえの虚偽の発話となったということが推意できる．フランシスは何度も追及をするが，決してマーゴットが真実を明らかにするということがないために，両者の対立はさらに険悪なものとなっていく．ヘミングウェイが得意とする繰り返しの技法がフランシスの発話に見られる．何度も同じ台詞をフランシスに言わせ，ふたりの衝突を描き出しているのである．

⑰，⑲のフランシスの発話から，ふたりのこの旅行には目的があるということがわかる．彼の発話の中に，"promise"という言葉が幾度となく見られるからである．一方，マーゴットの⑱，⑳の発話より，彼らの「約束」は昨日のライオン狩りでだめになってしまったということも窺える．ライオン狩りが終わり，彼らは車に戻ってくると，マーゴットはフランシスの目の前でウィルソンに接吻をする．語り手の報告によると，フランシスとマーゴットの仲は妻の浮気のために離婚の危機が三度もあると本国アメリカの社交界ではうわさされるようなものであった．しかし，語り手は彼らは決して離婚はしないということも語るのである．彼らがアフリカに来た目的は，お互いの関係の修復であり，おそらく旅行に出発する前に彼らは仲たがいをしない「約束」をしていたのであろう．マーゴットによって彼らの「約束」が前日のライオン狩りの一件で反故にされたことが表明され，ウィルソンとの逢引へ

とつながる．彼女がフランシスよりも終始優位に立っていることが明確に示されている場面である．さらにマーゴットが有利になっているということを，フランシスは認識しており，それは彼の㉔の発話から理解することができる．

この会話の場におけるフランシスとマーゴットの力関係を表すとするならば，［フランシス＜マーゴット］となるだろう．ポライトネスの観点から見ると，あからさまに相手を非難するという発話をしているため，話し手は相手の面目をつぶすような発話を行っている．すなわち，そこには相手を思いやる気持ちが欠如しているため，マーゴットにはフランシスへの思いやりというものは一切ないということがここでも見て取れる．

つまり，ここでは会話の公理に意図的に違反するような言語使用のほかに，相手の面目をつぶすような言葉を使うということで，「言い争い」の場面を効果的に描き出しているのである．それは，フランシスとマーゴットの夫婦関係がうまくいっていないということを明らかにしているのである．すなわち，テクストという表面的なレベルでは，言語の衝突でもって描かれ，その言語の衝突で描かれている内容は，対人的な衝突の構図なのである．

以下の引用（3）は朝食時にマーゴットがフランシスに対して離婚をほのめかすところである．

(3)　　"If you make a scene I'll leave you, darling," Margot said quietly.　　　　　　　　　　　　　　　　　　　　… ①

"No, you won't."　　　　　　　　　　　　　　　… ②

"You can try and see."　　　　　　　　　　　… ③

"You won't leave me."　　　　　　　　　　　… ④

"No," she said. "I won't leave you and you'll behave yourself."　　　　　　　　　　　　　　　　　　　　　　… ⑤

"Behave myself? That's a way to talk. Behave myself."　… ⑥

"Yes. Behave yourself."　　　　　　　　　　… ⑦

"Why don't you try behaving?"　　　　　　… ⑧

"I've tried it so long. So very long."　　　　… ⑨

"I hate that red-faced swine," Macomber said. "I loathe the sight of him." … ⑩

　　"He's really very nice." … ⑪

　　"Oh, shut up," … ⑫

　　Macomber almost shouted.　Just then the car came up and stopped in front of the dining tent and the driver and the two gun-bearers got out. 　　　　　　　(*CSS* 20; 丸数字は筆者による)

　前の場面から引き続き，フランシスとマーゴットの力関係は，［フランシス＜マーゴット］となっている．ここでも，ポライトネスを中心として会話と対人関係を見ていくことにする．①，③においてマーゴットは離婚の意思があるということをあからさまに，直接的にフランシスに伝えている．そして，⑤ではフランシスに対して，行儀よくしていることを条件として離婚をしないということを提案する．まるで彼女の発話は，母親が行儀の悪い子供を叱っているかのような口調である．マーゴットの⑦の発話と，フランシスの⑧の発話を対比してみると，⑦では命令形をそのまま用いているが，⑧では "Why don't you ..." という命令形を少し和らげる表現[3]が使われている．ポライトネス理論の観点からすると，両者とも直接命令するような発話であり，"without redressive action, baldly" として分類されるものであろうが，フランシスの⑧の発話のほうが "Why don't you ..." という緩衝表現があるため，マーゴットとの衝突を避け，彼女の面目を考えた結果生じたものであると考えることができる．仮に，その発話が無意識的なものであるならば，フランシスは，マーゴットに心理的にも屈していたのかもしれないといえる．

　また，フランシスの⑩の発話を見てみたい．この発話もあからさまに相手を非難するものである．しかし，非難されている相手であるウィルソンは，狩りに行くための車の準備に行っているため，その場には居合わせていない．したがって，話し手が，聞き手に対して非難するという発話行為が完遂していない．そこで，マーゴットがウィルソンに好感を抱いているという前提に

---

[3] ポライトネスではこのような語を hedge（緩衝表現）と呼んでいる．

立てば，この発話はフランシスが，自分の妻がウィルソンに好感を抱いていることを，腹立たしく思っていることを表明している．そして，フランシスがマーゴットを非難している発話であると考えられる．フランシスが "swine" という語を吐き捨てるように言うことは，マーゴットに対し，非常に許しがたい感情を持っていることを示しているのだろう．しかし，先ほどから見てきたように，マーゴットはフランシスよりも，心理的にも会話の場において優位に立っている．そのため，フランシスの挑戦的な発言に決してひるむことはなく，むしろ⑪の発話にあるように，逆にフランシスの感情を逆撫でするような発言をするのである．

　この場面でも，フランシスはマーゴットに始終抑えこまれ立場を逆転させることができない．したがって，⑫の発話が象徴的なのであるが，フランシスは自ら会話の場から離れることを表明する．一方，マーゴットのフランシスへの態度の表明は，⑨の発話が特に象徴的であるといえる．今まで長い間フランシスに合わせてやってきたのだが，もう耐えることができず，フランシスの呪縛から抜け出して，自由になったということを暗に示している．

　今まで引用してきた（2）と（3）の会話に共通していえることであるが，フランシスとマーゴットが衝突するきっかけを作っている人物が，ウィルソンであるということに注目しておきたい．引用（2）では，マーゴットに対してウィルソンと逢引をしたことをフランシスが追求し，引用（3）でも，ウィルソンのことを気に食わないフランシスと，ウィルソンに好意を寄せるマーゴットの衝突が描かれている．すなわち，フランシスとマーゴットの中に入ってきて，それを乱そうとするウィルソンの存在が，非常に重要な位置を占めているのである．

　さらに，この引用（3）の場面について，反復と変奏という概念から捉え直してみることにしよう．まずはフランシスの発話②，④であるが，"You won't" は反復して用いられている．これらの発話は，マーゴットの発話①にある "I'll leave you." の統語上の変奏の文体になっている．これまでの分析で見たように，会話内での変奏の文体は，両者の衝突の構図を前景化させ明確に表す効果があったが，ここでも同様に変奏の文体の効果が機能していることが確認できる．この変奏の文体が，⑤の発話まで用いられたあと，会

第 6 章　文体論的読みの可能性　　195

話の話題が離婚からお互いの振る舞い方について変化する.

　⑤, ⑥, ⑦, ⑧は動詞 "behave" の反復, さらに再帰代名詞の変化で変奏の文体となっている. フランシスの発話⑧は, マーゴットの発話⑦を受けてのものであるが, 反復をせずに "Why don't you" という表現を使い相手に反論を試みている. この表現は, 直接的な命令ではなく, やや命令の度合いを和らげた表現となっている. このような表現をフランシスが使ったことで, マーゴットとの直接的な衝突を避けようとしている意識がうかがえる. そこには, フランシスは始終マーゴットに主導権を握られ, 抑えつけられているために, どうしても強い立場に立つことができないという力関係が潜んでいる. この発話⑧を受けたマーゴットの発話⑨には変奏と反復が同時に使われている. ここに見られる "So long" の反復と, "I've tried it" というフランシスの発話命題と対立する表現は, 両者の意思の疎通がうまくいっていないことを表している.

　さらにフランシスの発話⑩は, ウィルソンをフランシス自身が好ましく思っていないことを伝えるだけでなく, ウィルソンに好意を寄せるマーゴットに対する非難の言葉にもなっている. ここでの文体は "hate" や "loath" という意味的に近い語彙の変奏である. マーゴットの変奏の "so long. So very long" という発話に対して, フランシスは変奏を用いた発話で返答をしている. そしてマーゴットの答え⑪は, フランシスが "hate", "loath" というマイナスの評価の意味を内包する語を使ったことに対し, 逆の意味内容を持つ, つまりプラスの評価の意味を内包する "really very nice" という表現で反論している. フランシスとマーゴットは対立しているが, どうしても強い立場に立てないフランシスの姿を, 変奏の文体の使用から読み取ることができる.

　これまで男らしさを見せられなかったフランシスが, 水牛狩りに成功することで, 彼自身の中に困難を克服できる強さが生まれた. フランシスの男らしさの獲得は, 今まで心理的に抑えつけられていた状態からの脱却を表しており, その脱却がどのような文体で表現されているかについて, 水牛狩りの直後の場面を引用して検討していく.

(4)　　　They made their way to the car where it stood under a single
wide-spreading tree and all climbed in.

"Chances are he's dead in there," Wilson remarked.　"After a
little we'll have a look."　　　　　　　　　　　　　　　　　　… ①

Macomber felt a wild unreasonable happiness that he had never
known before.

"By God, that was a chase," he said.　"I've never felt any such
feeling.　Wasn't it marvelous, Margot?'　　　　　　　　　　… ②

"I hated it."　　　　　　　　　　　　　　　　　　　　　　… ③

"Why?"　　　　　　　　　　　　　　　　　　　　　　　　… ④

"I hated it," she said bitterly.　"I loathed it."　　　　　　　　… ⑤

"You know, I don't think I'd ever be afraid of anything again,"
Macomber said to Wilson.　　　　　　　　　　　　　　　　… ⑥

(*CSS* 25; 丸数字は筆者による)

　このウィルソンの①の発話は，フランシスに聞こえているのか定かではない．なぜなら②のフランシスの発話は，①のウィルソンの提案に応じていないからである．表面上は，会話の関連性の公理に違反していると見ることができる．この違反は意図的に行われたものではなく，フランシスがあまりにも興奮していたがために，ウィルソンの発言が耳に入らず，偶然違反してしまったものであろう．というのも，①のウィルソンの発話の直後に，フランシスの発話が続くのではなく，フランシスは，今まで経験したことのないような幸福感を感じていた，という語り手による報告が挿入されているからである．そのあとに②の発話が続くことによって，フランシスの気分の高揚が効果的に描かれているのであると考えられる．

　②の発話を受けて，マーゴットの発話には③，⑤に見られるように "hate" という言葉が繰り返し用いられている．ここでマーゴットの発話③，⑤に注目してみよう．⑤は③の "I hated it" の反復と動詞 "hate" の類義語 "loath" への置換による変奏の文体になっている．フランシスは，今までに感じたことのない喜びを感じ，男らしさが呼び覚まされた瞬間が彼の発話②に表され

ている．この発話に対してマーゴットは③，⑤の発話にあるように，否定的
に捉えていることがわかる．ここでお互いに意見が衝突しているという構図
がみえてくる．

さらに（3）の引用箇所と同様，動詞 "hate"，"loath" が用いられているが
（3）ではプラス評価を内包する語彙がマーゴットの発話に見られ，マイナス
評価を内包する語彙は，フランシスの発話に見られた．しかし，ここでは逆
に，"marvelous" というプラス評価を内包する語をフランシスが用い，それ
に対してマイナスの評価を内包する "hate"，"loath" をマーゴットが用いる
ことで，逆転の構図が言語的に前景化されているのである．その語彙の変化
を以下のように表にまとめることができる．

	フランシス	マーゴット
(3)	hate, loath (negative connotation)	really nice (positive connotation)
(4)	marvelous (positive connotation)	hate, loath (negative connotation)

表3　フランシスとマーゴットの使用語彙の変化

フランシスの勇気の獲得が，マーゴットにとって受け入れ難いものであっ
た．このマーゴットが感じている不安は，次の引用（5）にある彼女自身の
発話に表されている．彼女はフランシスの勇敢さを認める一方で，その勇敢
な姿に恐怖を感じるのである．

(5) "You've gotten awfully brave, awfully suddenly," his wife said
contemptuously, but her contempt was not secure. She was very
afraid of something. (*CSS* 26)

マーゴットは，フランシスの変容に対し，侮蔑的な言葉で彼を非難するだ
けである．この点について，ポライトネスの観点から考えてみると，字面は
彼の面目を脅かすようなものになっているのだが，この彼女の非難の言葉に
は，フランシスの面目を脅かすような効果は，もうすでに持ちえていないの
である．彼女が「何か」を恐れていたがゆえの悪態をついた発話になってい
る．この時点で，すでに彼女の発話は効力を持っていないのである．彼女が
抱く恐れとは，自分の夫に対する優位な立場を失うことであったのかもしれ

ない．彼女が発話している段階では，すでにふたりの力関係が逆転してしまったのである．このような登場人物の力関係の逆転の構図は，その人物自身の語る言葉によって考察することができるのである．つまり，ヘミングウェイは人間関係の変化を会話によって描き出しているのである．

　最後に力関係が［フランシス＞マーゴット］と逆転したところでのマーゴットの発話に注目してみる．マーゴットの放った銃弾が，フランシスの後頭部に直撃し，絶命したフランシスを目の前にした状況でのウィルソンとのやり取りである．

(6)　　　"That was a pretty thing to do," he said in a toneless voice. "He would have left you too."

　　　　"Stop it," she said.

　　　　"Of course it's an accident," he said. "I know that."

　　　　"Stop it," she said.

　　　　"Don't worry," he said. "There will be a certain amount of un-pleasantness but I will have some photographs taken that will be very useful at the inquest. There's the testimony of the gun-bearer and the driver too. You're perfectly all right."

　　　　"Stop it," she said.

　　　　"There's a hell of a lot to be done," he said. "And I'll have to send a truck off to the lake to wireless for a plane to take the three of us into Nairobi. Why didn't you poison him? That's what they do in England."

　　　　"Stop it. Stop it. Stop it," the woman cried.

　　　　Wilson looked at her with his flat blue eyes.

　　　　"I'm through now," he said. "I was a little angry. I'd begun to like your husband."

　　　　"Oh, please stop it," she said. "Please, please stop it."

　　　　"That's better," Wilson said. "Please is much better. Now I'll stop."

(*CSS* 28)

マーゴットは "stop it" とウィルソンに伝えるが，彼女の発話の行為遂行性は失われている．ウィルソンは意図的に，彼女の発話を黙殺する．したがって，ウィルソンは会話の公理を遵守することなく無視をし，自分の思ったことをただ一方的に話すだけである．マーゴットの発話が相手に伝わらないため，その発話の持つ効力が完全に失われてしまったのである．

ここまで「フランシス・マカンバーの短い幸福な生涯」について，会話表現における公理の違反，ポライトネス，反復，変奏という観点から考えてみた．それぞれの公理の違反は会話的推意を生じさせるのであるが，そこから考えられることは，他者の意見を聞かない，自分の優位性を確保する，という対人関係を円滑にしないことを宣言するようなものだといえるだろう．

つまり，こうした文体は物語内の人間関係の衝突，逆転を効果的に描き出す効果を持っているのである．また，反復と変奏という観点から見てみると，最初は単純に語彙の繰り返しという反復の文体が使われていたが，やがて変奏の文体に変化した．変奏の文体も語彙レベルで意味内容が似ている語句に置き換えられた表現と，意味の対立する語句での表現があった．この意味内容の近似する語句による置換から，やがて対立する語句の並列へという構図が，言語的に前景化されることにより，小説内の登場人物同士の対立を浮き彫りにする効果を持っているのである．最後の場面でも反復，変奏表現が使われて物語が終わるということは，物語全体を通して反復表現が重要な要素であるということを示している．

フランシスが死亡し，マーゴットとフランシスの力関係は消滅した．無力化されたマーゴットはウィルソンに対して何も言い返すことができなくなり，ただひたすら "stop" と懇願することを繰り返すのみである．物語の展開においてマーゴットは当初からフランシスに対して強い立場にあり，夫と言い争いをしても打ち負かすことができたが，フランシスとの衝突が続き，さらにフランシスが勇気を獲得してから両者の立場が逆転した．この立場は単に逆転しただけでなく，最終的にマーゴットは無力化されたのである．ここでの "stop" や "please" の反復がマーゴットの無力化を顕著に表しているのである．物言えぬ状態になったマーゴットに対して，フランシスを意図的に殺害したという罪を着せることは，非常に簡単であろう．しかし，物言え

なくなったマーゴットの口から殺害の真意を聞くことができないため，この結末部分の事件が，意図的か事故かという異なる解釈が生じてくる．

　これまで，ウィルソンは直接言葉に出して，マーゴットに攻撃的な発話をすることがなかった．しかし，ここでウィルソンが一気にマーゴットを責めたてる．意識の下にあったマーゴットへの非難の気持ちが，表面化したというウィルソンの心理的な変化も見ることができる．そのため，表面的にはウィルソンがマーゴットを責めたてているので，いかにも意図的な殺害であるかのように見せかけているが，ここでマーゴットに何も語らせないことによって解釈の可能性を残したまま物語を終える．力関係が揺らいでいることが，解釈の揺らぎを生み出しているといえる．つまり，この作品では文体が揺らぎ，衝突の構図を描き出していることが，作品の解釈の揺らぎとなって影響を与えているといえる．物語結末部分をめぐる解釈の殺人が故意であるか，そうではないかという二項対立的な解釈をすることができないという，決定不可能性を会話の文体が示しているのである．この解釈の難しさは曖昧さを生み出すことにもなっている．

6.5. 「フランシス・マカンバーの短い幸福な生涯」の作品解釈を巡って

　これまで，作品内の会話の部分を中心に作品を読み解いてきた．そこからわかることは，登場人物同士の不協和音が鳴り響いているということである．すなわち，三人の関係性が常に不安定であり，その不安定さが，公理の違反や反復，変奏という文体で描き出されていたことにある．次に，この作品における人間関係を，内面描写から迫ってみたい．ヘミングウェイは心理描写を巧みに用い，さらには曖昧性を生み出すために，文体に技巧を凝らしていることから，ここでも，文体と作品解釈について考えてみることにする．

　この作品は，複雑な人間関係が描き出され，最後のフランシスの死が重要な場面のうちのひとつであることは間違いのないことである．また，前節では，この物語には決定不可能が内在していることを指摘したが，別の角度から考えると，決定不可能には思えてこなくなる．そこで，ここではフランシスの死について考えてみることにする．

第 6 章　文体論的読みの可能性　　　201

では，再び物語の冒頭に戻って分析をしていこう．

(1)　It was now lunch time and they were all sitting under the double
　　　green fly of the dining tent pretending that nothing had happened.
　　　　　　　　　　　　　　　　　　　　　　　　　　　　　　　(*CSS* 5)

　引用 (1) では，文法的な観点から副詞の "now" と "nothing had hap-
pened" という過去完了形の部分，さらには意味論な観点から動詞 "pretend-
ing" に注目してみたい．まず，"now" という近接性を表す直示形式が，遠
隔性を表す過去形と共起することで，語り手が「語りの現在」を定める役割
を果たしている．そして，物語が展開する現在が，昼食時であることを明示
している．また，過去完了形の "nothing had happened" は，語り手によっ
て提示された現在よりも前の出来事であることを示し，さらに代名詞 "they"
で表される人たちが，あたかも何事もなかったかのように振る舞っていると
いうことが，動詞 "pretending" によって描出されている．しかしながら，
物語冒頭部分であるため，"they" が誰のことかわからず，さらには過去に
何が起きたかについて読者は知ることもできない．ヘミングウェイはこうし
た前方照応をしない代名詞や時の表現を組み合わせて用い，冒頭部分から読
者を物語に一気に引き込むことを試みているということは，これまでも指摘
してきた通りである．特に冒頭部分の過去完了形は，その後の物語の展開に
重要な役割を担っている．これは，今まで考察してきたように他の作品でも
よく用いられている文体技法の一つである．

　マカンバー夫妻，ウィルソンの会話が続いた後に，以下のように地の文が
展開するが，ここでも過去完了形が用いられた表現を確認することができる．

(2)　Francis Macomber had, half an hour, been carried to his tent
　　　from the edge of the camp in triumph on the arms and shoulders
　　　of the cook, the personal boys, the skinner and the porters. The
　　　gun-bearers had taken no part in the demonstration. When the
　　　native boys put him down at the door of his tent, he had shaken
　　　all their hands, received their congratulations, and then gone into

the tent and sat on the bed until his wife came in.　　　　　(*CSS* 5)

　物語冒頭の,「何事もなかったかのように振る舞っていた」という部分は,
フランシスの様子に対して, 何が起きていたのか少しずつ明らかになってく
る場面である. こうして読者は少なくとも, 物語の中に引き込まれていく.
こうした読者を引き込む効果が, 過去完了形の語りによって生み出されてい
るのである. ここでは, 過去形と過去完了の二つの時間表現を使い, 語り手
の視点からフランシスの様子が語られているのである.

　次に, "he was thirty-five years old, kept himself very fit, was good at
court games, had a number of big-game fishing records, and had just
shown himself, very publicly, to be coward" (4) と過去完了を用いた語り
が続き, ここでも, 彼が公衆の面前で臆病な姿をさらけ出した原因は明らか
にされない. 加えて, 妻マーゴットの "I wish it hadn't happened. Oh, I
wish it hadn't happened" (5) という発話では, "it" の指示対象が明確にさ
れず, 具体的に何が起こっていたのかについては明かされない. ここでの仮
定法過去完了は, 現実に起きたことに対する反対の事柄を述べているため,
「何かがあった」と印象づける表現形式になっている.

　物語中盤からの引用を見てみよう.

(3)　It was now about three o'clock in the morning and Francis Ma-
　　comber, who had been asleep a little while after he had stopped
　　thinking about the lion, wakened and then slept again, woke sud-
　　denly, frightened in a dream of the bloody-headed lion standing
　　over him, and listening while his heart pounded, ...　　　(*CSS* 18)

過去形と "now" が共起し, さらに過去完了が用いられる語りは物語冒頭部
分と同じ形式である. フランシスの頭の中から, ライオンの一件が離れない.
フランシスは明け方の三時, ライオンのことを考えないようにして眠ろうと
するも, どうしても目が覚めてしまう. 前日のライオンと対峙したときの恐
怖がよみがえってくる. どれほど彼の心に恐怖心が深く刻み込まれているか
ということが, この場面で提示されるのである. つまり, 過去完了で描かれ

第 6 章　文体論的読みの可能性　　203

ている部分が前景化し，フランシスの心理状態が描写されているのである．
胸騒ぎで眠れない様子が過去完了形で表されるだけでなく，彼の弱さも描写
されている．過去形と過去完了の並置によって過去完了で表現されている事
柄を前景化させ，そこに焦点を当て，語りを展開しているのである．特に冒
頭部分での過去完了による前景化は，物語全体の方向性を暗示させるよう
な，言い換えれば，読者を引き込むような仕掛けとして機能している．また，
物語中盤部分でも同様に，過去形と過去完了を使い分けることで，語り手の
視点から登場人物の心的態度を含意するような語りとして機能している．

　ここまで，語り手の視点から，過去形と過去完了で語られる部分を取り上
げ，これらの表現が語りの中で持つ機能について考察してきた．そこで，物
語が語られる際，もう一つの視点である，登場人物の視点からの語りの言語
表現について以下の引用部分から考えてみたい．

(4)　　　"I'm awfully sorry about that lion business.　It doesn't have to
　　　　go any further, does it?　I mean no one will hear about it, will
　　　　they?"
　　　　　"You mean will I tell it at the Mathaiga Club?"　Wilson looked
　　　　at him now coldly.　He had not expected this.　So he's a bloody
　　　　four-letter man as well as a bloody coward, he thought.　I rather
　　　　liked him too until today.　But he is one to know about an Amer-
　　　　ican?　　　　　　　　　　　　　　　　　　　　　　　(*CSS* 7-8)

　マカンバーの発言に対して，ウィルソンは冷徹な視線で彼を見る．ここで
注目したいのは，"So he's a bloody four-letter man as well as a bloody
coward, he thought." という一文である．"he thought" という主節の時制が，
過去形にもかかわらず，時制の一致を受けることなく，従属節内が現在形と
なっている．自由間接思考で，語りの視点が登場人物寄りになり，登場人物
の心理描写を行っているのである．

　次に "I rather liked him" は一人称代名詞の "I" はウィルソンを指してお
り，三人称小説の地の文の語りの形式から逸脱した表現となっている．さら
に，"But he is one to know about an American?" は自由直接思考で彼の心

の中で思っていることが語られる．こうして異なった時制を用いて作品を描くことや，人称を使い分け，異なった話法の形式をとるということが，ヘミングウェイの文体ではなく，もちろん英語で書かれる小説一般にも当てはまるものである．そうした中で，ヘミングウェイの文体といった場合，これらの技法や要素がどのように配置されているかについて考えることが，文体的な特徴を探ることになる．

この場面では，ウィルソンがフランシスの発話を聞くところから始まり，彼の視覚を "look at" から自由間接思考，自由直接思考と，語りの視点が特定の人物の内面に迫っていく形式になっている．ここでは，人物の心的態度を徐々に内面へと迫るような語り方で語られているのである．そこで，ヘミングウェイらしい文体について考えるために，さらに引用を見ていこう．

(5) Macomber had not thought how the lion felt as he got out of the car. He only knew his hands were shaking and as he walked away from the car it was almost impossible for him to make his legs move. They were stiff in the things, but he could feel the muscles fluttering. He raised the rifle, sighted on the junction of the lion's head and shoulders and pulled the trigger. Nothing happened though he pulled until he thought his finger would break. (*CSS* 13-14)

この引用部分の直前には，ライオンからの視点で語られている箇所がある．車から降りてきたマカンバーたちの様子が，ライオンからの視点で語られ，銃弾が打ち込まれる場面まで一貫し，その視点が保持され語られるのである．そこで，同じ場面を異なった視点から描写しているのが，引用 (5) の場面である．車から降りる場面を語るために時間を戻し，"Macomber had not thought how the lion felt as he got out of the car." と過去完了で表される．マカンバーの心的態度が語られていることが，"thought"，"only knew"，"could feel" などといった動詞部分から理解できるだろう．このような思考を描出する動詞や，主体の判断や認識を表す助動詞，すなわちモダリティ要素によって，視点がマカンバーに移動していることがわかる．江川

第 6 章　文体論的読みの可能性　　　205

（1991）はこうした動詞を思考・認識または知覚に関する動詞を私的動詞と
分類し，「本人だけにしかわからない心理作用または知覚を表す」（204）と
している．つまり，私的動詞を使用することで，登場人物本人だけにしか語
り得ない内容を語ることが可能となるのである．

　そこで，最後にフランシスの死に関する場面について取り上げ，この作品
について考えてみたい．

　以下の引用は，傷を負った水牛を追ってフランシス，ウィルソンが車から
降りて，草むらの中に入っていく．マーゴットは車の中に残っている．

　(6)　Wilson, who was ahead was kneeling shooting, and Macomber,
　　　as he fired, unhearing his shot in the roaring of Wilson's gun,
　　　saw fragments like slate burst from the huge boss of the horns,
　　　and the head jerked, he shot again at the wide nostrils and saw
　　　the horns jolt again and fragments fly, and he did not see Wilson
　　　now and, aiming carefully, shot again with the buffalo's huge
　　　bulk almost on him and his rifle almost level with the on-coming
　　　head, nose out, and he could see the little wicked eyes and the
　　　head started to lower and he felt a sudden white-hot, blinding
　　　flash explode inside his head and that was all he ever felt.　(27)

　ここでの視点は，フランシスのものである．なぜなら彼の知覚を表す動詞
（"unhear"，"see"，"feel"）が何度も使われているからである．また，モダ
リティを表す助動詞 "could" が使われていることも，フランシス寄りの視
点であることを示すものとなっている．そして，この引用の後半部分は，自
由間接思考で描出されている．この場面では，彼寄りの視点で語られている
ことから，彼の後頭部からやってきたものが何であるか，また彼が頭に感じ
たものが何であるかは明確には提示されていない．彼が感じた閃光は，妻の
放った銃弾が，彼の頭部に命中したことによるものであることが，物語を読
み進めていくとわかる．語り手と視点との関係でこの場面を見るのであるな
らば，普通の人間であれば，銃弾が頭部に命中すればその瞬間にそれがかつ
て自分が今まで経験したことのない感覚であったと感じ，それを語ることは

不可能である．したがって，ここでは全知の語り手が，フランシスの視点か
らフランシスの知覚を描いているのである．しかし，読者はフランシスが感
じた閃光の原因については，この時点では同定することができない．この場
面に続く場面を見ていくことにする．

(7) Wilson had ducked to one side to get in a shoulder shot.
    Macomber had stood solid and shot for the nose, shooting a
    touch high each time and hitting the heavy horns, splintering and
    chipping them like hitting a slate roof, and Mrs Macomber in the
    car, had shot at the buffalo with the 6.5 Mannlicher as it seemed
    about to gore Macomber and had hit her husband about two
    inches up and a little to one side of the base of his skull. (*CSS* 28)

　この場面の初めの文と二つ目の文の "Macomber had stood solid" からわ
かるように，視点はフランシスとウィルソンが見渡せるところにある．で
は，この物語の登場人物で，彼らを見渡せる位置にいたのは誰であろうか．
それはマーゴットである．彼女を中心としてこの場面が語られている．なぜ
なら，ここでの "her husband" にみられる人称代名詞 "her" の用法にもあ
るように，マーゴット寄りの視点からの語り[4]になるのである．この場面で
先ほどフランシスが頭の中で感じた閃光が何であったかが明らかになる．

　次に，フランシスの思考を表している "he felt a sudden white-hot, blind-
ing flash explode inside his head and that was all he ever felt" という文に
注目してみよう．この場面は，フランシスの頭にマーゴットの銃弾が当たっ
た瞬間を表している．フランシスの外側からの視点で語られる場合は，彼女
の放った銃弾が彼に命中したという語りの形式になるはずであるが，この場
面はモダリティによる心的態度の表出により，彼の視点からの語りとなって
いる．そのため，彼の頭の中に起こった閃光が何であるか，語ることができ
ないのである．一般的には，この形式の文を間接思考に分類することも可能

---

　[4] "Mrs Macomber in the car, ... had hit her husband about two inches ..." という文で
は視点がマーゴット寄りになっている．

である．しかし，この間接思考の表現の中にモダリティ要素が入り込むことで，登場人物寄りの視点を取ることが可能となると考えることができる．というのも，意味論的に間接思考の伝達節内を考慮に入れることで，語り手の視点なのか，それとも登場人物寄りの視点なのかが判断できるからである．

　最後に，フランシスの死について考えてみることにしよう．ここでは "shot the buffalo" と "shot at the buffalo" の意味の違いを考えることが重要である．前者は他動詞で水牛をめがけて銃を放ち，その銃弾は水牛に命中したという意味を持つ．一方，後者はあくまでも銃口は水牛に向けられていたが，銃弾は水牛には当たらなかった可能性を示唆するものである．

　仮に，妻が夫を意図的に殺したいと願っていれば，その銃口は夫に向けられるべきである．そうした場合は他動詞の目的語には水牛ではなく，夫が置かれるはずである．つまり，"shot her husband" となっていれば，妻による意図的な夫殺しの物語として結論づけてよいだろう．また "shot at her husband" であったとしても，銃口は夫に向けられていたことを示し，同様な解釈を得られる可能性が高い．しかしながら，ここではあくまでも前置詞の目的語に置かれているものは夫ではなく，水牛である．そのため，妻の意図的な殺人という解釈の可能性は非常に低いだろう．つまり，妻は水牛をめがけて銃を放ったということだけがテクスト上に書かれており，夫を狙ったわけではないという理解に達することができる．

　さらに，テクストをよく見てみると，"had shot at the buffalo with the 6.5 Mannlicher as it seemed about to gore Macomber and had hit her husband" となっており，前半の水牛に銃口を向けて引き金を引いたことは理解できたが，"and had hit her husband" は他動詞 "hit" に "her husband" が目的語としてあることからも，対象への直接的な働きかけを読み取れるため，妻の放った銃弾が水牛ではなく夫に命中したことがわかる．結果として夫は銃弾に倒れるが，やはりそれが妻の意図的な行為であったとは断言はできない．こうした他動詞が前置詞の "at" を伴い自動詞的に機能する構文を，動能構文（conative construction）と呼び，動作主の動作が必ずしも成功しないことを表す．Pinker（2008）は動能構文として用いることができるのは hit, cut などの接触・打撃系の意味を持つ動詞であるとしている（103-106）.

「フランシス・マカンバーの短い幸福な生涯」について，妻による意図的な夫殺しの物語という解釈も多く存在している．なぜこのような解釈が導き出されるかというと，登場人物間の人間関係が不安定であるためである．その中でもフランシスとマーゴットの関係性が最後の場面で逆転しているという指摘を思い出してもらいたい．この関係性の逆転を，彼女が好ましく思っていないとしたらどうだろう．夫が憎らしくなり，そして銃を手にするということは確かに考えられる．もちろん，この読みは言語学的に否定することができるかもしれない．だが，こうしたストーリーを追いかけて読むことで，妻による夫殺しとも読むことができるテクストは，解釈の曖昧性を生んでいることになる．したがって，ヘミングウェイのテクストは常に解釈の揺れをもたらす文体的特徴を備えていると言うことができるだろう．

この物語の表層的な部分となって現れているのは，登場人物の世界ではいつも衝突が起きているということである．物語は言語によって成立しているのであり，この登場人物たちの衝突も，言語の衝突となって現れているのである．そして，この特定のテクストという限られた世界よりもさらに大きな，文化的なテクストとの関係も潜んでいると考えることができる．そこで，この物語の深層部分には，「衝突」の概念が潜んでいると考えることもできる．ヘミングウェイの「氷山の一角理論」に従えば，水面下に隠れている8分の7の部分には様々な形で実現されたり，含意されたりしている「衝突」の構造や登場人物の心理的な揺れが表現されているといえるであろう．

この物語に潜む「衝突」の構造は，個別的に存在するものではなく様々な形式が重層的になって存在している．登場人物の間での不和や，非協力的な関係は彼らの行動や言動によって読み取ることができるだろう．フランシスとマーゴットの夫婦関係はうまくいっているようには思えない．このような思いはテクストのどの部分に起因するのであろうか．

まずは純粋にテクストそのものに注目をして，言語的な特徴からその答えを導いていくことができた．また，言語の衝突から，対人関係における衝突を見出し，そして，それらを取り巻く大きなテクストすなわち文化的なテクストとの関係でも衝突の構造が見え隠れしていることがわかった．会話は対人関係の衝突を描出するために重要な役割を担っていた．しかし，この作品

が対人関係の衝突であると単純には言いがたい．そこには物語テクストを取り巻く環境である文化的なテクストにも衝突の構造が潜んでいるのである．このテクスト外の要因も，もちろん作品の解釈上必要であり，単に言語学的な読みがすべての解釈に勝るというものではなく，伝統的な文学分野で積み重ねられてきた知見も無視することはできない．重要なのは，言語学の手法が，読みの正確さを担保することなのである．

最後に，この物語をアメリカという観点から見てみることにする．アメリカ合衆国の建国以来，アメリカは常に自然と文明の間での争いをしてきた．例えば，南北戦争における南部に対する北部の勝利が，農業主義に対する近代産業主義の勝利を意味しているということを，自然対文明という構図と重ねて考えることができるだろう．南北戦争以後，アメリカという国家が徐々に一つの国家として統一されていった．その統一に付随して，それぞれの地方独自の伝統や習慣が，近代産業資本主義の名の下に均質化されていった．そして，アメリカ国内における自然対文明の対立項が薄れていった．しかし，そういった中で人々は自然に対して憧れを持つようになり，それを虚構の世界に求め，その結果，失われつつある自然への回帰や憧れが文学に大きく影響することとなった．常にアメリカの根底にはこの自然対文明の対立項がどこかに潜んでいるといっても過言ではないであろう．

そこで，この作品における自然対文明という観念的な対立項について考えてみる．まずは，フランシスとマーゴットのサファリ旅行であるが，このサファリには文明の様々な制約や，世間とのしがらみというものから解き放たれて，太古の昔から変化することのない大自然がある．その大自然に彼らは向き合わねばならなかった．大自然に住むハンターのウィルソンは，荒々しさがあり，時には冷徹な眼差しで世の中を捉えている．それは大自然という自由の中にありながらも，妥協を決して許すことのない冷徹で荒々しい原始的なものがそうさせているのかもしれない．そして，大自然の中に身を置いた人間は自分たちの力で自然と向かい合い生き延びていかねばならないのである．

フランシスとマーゴットの結婚は，世間的に見れば比較的幸せな夫婦であると社交欄の担当の記者が述べてはいたが，その夫婦関係は三度の離婚の危

機にさらされていたのである．しかし，アフリカのサファリに来てみると，夫婦関係がアメリカにいるとき以上にさらに悪化しているように読み取れる．つまり，アメリカという文明社会の中においては離婚の危機は隠蔽され，なんとかうまくやってこれた夫婦が，アフリカという大自然の中に置かれることによって，本質的に持っていた彼らの夫婦関係の危機が露呈しているかのようである．

　文明社会において，夫婦関係が保たれていたというのは，フランシスには莫大な富があったのでマーゴットは離れることができず，マーゴットがあまりにも美しすぎてフランシスは離婚を決意することができなかった．しかし，莫大な富や美貌は，文明化された社会の産物である物質的な豊かさであり，大自然の中では何の意味もなさない．したがって，大自然に文明の価値観を持ちこんできたマカンバー夫妻は，うまくいくことはなかった．今まで見てきたことからわかるように，夫婦関係が対等になる場面が一度も存在せず，必ずどちらかが優位に立っていることを，それぞれの人物が主張しているかのようである．そして，その大自然の中で待っていたものは「フランシスの死」である．

　自然対文明という対立項で捉えているが，フランシスの死は，文明が自然に屈したことを意味するのであろうか．また，自然が常に正しいといえるのであろうか．自然の側に位置付けられているウィルソンという人物は厳しい掟を持っているかのように振る舞っているが，彼は決して高潔な人物ではない．いつも人を見下し，すべてに対して批判的である．その上，車で水牛を追跡するように，サファリの掟を無視しているにもかかわらず，フランシスに対してあたかも指導者であるかのように振る舞う．このような人物を文明側の人間と対立させる自然の中に置くことで，衝突の構図は残しておきながら，どちらが正しいかという二項対立を生み出すことをこの物語は回避しているのである．二項対立的な概念は常に存在するが，そのどちらかが優れているなどと一切明示されないのである．

　このように，二項対立を描いているように見せかけながら，重層的に揺れ動く対立概念を描き出すという作品の構造は，今まで二項対立的なものの考えをしてきた社会や共同体の崩壊を表しており，それが後の多元的な解釈を

第6章　文体論的読みの可能性　　　211

生むきっかけにもなる可能性を秘めているのである．この作品に関して多く
の議論がなされてきた結末の部分，妻の放った銃弾が夫に当たり彼を死に至
らしめたという事件に対して，それが妻の意図的な殺人なのか，それとも夫
を救うために撃ったものが偶然夫に当たってしまったのかということに関し
て答えを出す必要性があるだろうか．それは，意図的なのか偶然なのかとい
うこと自体がすでに二項対立の枠組みに入ってしまっているからである．

　この物語に登場する人物は，それぞれが独立しており，ぶつかり合ってい
るのであるが，さまよい続けてもいるのである．このさまよえる人たちとし
ての登場人物は，語りのさまよいとして実現され，人間関係が揺れ動いてい
ることに象徴される．そして，さまよい続けて居場所を求める，すなわち，
そこにいながらにして，そこにはいない，なきがごときのアイデンティ
ティーをもった人物として描かれている．アメリカ人，イギリス人，アフリ
カの原住民がこの物語に登場する人物であり，それぞれが異なる他者として
対立，衝突をしているのである．フランシスと現地のアフリカ人との関係も
衝突構造を内包している．例えば，フランシスはライオンが草むらに逃げ込
んだ時に怖くなり，そういった危険なことはすべてアフリカ人に責任を押し
付けようとした．一方，このアフリカ人はフランシスが怖気づいて逃げ出し
た様子を，冷たい視線で見つめ侮蔑する．

　物語を通して，そこから異文化・異民族の発生，対立が自然と発生してく
ることも読み取れるかもしれない．そして，この異文化・異民族との共存を
めざし，異なる他者を受け入れながら物語が展開していく．しかし，異文
化・異民族が共存するような理想的な幸福理論が物語全体を支配していると
は言いきれない．すなわちフランシスとマーゴットの関係に関してはフラン
シスの死でもって，修復されることなく，終わりを見ることになるからであ
る．結局は，理想的な幻想を見ただけに過ぎず，現実は果たして理想と一致
するのであろうかという問いだけが最後に残る．その現実と理想との乖離現
象は，『老人と海』に見られたサンチャゴの内的独白と空虚感との関係にも
見られるのかもしれない．このような二項対立の崩壊を描くということが，
ヘミングウェイの大きなテーマになっていると考えることもできるだろう．

お わ り に

——ヘミングウェイの文体と解釈，そして言語学

　本書では，(1) 作家個人の文体について明らかにする，(2) 作家の文章構成原理について明らかにする，(3) 個々の作品における解釈を言語学的に導き出す，という三つの点について論じてきた.

　本書の冒頭で引用した四宮 (1991) の文体観を再びここで提示する.

　　　読者をして作品と情的に一体となり，前に進ませていくものはなにか. 作品を動かしていくダイナミズム——動的機構はなにか. 文体の問題になってくる.　　　　　　　　　　　　　　　　　　　　　　(196)

本書では，ヘミングウェイの文体について，作品内の言語表現を言語学的に考察することによって明らかにしてきた. つまり，作品を動かす動的機構を言語表現レベルに分解し，その配置の妙について考察をしてきた. それが，作家個人の文体について明らかにするということであった. とくに，ヘミングウェイの文体として通説となっていること，すなわち心理描写を極力排除し，行動描写で物語を進行させるような，いわゆるハードボイルド・スタイルである. このスタイル言説を言語学的な観点から再考をすることで，これまで言及されてこなかった意識の流れの文体を明らかにすることができた.

　ヘミングウェイの文体の特徴として言われている，ハードボイルド・スタイルや切り詰められた表現という評価を字義通りに受け取ることができるのかという問題がある. 文学研究においてヘミングウェイの文体を論じる際には，この点に関する検証はあまりなされないまま今日に無批判的にヘミングウェイの文体であると考え，それ以上の議論がなされないことがある. さらにヘミングウェイの文体について，「簡潔」とか「非情」と称することも，評者による主観的な評価であり，実際にはスタイルを評価するための基準ではないということは明らかである. また，ヘミングウェイがその後のアメリカ文学作品や作家に多大なる影響を与えたことは，1954 年にノーベル文学賞

213

の受賞理由として "for the influence that he has exerted on contemporary style" ("The Nobel Prize in Literature 1954") と言われていることからも理解できるだろう．しかしながら，ヘミングウェイがどのような部分に，どのような影響を具体的に与えたのかは明らかにされていない以上，こうした文体に対する評価はその根拠が不明確であり，主観的なものだと言わざるをえない．したがって，ヘミングウェイの文体について客観的に検討をする余地は大いに残されていると考えられる．そこで，本書ではヘミングウェイの複数の作品を取り上げ，言語学的な知見を応用することで客観的な基準を用いて分析を行い，ヘミングウェイの文体とその文章構成原理について明らかにすることを試みてきた．

　文学研究におけるヘミングウェイの文体に関する様々な言説は，作品の主題やプロット，さらには，その人生をもひとまとまりに捉え，ヘミングウェイを修飾する曖昧模糊とした雰囲気として考えられている．この曖昧模糊としている中に言語学の光を当てて考えてみた．そうすると，ヘミングウェイの作品において，心理描写が重要な役割を担っていることを明らかにすることができた．

　そして，文体の中でも重要な要素である，言語表現がどのように配列されているか，すなわちメカニズムは，「知覚／感覚を表す表現」から登場人物の思考を表す，つまり意識の内奥に迫る形式に推移するというものがヘミングウェイの作品の多くに見られることから，この形式がヘミングウェイの文体の特徴のひとつであることを示した．そしてこうした文体で表される事柄は，単なる登場人物の行動描写ではなく，ある事柄に対する登場人物の心の変化である．このように，登場人物の心の変化を映し出す文体をハードボイルドと称するのではなく，ヘミングウェイ式の意識の描写技法であるといえるだろう．

　また，ヘミングウェイの描き出す作品世界の曖昧性について，考察を行った．物語世界へと読者を引き込む機能の一つとして，作品内で曖昧性を残したまま物語を終えることで，読者を引き込む技法を確認することができた．読者は曖昧な部分があれば，それを明確にしようと思い作品をさらに読むことになり，物語の世界にだんだんと引き込まれていくのである．この作品と

情的に一体化するような仕組みとして，曖昧性という観点からヘミングウェイの作品を捉え直すことができたであろう．

　一般的に文学作品の曖昧性というものは，解釈の際にさまざまな可能性を持ち，もしくは，決定的な解釈の根拠を失った状態になったときに生じるものである．本書では，文章の隙間を読み取るということは極力避け，そこに書かれた文字を頼りに，言語学の手法を使って読み解いた．そのためには作品内に用いられている表現を徹底的に読むという作業が必要であった．これは，ウィリアム・エンプソンや I. A. リチャーズたちがかつて行ったクロース・リーディングと重なるところがあるかもしれない．しかしながら，クロース・リーディングと異なる点は，言語学の研究の成果は今日に至るまで発展しているため，言語分析のための有効な手段を提示してくれるのである．例えば，本書で取り上げた Kamio and Thomas (1999) などが代表的なものである．こうした語用論の知見を援用することで，これまで曖昧であると指摘されてきた作品を，改めて論じることができた．特に，ヘミングウェイは it や that の指示対象をテクスト内で明確にすることなく，物語を描き出していることを示すことができた．こうした一連の分析を提示することにより，言語学の観点から文学作品の言語を分析すること，すなわち文体論研究は，これまで直感によることの大きかった文学作品の読みの精度を向上させる一つの手段となり得るものであるということが証明できたはずである．

　また，ヘミングウェイの心理描写や曖昧性を生み出すメカニズムの源流を探るために，高校時代の創作活動期の作品を取り上げて，ヘミングウェイの文体形成を考えてみた．その結論として，ヘミングウェイがフランスでの作家生活に入る前からある程度形作られていたということを示すことができた．それは，アメリカのオークパークでの高校時代に校内の文芸誌に掲載されたヘミングウェイの三つの短編，その後アメリカでの新聞記者の経験や創作活動を行っていた修業時代を経て作家として初めて出版した，『三つの短編と十の詩』の文体的特徴からも明らかなことであった．これらの初期短編群には，ヘミングウェイの得意とする端的な表現に加え，その後の作品にも影響を及ぼし続ける登場人物の意識の描写の技法の萌芽を確認することができた．このように，高校時代の作品から捉え直すことで，この時期における

創作活動が，その後の創作に影響を与えているということを明らかにすることができたのは重要な意味を持っていると考えられる．これで，作家の文章構成原理について明らかにするという目的は達成できたであろう．つまり，これまでヘミングウェイ研究の中で見落とされてきた，高校時代の習作に焦点を当て論じたことで，これまでヘミングウェイの文体形成がパリ時代にあったという通説に対し，文体形成がパリ時代よりも前のアメリカ修業時代にあったという論を展開することができたはずである．

　さらに，個々の作品における解釈を言語学的に導き出すということについては，名詞句の分析と会話分析，そして時制という観点から作品の分析を行った．一般的に定冠詞や不定冠詞という，あまり作品全体の解釈と関係しないと思われる語に注目をし，言語学的な読みで解釈へ迫ることができることを提示した．

　また，語用論の領域で論じられてきた会話分析やポライトネスの概念を援用することで，文学テクストの分析をし，意識の流れの描写やテクスト内の時制について焦点を当て，「フランシス・マカンバーの短い幸福な生涯」の解釈へと迫った．しかしながら，本書の主張は言語学が文学研究よりも優れた学問であるということを指摘することではなく，さらに，言語学的分析が，これまで文学研究で培ってきた批評理論に基づいた読みを排除するものではないということも提示できたはずである．テクストの正確な理解は言語学的な観点からによって行われることで，客観的にテクストの言語表現を記述することができることを提示するものである．作品の解釈については，文学的な伝統に従った解釈も可能であれば，語用論的な推論による解釈も可能であるということを最後に示した．そして本書の目的である「言語学的文体論とは文学テクストを徹底的に言語学的に分析し，作品内での表現の効果や作家個人の文章構成原理を解明する学問である」と示すことができたはずである．

　作家の紡ぎ出す一つ一つの言葉が，物語の中でどのような効果を発揮するのかについて，ヘミングウェイの複数の作品を取り上げ，言語学的な観点から論じてきた．換言すると，私たちが物語によって心を揺さぶられる瞬間がどのような言語表現によって生じたのか，そのメカニズムを解明することを

主たる関心として論じてきた．その解明の手段の一つとして，言葉そのものを分析対象としてきた言語学の知見を用いた．近年の認知言語学の発展に伴い，文学テクストの研究とも親和性が高いことについては本書においても言及した通りである．もちろん，文学作品の言葉は，批評理論や物語論，心理学など様々な領域から，間テクスト性を視野に入れ，複合的に，かつ複眼的に論じられなければならないであろう．こうした課題に対する筆者なりの答えは現時点では明らかにできていないため，今後の課題とさせていただきたい．

　また，ここで取り上げることのできなかったヘミングウェイのそのほかの作品についても，今後は詳細に論じていかなければならないだろう．今回取り上げた作品は，これまで議論の対象になってこなかった高校時代の習作や，多くの批評家達に語り尽くされてきた代表的なものである．そのほかにも多くの作品をヘミングウェイは残しており，引き続き詳細な分析を行うことで，ヘミングウェイの文章構成原理の全容を明らかにしていくことは今後の課題でもある．

参 考 文 献

Austin, John L. *How to Do Things with Words*. Oxford: Clarendon, 1962.

Baker, Carlos. *Hemingway. The Writer as Artist*. Princeton, Princeton UP, 1972.

——. *Ernest Hemingway, Selected Letters, 1917-1961*. Scribner, 1981.

Beck, Warren. "The Short Happy Life of Mrs. Macomber." *Modern Fiction Studies*. 1 (Nov. 1955), pp. 28-37.

——. "Mr. Spilka's Problem: A Reply." *Modern Fiction Studies* 22 (Summer 1976), pp. 256-69.

Beegel, Susan F. *Hemingway's Neglected Short Fiction: New Perspectives*, UMI Research, 1989.

Bennett, Warren. "The Poor Kitty and the Padrone and the Tortoise-Shell Cat in 'Cat in the Rain'" *New Critical Approaches to the Short Stories of Ernest Hemingway*, Ed. Jackson J. Benson. Duke UP, 1990, pp. 245-56.

Benson, Jackson J. *Hemingway: The Writer's Art of Self-Defense*. U of Minnesota P, 1969.

——, ed. *The Short Stories of Ernest Hemingway Critical Essays*. Durham: Duke UP, 1975.

——, ed. *New Critical Approaches to the Short Stories of Hemingway*. Duke UP, 1990.

Black, Elizabeth. *Pragmatic Stylistics*. Edinburgh UP, 2006.

Blanken, David, L. "Elements of Hemingway's Style", 『女子聖学院短期大学英文学会』, Vol. 27. 1995, pp. 30-44.

Bolinger, Dwight. *Meaning and Form*, Longman, 1977.

Bradford, Richard. *Stylistics*. Routledge, 1997.

Brown, Penelope and Stephen C. Levinson. *Politeness: Some Universals in Language Usage*. Cambridge UP, 1987.

Burrill, William. ed. *Hemingway: The Toronto Years*. Doubleday Canada, 1994.

Burton, Deirdre. *Dialogue and Discourse*. Routledge, 1980.

Carter, Ronald. *Language and Literature: An Introductory Reader in Stylistics*. Allen & Unwin, 1982.

Carter, Ronald, and Angela Goddard. *How To Analyse Texts: A Toolkit for Students of English*. Routledge, 2016.

Chamberlin, Brewster S. *The Hemingway Log: A Chronology of His Life and Times*. UP of Kansas, 2015.

Chatman, Seymour B., ed. *Approaches to Poetics: Selected Papers from the English Institute*. Columbia UP, 1973.

Chatman, Seymour B. *Story and Discourse: Narrative Structure in Fiction and Film*. Cornell UP, 1978.

Chomsky, Noam. *Syntactic Structures*. Mouton, 1957.

Christophersen, Paul *The Articles. A Study of Their Theory and Use in English. Copenhagen*: Munksgaard, 1939.

Cirino, Mark. *Ernest Hemingway: Thought in Action*. U of Wisconsin P, 2012.

Cohen, Milton A. *Hemingway's Laboratory: The Paris In Our Time*. U of Alabama, 2005.

Comley, Nancy R., and Robert Scholes. "Reading 'Up in Michigan'." *New Essays on Hemingway's Short Fiction*. Ed. Paul Smith. Cambridge UP: 1998.

Crystal, David and Derek Davy. *Investigating English Style*, Longman, 1969.

"Death in Spain" *Time* 21 October 1940, p. 94.

DeFalco, Joseph. *The Hero in Hemingway's Short Stories*. U of Pittsburgh, 1963.

——. "Initiation ('Indian Camp' and 'the Doctor and the Doctor's Wife')." *The Short Stories of Ernest Hemingway: With a Checklist to Hemingway Criticism*. Ed. Jackson J. Benson. Durham: Duke UP, 1975, pp. 159-67.

Donaldson, Scott. *Hemingway vs. Fitzgerald: the Rise and Fall of a Literary Friendship*. Overlook Press, 2001.

Elder, Robert K., Aaron Vetch, and Mark Cirino. *Hidden Hemingway: Inside the Ernest Hemingway Archives of Oak Park*. The Kent State UP, 2016.

Empson, William. *Seven Types of Ambiguity*, Chatto and Windus, 1930.

Fenton Charles. "Back to His First Field" (*the Kansas City Times,* November 1940, 1-2) in Hemingway, Ernest, and Matthew J. Bruccoli. *Conversations with Ernest Hemingway*. UP of Mississippi, 1986.

Ficken, Carl. "Point of View in the Nick Adams Stories." *The Short Stories of Ernest Hemingway: Critical Essays*, Ed. Jackson J. Benson. Duke UP, 1975. 93-112.

Fish, Stanley. "What Is Stylistics and Why Are They Saying Such Terrible Things About It?", in Chatman, 1973. pp. 109-52.

Fish, Stanley. "What Is Stylistics and Why Are They Saying Such Terrible Things About It? Part II" *Boundary 2*, 1979. pp. 128-49.

Flora, Joseph M. *Ernest Hemingway: A Study of the Short Fiction*. Boston: Twayne, 1989.

——. *Reading Hemingway's Men Without Women: Glossary and Commentary*.

Kent, Ohio: Kent State UP, 2008. Fowler, Roger. *Linguistic Criticism* 2nd ed. Oxford UP, 1996.

Fowler, Roger. *Linguistic Criticism* 2nd ed. Oxford UP. 1996.

Genette, Gérard. *Narrative Discourse: An Essay in Method.* Cornell UP, 1980.

Goatly, Andrew. *Explorations in Stylistics.* Equinox, 2008.

Goffman, Erving. *Interaction Ritual: Essays on Face-to-Face Behavior.* Doubleday, 1967.

Grice, Paul H. "Logic and Conversation." *Syntax and Semantics,* Ed. Peter Cole and Jerry L. Morgan. Vol. 3, *Speech Acts.* Academic Press, 1975. 41-58.

Gutwinski, Waldemar. *Cohesion in Literary Texts: A Study of Some Grammatical and Lexical Features of English Discourse.* Mouton, 1976.

Hagopian, John V. "Symmetry in 'Cat in the Rain.'" *College English* 24 (Dec.1962): 20-2. Reprinted in *The Dimension of the Short Story.* Eds. James E. Miller and Bernice Slote. Dodd, Mead, 1964: 531-3; *The Short Stories of Ernest Hemingway: Critical Essays,* Ed. Jackson J. Benson. Duke UP, 1975, pp. 230-32.

Halliday. M. A. K. "Functional Diversity in Language as Seen from a Consideration of Modality and Mood in English." *Foundations of Language,* 6.3. 1970: 322-61.

——. *An Introduction to Functional Grammar* 2nd.ed. Arnold. 1994.

Halliday, M. A. K. and Ruqaiya Hasan. *Cohesion in English.* Longman, 1976.

Harrison, Chloe, et al. *Cognitive Grammar in Literature.* John Benjamins Publishing Company, 2014.

Herman, Allison. *Self-Mythology in Hemingway and Fitzgerald: The Quest for Immortality and Identity.* VDM Verlag Dr. Müller, 2011.

Hoffman, Daniel. *Poe Poe Poe Poe Poe Poe Poe.* Baton Rouge: Louisiana State UP, 1972.

Humphrey, Robert. *Stream of Consciousness in the Modern Novel.* U of California, 1954.

Hutchisson, James M. *Ernest Hemingway: A New Life.* University Park, The Pennsylvania State UP, 2016.

Iser, Wolfgang. *The Act of Reading: A Theory of Aesthetic Response.* The Johns Hopkins UP, 1978.

Jakobson, Roman. "Closing statement: Linguistics and poetics", *The Stylistics Reader. From Roman Jakobson to the Present,* Ed. Jean Jaques Weber. Arnold, 1996. pp. 10-35.

Jakobson, Roman, and Stephen Rudy. *Selected Writings III: Poetry of Grammar and Grammar of Poetry.* Mouton, 1981.

Jeffries, Lesley. *Critical Stylistics: the Power of English.* Palgrave Macmillan, 2010.

Jeffries, Lesley, and Dan McIntyre. *Stylistics*. Cambridge UP, 2010.

Jespersen, Otto. *The Philosophy of Grammar*. Allen & Unwin, 1924.

Kamio, A and M. Thomas. "Some Referential Properties of English It and That." *Function and Structure*. Ed. Kamio, A. and K. Takami. John Benjamins, 1999.

Keizer, Evelien. *A Functional Discourse Grammar for English*. Oxford UP, 2015.

Kennedy, J. Gerald. *Poe, Death, and the Life of Writing*. Yale UP, 1987.

Lakoff, George. *Women, Fire, and Dangerous Things: What Categories Reveal About the Mind*. Chicago UP, 1987.

Lakoff, George. & Johnson, Mark. *Metaphors We Live By*. Chicago UP, 1980.

Lakoff, George & Turner, Mark. *More than Cool Reason*. Chicago UP, 1989.

Lamb, Robert Paul. *Art Matters: Hemingway, Craft, and the Creation of the Modern Short Story*. Louisiana State UP, 2010.

——. "Hemingway and the Creation of Twentieth-Century Dialogue" *Twentieth Century Literature*, 42:4 (Winter, 1996): 453-80.

Lambrou, Marina, and Peter Stockwell. *Contemporary Stylistics*. Continuum, 2010.

Larsen, Lyle. *Stein and Hemingway: the Story of a Turbulent Friendship*. McFarland, 2011.

Larson, Kelli A. "Current Bibliography." *The Hemingway Review* 35.1 (Fall 2015) pp. 124-35.

Lee, David *Cognitive Linguistics: An Introduction*. Oxford UP, 2001.

Leech, Geoffrey N. *The Pragmatics of Politeness*. Oxford UP, 2014.

——. *Principle of Pragmatics*. Longman, 1983.

Leech, Geoffrey N. and M. H. Short. *Style in Fiction: A Linguistic Introduction to English Fictional Prose*. Longman, 1981.

Levin, Harry. "Observations on the Style of Ernest Hemingway." *Ernest Hemingway*. Ed. Harold Bloom. *Modern Critical Views*. Chelsea House, 1957. pp. 54-66. 1985.

Lodge, David. *The Art of Fiction: Illustrated from Classic and Modern Texts,* Penguin, 1992.

——. *Language of Fiction: Essays in Criticism and Verbal Analysis of English Novel*. London, Routledge & Kegan Paul, 1966.

Lupton, Marilyn. "The Seduction of Jim Gilmore." *The Hemingway Review*, 15. (Fall 1995), pp. 1-9.

Lynn, Kenneth S. *Hemingway*. Simon, 1987.

Lyons, Christopher. *Definiteness*. Oxford UP, 1999.

Lyons, John. *Semantics Vol2*. Cambridge UP, 1977.

Miyauchi, Kayoko, Ed. *Letters between Fitzgerald and Hemingway*. Dynamic Sellers, 2006.

参考文献　　223

Moddelmog, Debra A., and Suzanne Gizzo. *Ernest Hemingway in Context.* Cambridge UP, 2015.

"The Nobel Prize in Literature 1954." Nobelprize.org.Nobel Media AB 2014. Web 30. Aug. 2017.

O'Brien, Timothy D. "Allusion, Word Play, and the Central Conflict in Hemingway's 'Hills Like White Elephants.'" *The Hemingway Review*, 12.1. (Fall 1992), pp. 19-25.

Ogasawara, Ai. "Zooms, Close-ups, and the Fixed Movie Camera: Analogy with the Art of Cinema in *In Our Time.*" *Studies in English and American Literature* 46 (2011), pp. 1-16.

Oliver, Charles M. *Ernest Hemingway A to Z: The Essential Reference to His Life and Work.* Facts On File, 1999.

Palmer, F. R. *Modality and the English Modals.* 2nd ed. Routledge, 2014.

Pinker, Steven. *The Stuff of Thought: Language as a Window into Human Nature.* Penguin, 2008.

Priestley, J. B. "Book Review." *Now and Then*, 34 (Winter), pp. 11-12, 1929.

Quirk, Randolph, Sidney Greenbaum, Geoffrey Leech, and Jan Svartvik. *A Comprehensive Grammar of the English Language.* Longman, 1981.

Saussure, Ferdinand De, trans. by Charles Louis Bally, Charles Albert Sechehaye, Albert Riedlinger, and Wade Baskin. *Course in General Linguistics.* Fontana, 1974.

Searle, John R. *Speech Acts: An Essay in the Philosophy of Language.* Cambridge UP, 1969.

Short, Mick. "Stylistics and the Teaching of Literature: with an Example from James Joyce's *A Portrait of the Artist as a Young Man*" *Language and Literature: An Introductory Reader in Stylistics,* Ed. R. Carter, George Allen & Unwin, 1982. pp. 179-92.

――. *Exploring the Language of Poems, Plays and Prose.* Longman, 1996.

Smith, Paul. *New Essays on Hemingway's Short Fiction.* Cambridge UP, 1998.

Smith, Paul. ed. *A Reader's Guide to the Short Stories of Ernest Hemingway.* G. K. Hall, 1989.

――. *New Essays on Hemingway's Short Fictio*n. Cambridge UP, 1998.

Spilka, Mark. "A Source for the Macomber 'Accident': Marryat's Percival Keene." *The Hemingway Review*, 4.1 (Fall 1984) pp. 29-37.

――. "Warren Beck Revisited." *Modern Fiction Studies*, 22 (Summer 1976): pp. 245-55.

――. "The Necessary Stylist: A New Critical Revision." *Modern Fiction Studies*, 6 (Winter 1960-61): pp. 289-96.

Stewart, Matthew. *Modernism and Tradition in Ernest Hemingway's* In Our Time. Camden House, 2001.

Stockwell, Peter, and Sara Whiteley. *The Cambridge Handbook of Stylistics*. Cambridge UP, 2014.

Strong, Amy L. *Race and Identity in Hemingway's Fiction*. Palgrave Macmillan, 2008.

Time, 21 October 1940, p. 94.

Toolan, Michael. *Narrative Progression in the Short Story: A Corpus Stylistic Approach*. Amsterdam: John Benjamins, 2009.

——. *Making Sense of Narrative Text: Situation, Repetition, and Picturing in the Reading of Short Stories*. New York: Routledge, 2016.

Vendler, Zeno. *Verbs and Times*. n.p., 1957.

——. *Linguistics in Philosophy*. Ithaca: Cornell UP, 1967.

Villard, Henry Serrano, and James Nagel, eds. *Hemingway in Love and War: The Lost Diary of Agnes Von Kurowsky, Her Letters and Correspondence of Ernest Hemingway*. Northeastern UP, 1989.

Wagner-Martin, Linda. *Ernest Hemingway a Literary Life*. Palgrave Macmillan, 2010.

Walcutt, Charles. "Hemingway's 'The Snows of Kilimanjaro'," *Explicator* 7, April: Item 43, 1949.

Waldhorn, Arthur. *A Reader's Guide to Ernest Hemingway*. Farrar, 1972.

Waldhorn, Arthur, and Earl H. Rovit. *Hemingway and Faulkner: in their time*. Continuum, 2005.

Wales, Katie. *A Dictionary of Stylistics* 2nd. ed. Longman, 2001.

Warner, Alan. *A Short Guide to English Style*. Oxford UP, 1961.

Wells, J. Elizabeth. "A Statistical Analysis of the Prose Style of Ernest Hemingway: 'Big Two-Hearted River.'" *The Short Stories of Ernest Hemingway Critical Essays*, Ed. Jackson Benson, 1975, pp. 129-35.

Werth, Paul. *Text worlds: Representing Conceptual Space in Discourse*. Longman, 1999.

Wheeler, Robert. *Hemingway's Paris: A Writer's City in Words and Images*. Yucca, 2015.

Widdowson, H. G. *Stylistics and the Teaching of Literature*. Longman, 1975.

Wolfgang Iser, *The Act of Reading: A Theory of Aesthetic Response*. The Johns Hopkins UP, 1978.

Wyatt, David. *Hemingway, Style, and the Art of Emotion*. Cambridge UP, 2015.

Young, Philip. *Ernest Hemingway: A Reconsideration*. Pennsylvania State UP, 1966.

参考文献

アリストテレス著，『詩学』松本仁助，岡道男訳，岩波書店，1997 年.

池上嘉彦，『詩学と文化記号論——言語学からのパースペクティヴ』，講談社学術文庫，1992 年.

——，『英語の感覚・日本語の感覚』，NHK ブックス，2006 年.

——，「日本語話者における〈好まれる言い回し〉としての〈主観的把握〉」，*Journal of Japanese Society for Artificial Intelligence* 26(4) 社団法人人工知能学会，2011 年，317-322 ページ.

石一郎，『ヘミングウェイの世界』，荒地出版社，1970 年.

板橋好枝・野口啓子編著，『E. A. ポーの短編を読む——多面性の文学』，勁草書房，1999 年.

今村楯夫，『ヘミングウェイ 喪失から辺境を求めて』，冬樹社，1979.

——，『ヘミングウェイと猫と女たち』，新潮選書，1992 年.

——，「研究展望」，日本ヘミングウェイ協会編，1999 年，24-25 ページ.

今村楯夫・島村法夫編，『ヘミングウェイ大事典』，勉誠出版，2011 年.

江川泰一郎，『英文法解説』，金子書房，1991 年.

大森昭生，「エモーションの喚起とその持続——『ビッグ・トゥー・ハーテッド・リヴァー』を中心に——」，『ヘミングウェイ研究』第 1 号，2000 年，77-87 ページ.

岡田春馬，『ヘミングウェイの短編小説——真実と永遠の探究を中心として』，近代文芸社，1994 年.

小笠原亜衣，「ヘミングウェイ・メカニーク——『神のしぐさ』とニューヨーク・ダダを起点に」，日本ヘミングウェイ協会編，2011 年，38-57 ページ.

久野暲，『談話の文法』，大修館書店，1978 年.

久野暲・高見健一，『謎解きの英文法：冠詞と名詞』，くろしお出版，2004 年.

倉林秀男，「ヘミングウェイの "The Short Happy Life of Francis Macomber" に見られる衝突の構造」，日本文体論学会，『文体論研究』，2005 年，51-64 ページ.

——，「*For Whom the Bell Tolls* における文体——定冠詞と不定冠詞からの解釈へのアプローチ」，日本ヘミングウェイ協会，『ヘミングウェイ研究』7 号，2006 年，53-64 ページ.

——，「意識の流れ」，今村楯夫・島村法夫編，757-58 ページ.

——，「ニックのイニシエーションは成功したのか：文体論とヘミングウェイ研究の接点を求めて」，日本ヘミングウェイ協会編，2011 年，123-138 ページ.

——，「ヘミングウェイ作品にみられる曖昧性について—— "The Sea Change" と "Hills Like White Elephants" を中心に——」，杏林大学外国語学部『杏林大学外国語学部紀要』27 号，2015 年，171-82 ページ.

——，「ヘミングウェイの文体：ヘミングウェイの文体を考える前に」，日本ヘミングウェイ協会，『ヘミングウェイ研究』17 号，2016 年，11-13 ページ.

——，「ヘミングウェイの語りの文体」，日本ヘミングウェイ協会『ヘミングウェイ研究』17 号，2016 年，25-33 ページ.

――，「ハードボイルド・スタイル」，今村楯夫・島村法夫編，758-59 ページ.

佐藤勉，『語りの魔術師たち』，彩流社，2009 年.

佐藤信夫，『レトリック感覚』，講談社，1992 年.

澤田治美，『視点と主観性』，ひつじ書房，1993 年.

四宮満，『アーサー王の死：トマス・マロリーの作品構造と文体』，法政大学出版局，1991 年.

――，『英語の発想と表現――英米人のこころとことば』，丸善ライブラリー，1999 年.

島村法夫，『ヘミングウェイ』，勉誠出版，2005 年.

菅井三実，「概念形成と比喩的思考」，辻幸夫編，127-182 ページ.

菅野盾樹編，『レトリック論を学ぶ人のために』，世界思想社，2007 年.

鈴木孝夫，『教養としての言語学』，岩波書店，1996 年.

舌津智之，「『海の変容』とまなざしのジェンダー」，日本ヘミングウェイ協会編，1999 年，108-21 ページ.

高尾享幸，「メタファー表現の意味と概念化」，松本曜編，『認知意味論』，187-249. 2003 年.

谷口陸男，「ヘミングウェイ研究」，『ヘミングウェイ全集』，別巻，三笠書房，1965 年.

辻秀雄，「ヘミングウェイのスタイル宣言――文学実践としての『アフリカの緑の丘』」，日本ヘミングウェイ協会編，2011 年，174-90 ページ.

辻裕美，「交差する言語と身体：『白い象のような山々』における発話の行為遂行性」，『ヘミングウェイ研究』6 号，2005 年，87-97 ページ.

辻幸夫編著，『認知言語学への招待』，大修館書店，2003 年.

中右実，『認知意味論の原理』，大修館書店，1994 年.

中村聡，「前方照応代名詞 it と that の選択についての一考察」『成城英文学』第 20 号，1996 年，65-82 ページ.

――，「It と That の意味論的考察――その選択に関わる心理的要素を中心に――」『成城英文学』第 22 号，1998 年，1-11 ページ.

新倉俊一，『アメリカ詩の世界』，大修館書店，1981 年.

西尾巌，『ヘミングウェイ小説の構図』，研究社，1992 年.

日本ヘミングウェイ協会編，『ヘミングウェイを横断する』，本の友社，1999 年.

――，『アーネスト・ヘミングウェイ：21 世紀から読む作家の地平』，臨川書店，2011 年.

橋本陽介，『ナラトロジー入門：プロップからジュネットまでの物語論』，水声社，2014 年.

浜田秀，「カテゴリーとしての詩――余白の生み出す民俗詩学」，『認知言語学論考』No. 7，ひつじ書房，2007 年.

府川謹也，「it と that の指示特性について」，『英語研究』，第 56 号，獨協大学，2002 年，71-110 ページ.

前田一平，『若きヘミングウェイ――生と性の模索』，南雲堂，2009 年.

松尾大,「修辞学としてのレトリック──美学からのアプローチ──」, 菅野盾樹編, 25-51 ページ.

松本和也編著,『テクスト分析入門：小説を分析的に読むための実践ガイド』, ひつじ書房, 2016 年.

松本曜編著,『認知意味論』, 大修館書店, 2003 年.

ヤーコブソン, ロマーン著,『一般書語学』, 川本茂雄監訳, みすず書房, 1956 年.

──,『ロマーン・ヤーコブソン選集 1 ── 言語の分析』, 服部四郎編, 大修館書店, 1986 年.

──,『ロマーン・ヤーコブソン選集 3 ── 詩学』, 川本茂雄編, 大修館書店, 1985 年.

ロラン・バルト著,『物語の構造分析』, 花輪光訳, みすず書房, 1979 年.

引用作品

Bruccoli, Matthew J. (Ed.). *Ernest Hemingway's Apprenticeship: Oak Park, 1916–1917*. NCR Microcard Editions, 1971.

Hemingway, Ernest. *By-Line: Ernest Hemingway. Selected articles and dispatches of four decades*. Edited by William White, with commentaries by Philip Young. Collins, 1968.

——. *The Complete Short Stories*. The Finca Vigía ed. Charles Scribner's Sons, 1998.

——. *Death in the Afternoon*. Scribner, 1932.

——. *A Farewell to Arms*. Scribner Classics, 1997.

——. *For Whom the Bell Tolls*. Scribner, 1940.

——. *Green Hills of Africa*. Scribner, 1935.

——. *in our time*. Three Mountains Press, 1924.

——. *In Our Time*. Scribner, 1925.

——. *A Moveable Feast*. Scribner, 1964.

——. *The Old Man and the Sea*. Scribner, 1952.

——. *The Sun Also Rises*. Scribner, 1926.

——. *Three Stories and Ten Poems*. Robert McAlmon of Contact Publishing Company, 1923.

Poe, Edgar A., and Patrick F. Quinn. *Poetry and Tales*. Viking Press, 1984.

川端康成，『雪国』，新潮文庫，2005.

Kawabata, Yasunari. *Snow Country*. Translated by Seidensticker, Edward, Vintage, 1996.

London, Jack. *To Build a Fire*. Generic NL Freebook Publisher, n.d. EBSCO*host*, search.ebscohost.com/login.aspx?direct=true&db=nlebk&AN=1086146&lang=ja&site=ehost-live.

索　引

1. 日本語は五十音順に並べた．英語（で始まるもの）はアルファ
   ベット順で，最後に一括した．
2. ～は直前の見出し語を代用する．
3. 数字はページ数を示す．n は脚注を表す．

［あ］

曖昧　43, 112, 141
曖昧さ　200
曖昧性　vi, 18, 85-87, 105, 107, 116, 155
「アナベルリー」（"Annabel Lee"）　10
『アフリカ緑の大地』（*Green Hills of Africa*）　42
「雨の中の猫」（"Cat in the Rain"）　37, 85, 126, 134, 135
アリストテレス　1, 2, 17
アンダソン，シャーウッド（Sherwood Anderson）　144

［い］

イーザー，ヴォルフガング（Wolfgang Iser）　20
イェスペルセン，オットー（Otto Jespersen）　28
異化　33
池上嘉彦　25
石一郎　49
意識
　～の内奥　69
　～の流れ　74-76
　～の描写　78, 96
「医師とその妻」（"The Doctor and the Doctor's Wife"）　38, 39, 108, 109, 121, 155, 159, 167, 168
『移動祝祭日』（*A Moveable Feast*）　56, 116, 152
イニシエーション　50, 160
今村楯夫　38, 43, 85, 105
意味的曖昧性　38
『意味と形式』（*Meaning and Form*）　iv
意味論　84, 85, 91, 93, 207
　～的な観点　201
イメージ・スキーマ　7, 14
「色の問題」（"A Matter of Colour"）　117, 120
「インディアン・キャンプ」（"Indian Camp"）　50, 65, 114, 159, 168
引用符　138

［う］

ウィドウソン，ヘンリー・G（Henry G. Widdowson）　37, 40
ウェルシュ，メアリー（Mary Welsh）　42
ウェルズ，ケイティ（Katie Wales）　34
ウォルカット，チャールズ（Charles Walcutt）　39
ウォルドホーン，アーサー（Arthur Waldhorn）　161, 180

229

「海の中の都市」("The City in the Sea") 12

「海の変容」("The Sea Change") 46, 86, 89

[え]

江川泰一郎 204

『エデンの園』 46

「エリオット夫妻」 46

エンプソン, ウィリアム (William Empson) 17, 106

[お]

「大鴉」("The Raven") 3

大森昭生 60

岡田春馬 46

オノマトペ 148

『女のいない男たち』(Men Without Women) 42

[か]

カーター, ロナルド (Ronald Carter) 37

解釈の揺れ 208

回想 146

概念メタファ (Conceptual Metaphor) 5-7, 15, 16

会話的推意 199

会話の協調原則 (Cooperative Principle) 4, 180, 181, 190

会話の公理 192

会話分析 177

過去完了 71, 202, 203

過去完了形 130, 186, 201, 203

語り 27

語り手

～による言語行為の伝達 (Narrator's Report of Speech Act) 30

～による思考の報告 (Narrative Reporting Thought Act) 32

～による登場人物の思考の報告の形式 127

～による報告 (Narrative Report) 30

～の視点 207

～の報告の文体 126

仮定法 96

仮定法過去 95, 100

神尾とトーマス (Kamio and Thomas) 87, 88, 97

カメラ・アイ 51

カメラアングル 23

川端康成 v, 26

『川を渡って木立の中に』(Across the River and into the Trees) 42

感覚を表す動詞 51, 143

『カンザス・シティ・スター』(Kansas City Star) 109

冠詞 155-158, 165, 169

緩衝表現 193

感じること 65

間接思考 (Indirect Thought) 31, 207

間接内的独白 76

間接話法 (Indirect Speech) 29-31, 125, 137

関連性の公理 186, 187, 189, 190, 196

[き]

記号論 19

「季節はずれ」("Out of the Season") 120, 122, 135, 136

機能語的曖昧性 (functional ambiguity) 18

逆転 133, 144, 198-199

客観性 26

客観的
　〜な語り　81, 83, 127
　〜把握　25, 26, 28, 68
教育的文体論　40
「キリマンジャロの雪」（"The Snows of
　Kilimanjaro"）　39, 42
筋肉質　44

[く]

空間的視点移動　24
久野暲　23, 24, 69, 158
グライス，ポール（Paul Grice）　vi, 4,
　180, 181
繰り返し　118, 126, 190
クリストファーセン，ポール（Paul
　Christophersen）　156, 159
クワークら，ランドルフ（Rndolph
　Quirk, et al.）　51

[け]

経路（PATH）　8
『月桂樹は裏切られた』　75
結束性　38, 157
ゲルホーン，マーサ（Marth Gellhorn）
　42

[こ]

語彙的曖昧性（lexical ambiguity）　18
語彙的結束性　157
狡猾さ　144
高校時代　177
構造的曖昧性（structural ambiguity）
　18
行動描写　65, 66, 127
公理の違反　199, 200
『午後の死』（*Death in the Afternoon*）

42, 48
心の機微　66
ゴフマン，アーヴィング（Erving
　Goffman）　183
語用論　84-86, 88, 177, 180
　〜的曖昧性　87
「殺し屋」（"The Killers"）　185

[さ]

サイデンスティッカー，エドワード
　（Edward George Seidensticker）　v,
　26
作者全知の叙述　76
サスペンス（の）効果　91, 115
佐藤勉　19, 58
澤田治美　24, 32

[し]

ジェイムズ，ウィリアム（William
　James）　74
シェークスピア，ウィリアム（William
　Shakespeare）　18
視覚　61
『詩学』　1
視覚動詞　60
時間的視点移動　24
思考
　〜の報告　125
　〜を描出する動詞　205
思考内容　143
　〜を表す動詞　63
思考描写　146
思考描出（Thought Presentation）　31
指示機能　3, 87
視線　95, 149
事態把握　25, 26
質の公理　191

詩的機能　3
私的動詞　205
視点　v, vi, 19, 23, 27, 52, 59, 77, 149, 165, 171, 203
　　〜の移動　149
視点移動　25, 82
自動詞　116
四宮満　iii, iv, 213
島村法夫　79
自由間接思考（Free Indirect Thought）　32, 58-61, 68, 70, 143, 203, 204
自由間接話法（Free Indirect Speech）　30, 32, 72, 120
習作　144
習作時代　124
自由直接思考（Free Direct Thought）　31, 115, 203, 204
自由直接話法（Free Direct Speech）　30, 31, 63, 119, 137, 139-141
「十人のインディアン」（"Ten Indians"）　109
主客合一　26
主観性　26
主観的
　　〜な事態把握　70, 80
　　〜（な）判断　23, 80, 92, 138
　　〜な表現　81, 127
　　〜把握　25, 26, 28, 69, 81, 125, 128, 129
主体の判断や認識を表す助動詞　205
ジュネット，ジェラール（Gérard Genette）　21, 165n
ジョイス，ジェイムズ（James Joyce）　75
照応的曖昧性（anaphoric ambiguity）　19
情景描写　137
『勝者に報酬はない』（*Winner Takes Nothing*）　42

冗説法（paralepsis）　22
焦点化（focalization）　21
衝突　191, 195, 197, 200, 208
省略　112
　　〜による曖昧性（elliptical ambiguity）　19
　　〜の技法　116, 119
ショート，ミック（Mich Short）　139
助動詞　71, 92, 93
「白い象のような山並み」（"Hills Like White Elephants"）　96
心的状態　156
心的態度　36, 51, 52, 54, 55, 58, 61, 62, 65, 68, 69, 80, 83, 96, 120, 126, 128, 138, 203, 204
シンプル　112, 155
心理状態　95, 125, 203
心理的
　　〜視点移動　25, 32
　　〜な描写　129
　　〜要因　82
心理描写　51, 58, 61, 64, 66, 68, 70, 129, 130, 133, 134, 200

［す］

推量　70
推論　71
鈴木孝夫　79, 80
スタイン，ガートルード（Gertrude Stein）　42, 56, 81
スチュワート，マシュー（Matthew Stewart）　159
ストイシズム　177
ストロング，エイミー・ラヴェル（Amy Lovell Strong）　160
スピルカ，マーク（Mark Spilka）　179
スミス，ポール（Paul Smith）　50, 126

索　引　233

[せ]

セザンヌ，ポール（Paul Cézanne）　57,
　58, 151
舌津智之　46
「セピ・ジンガン」（"Sepi Jingan"）
　109, 121-123
前景化　164-166, 171, 173, 174, 194, 203
前方照応　169, 175
前方照応的（anaphoric）　158

[そ]

ソシュール，フェルディナン・ド
　（Ferdinand de Saussure）　2, 17
ソリロキー　76

[た]

ターナー，マーク（Mark Turner）　7
『第五列と最初の 49 の物語』（The Fifth
　Column and the First Forty-Nine
　Stories）　42
『タイム』（Time）　45
対立　168
『誰がために鐘は鳴る』（For Whom the
　Bell Tolls）　42, 45, 116, 155, 167, 175
高見健一　158
他動詞　116, 207
『タビュラ』（Tabula）　109, 112
男性的　44

[ち]

知覚
　〜や認識を表す動詞　60
　〜を表す動詞　54, 59, 205
知覚動詞　52, 55, 58, 60-62, 81
知覚表現　58

知覚描写　65
チャットマン，シーモア（Seymour
　Chatman）　20
直接思考（Direct Thought）　31, 78
直接内的独白　76
直接話法（Direct Speech）　29-31, 139-
　140
チョムスキー，ノーム（Noam
　Chomsky）　2

[つ]

辻裕美　104

[て]

定冠詞　137, 155-158, 161, 164, 165,
　167-173, 175
定名詞句　159
デファルコ，ジョセフ（Joseph
　DeFalco）　39, 55
デュジャルダン，エドゥアール
　（Edouard Dujardin）　75
伝達節　78, 79, 140, 186
伝達動詞　82
伝達部　139

[と]

等位接続詞　118, 119, 129, 146, 149
動作を表す動詞　51
登場人物寄りの視点　207
動能構文（conative construction）　207
トクラス，アリス B.（Alice B. Toklas）
　56
トロントスター　152

[な]

内的独白（interior monologue） 75-77, 79

内部感情 23

内包 36

〜された読者（implied reader） 20

内面描写 68, 69

中村聡 89

[に]

二項対立 55, 65, 114, 200

認識を表す動詞 59, 128

[の]

野口啓子『E. A. ポーの短編を読む——多面性の文学』 12n

[は]

ハードボイルド vi, 41, 43-48, 56, 65-67, 74, 83-85, 107, 112, 177

〜・スタイル vi, 43, 46

〜・ヘミングウェイ 47

〜作家 47

「橋のたもとの老人」（"Old Man at the Bridge"） 122

発話行為 193

ハリデイ，M. A. K.（M. A. K. Halliday） 52, 157

ハリデイとハサン（Halliday and Hasan） vi, 34, 35, 157

バリル，ウィリアム（William Burrill） 152

バルト，ロラン（Roland Barthes） 34

反復 38, 58, 95, 123, 134, 167, 189, 190, 194, 195, 199, 200

〜の技法 123

〜表現 189, 190

ハンフリー，ロバート（Robert Humphrey） 74-76

[ひ]

非照応的 159

非情の文体 46

「ビッグ・トゥー－ハーテッド・リバー」（"Big Two-Hearted River"） 56, 57, 60

被伝達節 78

被伝達部 138, 139

ひとりごとの "you" 79

『日はまた昇る』（The Sun Also Rises） 42, 44

比喩 2

氷山の（一角）理論 105, 116, 208

描出話法 28

『火を熾す』（To Build a Fire） 114

ピンカー，スティーブン（Steven Pinker） 208

[ふ]

「ファイター」（"The Battler"） 66, 73

ファイファー，ポウリーン（Pauline Pfeiffer） 42

ファウラー，ロジャー（Roger Fowler） 33, 40, 52

不安定 200

不安定な夫婦関係 123

フェイス 183

府川謹也 89n

『武器よさらば』（A Farewell to Arms） 42, 44

複雑な人間関係 200

不定冠詞 155, 156, 158, 161, 164-173,

175

不定名詞句　155, 159

ブラウン (Brown)　vi

ブラウンとレビンソン (Brown and
　Levinson)　vi, 180, 182, 183

ブラック，エリザベス (Elizabeth
　Black)　39

フラッシュバック　67

「フランシス・マカンバーの短い幸福な
　生涯」("The Short Happy Life of
　Francis Macomber")　38, 42, 116,
　178, 180, 185, 199, 208

プリーストリー，J. B.(J. B. Priestley)
　44

ブルッコリー，マシュー (Matthew J.
　Bruccoli)　121

フローラ，ジョセフ (Joseph Flora)
　49, 110, 161

文体　45, 56
　〜心得　109

文体論　vii, 1, 37, 41

文法的結束性　157

[へ]

ベイカー，カーロス (Carlos Baker)
　47, 179

ベイトソン，フレデリック (Frederick
　Bateson)　33

ヘミングウェイ，アーネスト (Ernest
　Hemingway)　vi, 37, 41, 57
　〜（の）スタイル　45, 46
　〜の文章構成原理／（〜のテクストの）
　　（文章）構成原理　65, 84, 155, 177
　〜の文体　43, 47-49, 55, 66, 81, 107,
　　109, 110, 112, 113, 152, 153, 155,
　　177, 204

変奏　167, 194, 199, 200
　〜の文体　163, 190, 196

変調 (alteration)　22

[ほ]

法助動詞　51, 127, 128, 130

ポー，エドガー・アラン (Edgar Allan
　Poe)　vii, 3, 8, 11, 12

ボードレール，シャルル (Charles
　Baudelaire)　3

「ぼくの父さん」　148, 149

ポライトネス (Politeness)　180-183,
　197, 199

ボリンジャー，ドワイト (Dwight
　Bolinger)　iv

[ま]

前田一平　109, 153

松尾大　3

「マニトゥーの裁き」("Judgment of
　Manitou")　112, 114, 116, 141, 144

[み]

「ミシガンの北で」("Up in the
　Michigan")　124, 134, 135, 144, 152

『三つの短編と十の詩』(There Stories
　and Ten Poems)　42, 124, 136, 137,
　144, 151

見ること　65

[む]

無冠詞　161

[め]

メタファ　3, 6, 49
　〜表現　6, 16

メトニミ　62

［も］

黙説法（paralipsis）　22
モダリティ　51, 52, 61, 63, 68, 204, 207
　～を表す助動詞　69, 205
『持つと持たぬと』（*To Have and Have Not*）　42
モネ，クロード（Claude Monet）　151

［や］

ヤーコブソン，ローマン（Roman Jakobson）　3, 33
　～「言語の作動相」　3n
ヤング，フィリップ（Philip Young）
　47, 48, 110, 161, 179

［ゆ］

「ユーラリー」（"Eulalie—A Song"）　9
「夢の中の夢」（"A Dream within a Dream"）　10
『ユリシーズ』（*Ulysses*）　75

［よ］

容器（CONTAINER）　8

［ら］

ラードナー，リング（Ring Lardner）
　114
ラム，ロバート・ポール（Robert Paul Lamb）　48, 152
ラルボー，ヴァレリー（Valéry Larbaud）　75

［り］

リアリスティック　124, 132
リーチとショート（Leech and Short）
　28, 29, 139
リチャーズ，I. A.（I. A. Richards）　17, 106
リチャードソン，ハードリー（Hadley Richarddon）　42
リン，ケニス（Kenneth S. Lynn）　179

［れ］

レイコフとジョンソン（Lakoff and Johnson）　vi, 4, 5, 7
レトリック　2
レトリック論　19
「レノーア」（"Lenore"）　9
レビンソン（Levinson）　vi
連続性　139

［ろ］

『老人と海』（*The Old Man and the Sea*）　42, 76, 80, 84
『ロマーン・ヤーコブソン選集3』　3n
ロシアフォルマリズム　3
ロンドン，ジャック（Jack London）
　114

［わ］

ワース，ポール（Paul Werth）　38
ワーナー，アラン（Alan Warner）　35
話法（Speech Presentation）　28
『ワレラノ時代ニ』（*in our time*）　42, 80
『われらの時代に』（*In Our Time*）　42, 43, 80, 81, 110, 136, 137, 141, 144

［英語］

be able to 92
can 92, 93
can't 92, 93
Chapter VII 81
confident 138
could 205
feel 143
find 73
FTA を冒す重み 184
「F へ—」（"To F —"） 10
have to 71
hear 81
in medias res 170, 176, 187
it 87-92, 97-105, 131, 202
it と that vii

like 135
may 92
mysterious 138
must 71
notice 73
reach 116
see 72, 73
that 87-92, 97, 98, 105
that 節 72
there 構文 68
think 82
this 100
understand 96
want 135
will 92-94
won't 92, 93
would 69, 130

著者紹介

倉 林　秀 男　（くらばやし　ひでお）

　1976年東京都生まれ．2001年修士（英語文化研究）（獨協大学），2003年 Master of Applied Linguistics (The University of Newcastle, Australia)，2017年博士（英語学）（獨協大学）．現在，杏林大学外国語学部英語学科准教授．日本文体論学会代表理事（2018年から）．

　専門は言語学・英語文体論．特に，20世紀アメリカ文学を中心に，アーネスト・ヘミングウェイや F・スコット・フィッツジェラルドの文体について研究している．『ヘミングウェイ大事典』（2012年，勉誠出版）の項目執筆のほか，論文「ニックのイニシエーションは成功したのか──文体論とヘミングウェイ研究の接点を求めて」（『アーネスト・ヘミングウェイ　21世紀から読む作家の地平』日本ヘミングウェイ協会編，2012年，臨川書店）などがある．また，公共サインの文体（スタイル）の研究として，『街の公共サインを点検する』（共著，2017年，大修館書店）で，日本の公共サインの問題点を論じた．

開拓社叢書33

言語学から文学作品を見る
──ヘミングウェイの文体に迫る── ISBN978-4-7589-1828-2　C3382

著作者	倉 林 秀 男
発行者	武 村 哲 司
印刷所	日之出印刷株式会社

2018年11月27日　第1版第1刷発行Ⓒ

発行所	株式会社　開 拓 社	〒113-0023　東京都文京区向丘1-5-2 電話　（03）5842-8900（代表） 振替　00160-8-39587 http://www.kaitakusha.co.jp

JCOPY ＜出版者著作権管理機構　委託出版物＞
本書の無断複製は，著作権法上での例外を除き禁じられています．複製される場合は，そのつど事前に，出版者著作権管理機構（電話 03-3513-6969，FAX 03-3513-6979，e-mail: info@jcopy.or.jp）の許諾を得てください．